Elogios para

De cómo las muchachas García perdieron el acento

"Un libro emotivo, conmovedor... La autora tiene el humor agudo y la perspicacia de un observador externo... Su tono está cargado de una intensidad poética verdaderamente original".
                                        —*The Miami Herald*

"Alvarez aborda los temas de la inmigración, el exilio, la cultura hispana y el sueño americano con un toque delicado y a menudo irreverente".
                                        —*The Washington Post*

"Al igual que Amy Tan, Julia Alvarez hace uso de sus destrezas narrativas para transmitir un mensaje perturbador sobre la brecha, que se ensancha cada vez más, entre la cultura propia y las nuevas etnias en nuestro país".   —*Albany Metroland*

"Una tumultuosa reunión familiar, cargada de afecto, risas y discusiones".   —*St. Petersburg Times*

"Es la narración lírica de una historia de familia... la búsqueda de identidad del inmigrante, relatada en lenguaje poético y colorido".
                                —*The Philadelphia Inquirer*

"Con magia y destreza [la novela] apunta a muchos de los temas, tanto graves como superfluos, que enfrentan las familias inmigrantes, y los retrata con sensibilidad y con gozosa picardía".
                                                                    —*Kirkus Reviews*

"Alvarez convierte en magia y arte la odisea humana... Un libro cuya lectura es un placer".
                                       —*The Virginian-Pilot and the Ledger-Star*

"Una novela divertidísima y tremendamente original... Julia Alvarez es una narradora promisoria, por sus grandes dotes para la evocación".
                                                                   —*Library Journal*

"Una trama bien sazonada, con delicioso sabor hispano, que deleita al lector a la vez que teje una red de maravillas".
                                                          —*Richmond Times-Dispatch*

"Una novela de maravillosa frescura, con experiencias que van de lo terriblemente gracioso a lo francamente conmovedor... irresistible".
                                                          —*Sunday Rutland Herald*

"Un libro delicioso".
                                                                    —*Cosmopolitan*

"Una increíble exploración por las ramas de un árbol genealógico, escrita con la convicción y la perspectiva propias de cada voz y de cada momento".
                                                          —*Baltimore City Paper*

"Una novela llena de vida. Es posible trazar muchos paralelos entre las historias que relata y las de *The Joy Luck Club* de Amy Tan".
                                                             —*Publishers Weekly*

"Encantador y profundo".　　　　　　　*—The Houston Post*

"Nuevos elementos para el crisol de culturas… El sello de Alvarez es la emoción y la sensibilidad con las que narra el proceso a través del cual las muchachas García se adaptan a los Estados Unidos… un libro conmovedor y ameno".

　　　　　　　—Asheville Citizen-Times

"Una novela con personajes vulnerables, caprichosa, divertida e ingeniosa".　　　　　*—Greensboro News and Record*

"De manera sutil y poderosa [la novela] revela las complejidades de una familia, el impacto de la cultura y el lugar, y la fuerza profunda de la lengua".　　　　*—San Diego Tribune*

"¡Cautivante!"　　　　　　　　　*—Mirabella*

Julia Alvarez

De cómo las muchachas García perdieron el acento

Julia Alvarez vivió su infancia en la República Dominicana hasta 1960, cuando emigró a los Estados Unidos. Luego de obtener sus títulos de pregrado y postgrado en literatura y creación literaria, enseñó poesía durante muchos años y publicó su primer libro de poemas, *Homecoming,* en 1984. Ha recibido becas del Fondo Nacional para las Artes y de la Fundación Ingram Merrill. *De cómo las muchachas García perdieron el acento* recibió el premio PEN Oakland/Josephine Miles en 1991, que se entrega a obras que presentan un punto de vista multicultural. En la actualidad, ella enseña literatura inglesa en Middlebury College.

www.alvarezjulia.com

También escritos por *Julia Alvarez*

En el tiempo de las mariposas
The Other Side/El otro lado
¡Yo!
En el nombre de Salomé
Las huellas secretas
Cuando tía Lola vino (de visita) a quedarse
El cuento del cafecito/A Cafecito Story
Antes de ser libres
Un regalo de gracias: La leyenda de la Altagracia
En busca de milagros
Para salvar al mundo

De cómo
las muchachas
García perdieron
el acento

De cómo las muchachas García perdieron el acento

Julia Alvarez

TRADUCCIÓN
DE MERCEDES GUHL

VINTAGE ESPAÑOL
Una división de Random House, Inc. • *Nueva York*

Biblioteca del Congreso de los Estados Unidos
Información de catalogación de publicaciones
Alvarez, Julia.
[How the García girls lost their accents. Spanish]
De cómo las muchachas García perdieron el acento / by Julia Alvarez ; traducción de Mercedes Guhl.
  p. cm.
ISBN 978-1-4000-9694-7
1. Sisters—Fiction.   2. Young women—Fiction.   3. Dominican Americans—Fiction.   4. Bronx (New York, N.Y.)—Fiction.   I. Guhl, Mercedes.   II. Title.
PS3551.L845H6618 2007
813'.54—dc22
2007002391

Colaboradora de la traducción: Ruth Herrera

Diseño del libro de Mia Risberg

www.grupodelectura.com

Impreso en los Estados Unidos de América
10   9   8

A Bob Pack y, por supuesto, a las hermanas

Quisiera agradecer especialmente a las siguientes personas e instituciones:

Judy Yarnall
Shannon Ravenel
Susan Bergholz
Judy Liskin-Gasparro

Fondo Nacional para las Artes
Junta de Investigación de la Universidad de Illinois
Fundación Ingram Merrill
Altos de Chavón

Bill, mi compañero a lo largo de todas estas páginas

Índice

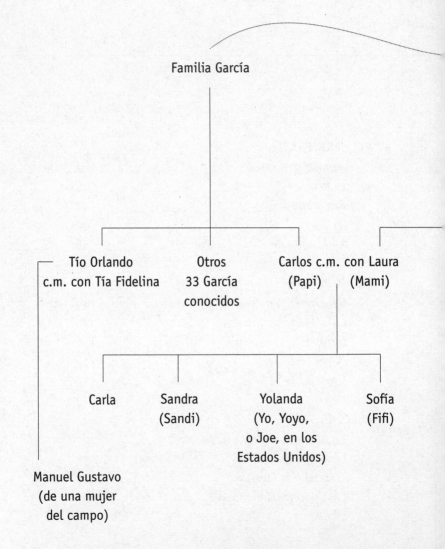

Familia García

Tío Orlando
c.m. con Tía Fidelina

Otros
33 García
conocidos

Carlos c.m. con Laura
(Papi) (Mami)

Manuel Gustavo
(de una mujer
del campo)

Carla

Sandra
(Sandi)

Yolanda
(Yo, Yoyo,
o Joe, en los
Estados Unidos)

Sofía
(Fifi)

Los conquistadores

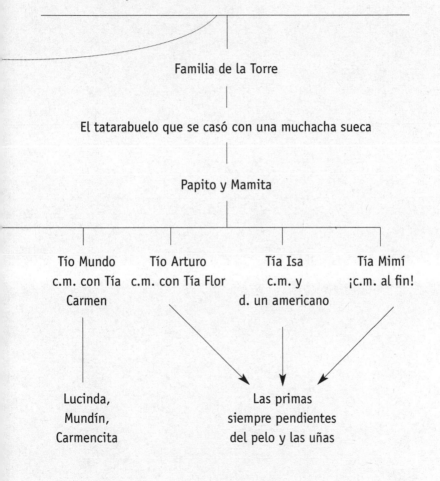

Familia de la Torre

El tatarabuelo que se casó con una muchacha sueca

Papito y Mamita

Tío Mundo
c.m. con Tía
Carmen

Tío Arturo
c.m. con Tía Flor

Tía Isa
c.m. y
d. un americano

Tía Mimí
¡c.m. al fin!

Lucinda,
Mundín,
Carmencita

Las primas
siempre pendientes
del pelo y las uñas

Primera Parte

1989–1972

Antojos

Yolanda

LAS TÍAS MAYORES ESTÁN SENTADAS en los sillones blancos de mimbre, desplegando sus abanicos con un giro de muñeca y cerrándolos nuevamente de un golpe. Si no fuera porque ahora hay más vestidas con los grises y negros de la viudez, parecería que han cambiado poco desde la última vez que Yolanda estuvo en la isla, hace cinco años.

Sentadas entre las tías, en las sillas del comedor que resultan mucho menos cómodas, las primas son destellos de color en enterizos azul turquesa y ajustados vestidos de jersey.

El bizcocho está en una mesa aparte, donde los primitos se amontonan para discutir a quién le va a tocar cuál pedazo. Cuando el bullicio se vuelve fastidioso, sus niñeras los llaman desde los banquitos que ocupan al fondo del patio, como una falange de uniformes blancos almidonados.

Antes de que alguien se voltee para saludarla en la entrada,

Yolanda se ve como la verán ellos: raída, con su falda de algodón negro y su blusa de jersey, de sandalias, y con el alborotado cabello negro recogido con un cintillo. Tal como una misionera, dirán sus primas, como esas muchachas del Cuerpo de Paz que no se arreglan y más bien dedican su vida a andar por el mundo haciendo cosas supuestamente buenas.

UNA SIRVIENTA SE ASOMA desde la despensa hacia el pasillo. Es una mujer flaca y morena, vestida con el uniforme negro de las sirvientas de la cocina. Su cabeza está cubierta con trenzas diminutas enrolladas en moñitos y sujetadas con pinchos. "Doña Carmen", dice dirigiéndose a la anfitriona, una de las tías de Yolanda, "no hay fósforos. Justo salió a buscar unos a casa de doña Lucinda".

"Por Dios, Iluminada", la regaña tía Carmen, "pero si tuviste todo el día".

La sirvienta baja la mirada hacia las manos que mantiene entrelazadas ante sí, en un gesto que Yolanda recuerda haber visto ilustrado en un libro para actores del Renacimiento. Figuraban en una página de gestos clásicos. "El gesto de súplica", rezaba al pie. Si estaban sobre el pecho, al lado del corazón, eran "las manos de un amante que le suplica a su amada que se apiade de él".

LA CONCURRENCIA SE PERCATA de la presencia de Yolanda. Su prima Lucinda dirige un coro desafinado de primitos que canta "¡Aquí viene Miss América!" Yolanda se lleva la mano a la frente y suelta el esperado sollozo melodramático. Al coro le da trabajo concluir la primera estrofa, y entonces se precipita hacia ella con abrazos, besos, y hasta una imitación de patadas de karate de parte de dos varoncitos.

"Te ves horrible", declara Lucinda. "No te lo tomes a mal, pero estás demasiado flaca y tu cabello necesita un corte". Ésta es la prima que no tiene pelos en la lengua. Con su traje de pantalón de marca y con la cabellera alisada y salpicada de reflejos de un rubio platinado, Lucinda parece una modelo de revista, un estilo que a Yolanda siempre la hace pensar en una prostituta cara.

"¡Prendan las velas, prendan las velas!", claman los primitos a coro.

Tía Carmen levanta las manos hacia el cielo, en un gesto que sin duda aprendió de alguno de sus amigos sacerdotes. "La muchacha olvidó los fósforos".

"¡El servicio! Cada día peor", le confía tía Flor a Yolanda, mostrándole una de sus famosas sonrisas. Las primas se refieren a tía Flor como "la política", porque es capaz de producir esa sonrisa sin importar las circunstancias. Cuentan que una vez, durante quién sabe cuál revolución, uno de los tíos menores, que era radical, se apareció con su esposa en casa de tía Flor en medio de la noche, pidiendo asilo. Ella los recibió en la puerta con una sonrisa y con un "¡Encantada de que hayan venido a verme!"

"Déjame contarte lo último que pasó en mi casa", continúa tía Flor. "Ayer, el chofer me estaba llevando a mi novena, y de repente el carro da un brinco hacia adelante y se apaga, en plena calle. Me preocupo, pues tú sabes cómo son las cosas, un carro grande parado en medio de la zona universitaria; y digo: 'César, ¿qué podrá ser?' Él se rasca la cabeza: 'No sé, Doña Flor'. Un hombre muy amable se para a ayudarnos, revisa todo y dice: 'Pues, su carro se quedó sin gasolina, señora'. ¡Sin gasolina! ¿Te imaginas?" Tía Flor niega con la cabeza. "¡Un chofer que no puede mantener el carro con gasolina! ¡Bienvenida a tu islita!" Luego sonríe, abre su abanico con un giro de la muñeca, y bellas aves silvestres extienden sus alas plateadas.

Tras un tirón posesivo de una de las primitas, Yolanda se

deja guiar hacia la mesa del bizcocho, engalanada con un mantel de encaje blanco y servilletas festivas planchadas y almidonadas. Yolanda finge sorpresa al ver que el bizcocho tiene la forma de la isla. "Fue idea de Mami", explica la niña de Lucinda con una sonrisa resplandeciente.

"Vamos a prenderle velas por todas partes", añade otra de las primitas. Cual si fuera un fantasma, su carita evoca a alguien de la generación de Yolanda. "Ésta tiene que ser la hija de Carmencita", piensa.

"Por todas partes no", dice uno de sus hermanos mayores, corrigiéndola. "Las velas son sólo para las ciudades grandes".

"No. ¡Por todos los lados!", insiste la reencarnación de Carmencita. "¿Verdad Mami, de punta a punta?", y se dirige a una mujer cuyo rostro avejentado le resulta menos familiar a Yolanda que las facciones de la niña.

"¡Carmencita!", exclama Yolanda. "No te había reconocido".

"Más vieja pero no más sabia", contesta Carmencita en inglés, producto de sus dos o tres años en un internado en los Estados Unidos. Sólo los varones se quedan allá para estudiar en la universidad. Carmencita continúa en español: "¡Pensamos en darte la bienvenida con un bizcocho isleño!"

"Cinco velas", cuenta Lucinda. "¡Una por cada año que has estado fuera!"

"Cinco ciudades principales", grita el primito sabelotodo.

"¡No!", lo contradice su hermana. La madre de ambos se inclina para terciar en la discusión.

YOLANDA, SUS PRIMAS y sus tías se sientan a esperar que lleguen los fósforos. El sol del atardecer se cuela a través de la trinitaria decidida a escalar las paredes del patio, entrenada para treparse por la pérgola y derramar sus flores rosadas y moradas. El patio de la casa de tía Carmen es el lugar de reunión en el residencial familiar. Ella es la viuda del patriarca de la familia, así que su casa es la más amplia. Donde acaba su patio y comienzan los jardines bien cuidados, hay senderos empedrados que toman rumbos diferentes. Después del bizcocho y los cafecitos, las primas se dispersarán por esos senderos hacia sus respectivos hogares situados dentro del mismo complejo residencial y allí supervisarán a sus cocineras en la preparación de la cena para sus maridos, quienes volverán a casa después del *happy hour* en algún bar. Una vez, uno de los primos alardeó diciendo que ese rato antes de la cena no debería llamarse así, "hora feliz", sino más bien "hora de la puta", y no tuvo el menor inconveniente en explicarle a Yolanda que era el momento del día en que los dominicanos de cierta clase van a visitar a su "querida" antes de llegar a casa y ver a su esposa.

"Cinco años", dice tía Carmen suspirando. "Vamos a tener que añoñarla esta vez", y ladea la cabeza para confirmar la colaboración de las demás tías y primas, "para que no se nos vuelva a quedar por allá tanto tiempo".

"No es bueno", dice tía Flor. "Ustedes cuatro se pierden por allá", y sonríe, señalando el cielo con la barbilla.

"¿Cómo están las cuatro?", pregunta Lucinda guiñando un ojo. Durante los años de adolescencia, en las visitas que hacían en el verano, las cuatro muchachas escandalizaban a sus primas de la isla al hacerles los cuentos de sus aventuras en los Estados Unidos.

Yolanda informa sobre sus hermanas en un español vacilante. Y cuando vuelve a hablar en inglés, un coro la corrige clamando: "¡En español!" Las tías insisten en que, mientras más practique, más rápido recuperará su lengua materna. Sí, y cuando regrese a los Estados Unidos, se va a encontrar con la mente en blanco en algún momento, cuando trate de dar con una palabra en inglés, o será como su mamá, que confunde expresiones comunes. Sólo que Yolanda no está tan segura de que vaya a regresar esta vez. Pero eso es un secreto.

"Cuéntanos en detalle qué quieres hacer mientras estás aquí", dice Gabriela, la hermosa esposa de Mundín, el príncipe de la familia. El rostro de Gabriela, con su piel muy blanca y los ojos oscuros y dramáticos de una heroína del romanticismo, le recuerda a Yolanda el gesto del amante con las manos entrelazadas sobre el pecho. Pero añade en forma muy directa, lo cual es un alivio: "Si no tienes planes, créeme que acabarás con una cantidad de invitaciones que no vas a poder rechazar".

"Y si tienes algún antojito, es mejor que nos digas", concuerda tía Carmen.

"¿Qué es un antojo?", pregunta Yolanda.

Claro. Sus tías tienen razón. Luego de tantos años lejos, se le está olvidando el español.

"Bueno, no es una palabra sencilla de explicar", responde ella y cruza una mirada de picardía con las demás tías. ¿Cómo expresarlo? "Un antojo es como las ganas locas de comer algo".

Gabriela infla las mejillas: "Calorías".

Un antojo es una palabra española muy antigua, continúa una de las tías mayores. "De mucho antes de que tus Estados Unidos estuvieran en la mente de alguien", agrega con tono ácido. "De hecho, en el campo puedes encontrar campesinos que la usan en el sentido antiguo. ¡Altagracia!", grita para llamar a una de las sirvientas que están sentadas al otro extremo del patio. Una anciana diminuta, con el pelo peinado hacia atrás y recogido en un moño blanco apretado, se acerca. Le piden que le explique a Yolanda qué es un antojo. Ella esconde las manos morenas en los bolsillos de su uniforme.

"U'té que sabe", responde Altagracia en voz baja.

"A ver, Altagracia", la regaña su patrona.

La criada obedece. "En mi campo decimos que una persona tiene un antojo cuando se apodera de ella un santo que quiere algo". Altagracia retrocede y, como no la llaman nuevamente, regresa a su banquito.

"Ya les digo lo que quiere mi santo luego de estos cinco años", dice Yolanda. "Estoy impaciente por comer guayabas. A lo mejor puedo conseguir unas cuantas cuando vaya hacia el norte dentro de unos días".

"¿Tú sola?", pregunta tía Carmen, negando con la cabeza ante la simple idea.

"Aquí no es como en Estados Unidos", dice tía Flor con una sonrisa de sapiencia. "Una mujer no puede viajar sola en este país, y menos en estos tiempos".

"No va a tener problemas", añade Gabriela con tono de autoridad. "Mundín se va de viaje, si quieres que te prestemos uno de los carros".

"¿Te estás volviendo loca, Gabi?", pregunta Lucinda con expresión de incredulidad. "Un Volvo, en el interior, ¡como están las cosas!"

Gabriela levanta las manos. "¡Está bien! ¡Está bien! Puedes llevarte el Datsun".

"No quiero molestar a nadie", dice Yolanda, y retrocede para recostarse silenciosamente en el respaldo de la silla, con la esperanza de haber aprendido, al fin, a dejar que la poderosa ola de la tradición pase a su lado y rompa en alguna otra orilla femenina. Aspira a mantenerse a flote a pesar de las muchas negativas que puedan enfrentar sus planes. Por el rabillo del ojo ve a Iluminada que entra con una caja de fósforos en una bandeja de plata. "Pienso ir en guagua".

"¡En guagua!", y el grupo entero estalla en carcajadas. Los

primitos se acercan para unirse a las risas, ansiosos de participar en la diversión adulta. "Yolanda, mi amor, de verdad que has pasado demasiado tiempo lejos", dice Lucinda en tono burlón. "¿Te das cuenta?", se ríe. "Yoyo encaramándose a una vieja camioneta con todos los campesinos, que llevan sus gallos de pelea, sus chivos y sus puercos".

Se oyen risas y hay cabezas que se sacuden incrédulas.

"Sé cuidarme", les dice Yolanda con firmeza. "¿Y qué es ese problema del que hablan tanto?"

"No les hagas caso", contesta Gabriela agitando la mano como si tratara de espantar un mosquito molesto. Tiene los dedos largos y muy cuidados. Su argolla de compromiso y el anillo de matrimonio están soldados para formar un solo aro grueso. "Así es más fácil", le dijo una vez, y le entregó el anillo doble para que se lo probara.

"Ha habido ciertos incidentes últimamente", dice tía Carmen con un tono tranquilo que no deja lugar a que la contradigan. Al fin y al cabo, es la matriarca de la familia.

Como si quisiera confirmar lo anterior, un guardia privado pasa por el lindero del patio, con las armas tintineando, hacia los jardines de atrás. Lleva uniforme caqui, similar al que usa el ejército, y un rifle que le cuelga del hombro. Desde que Yolanda tiene memoria, un muro muy alto ha cercado el residencial. Ella pensaba que servía para protegerlos del mar en caso de que un huracán lo levantara hasta la ladera en la que se habían levantado las casas de la familia.

"Las cosas se ven muy feas", dice tía Flor con su sonrisa resplandeciente. En el libro de gestos renacentistas, esta sonrisa llevaría un pie de foto con una frase como 'La dama muestra una sonrisa que no puede evitar'. "Se habla de guerrillas en las montañas, ya sabes".

Gabriela frunce la nariz. "Mundín dice que esas habladurías son simples rumores".

Iluminada se desliza hasta el borde del círculo de mujeres para ofrecerle los fósforos a su señora. En la luz del patio, que se va desvaneciendo a cada instante, Yolanda no logra interpretar la expresión de su semblante oscuro.

Tía Carmen se acerca al bizcocho. Empieza a encender las velitas y va dejando los fósforos quemados en la bandeja que Iluminada le sostiene. Una vela para Santo Domingo, otra para Santiago, otra para Puerto Plata. Los niños piden que los dejen encender las ciudades restantes, pero tía Carmen les dice que no, que ya podrán soplar las velas y, por supuesto, comer bizcocho, pero que el fuego es un asunto de adultos.

Una vez que las velas están todas encendidas, las primas, tías y niños se reúnen alrededor y cantan "Bienvenida a ti", cada vez más fuerte, con la melodía del "Feliz Cumpleaños".

Yolanda contempla el bizcocho. Ante ella relumbra la ruta que ha planeado seguir, partiendo al norte desde la capital, para atravesar las montañas y llegar a la costa. Cuando la canción va llegando a su fin, sus primas la animan a pedir un deseo. Se inclina hacia delante y cierra los ojos. Hay tantas cosas que añora que le cuesta pensar en un solo deseo. Ha habido tantas paradas en el camino de los últimos veintinueve años, desde que su familia dejó atrás la isla. Sus hermanas y ella han llevado una vida tan turbulenta: tantos maridos, tantas casas, trabajos, metidas de pata entre unas y otras. Pero al mirar a sus primas, mujeres con una casa y con autoridad en la voz, pide su deseo: "Que aquí pueda tener mi hogar". Se imagina a las sirvientas en su grupito callado y misterioso al fondo del patio, a Altagracia con las manos en el regazo.

Cuando abre los ojos, ya lista, media docena de soplidos sustitutos ya han apagado las velas. Estallan los aplausos. Luego hacen erupción pequeños altercados sobre cómo dividir las ciudades del bizcocho: los dos niños de Lucinda quieren que les toque Santiago, ya que el fin de semana pasado fueron allá a volar en planeador. La niña de Lucinda y la de Carmencita insisten en quedarse cada quien con la capital, pues allí nacieron, pero una de ellas está dispuesta a cederla si le dan La Romana, donde su familia tiene una casa en la playa. Pero claro que La Romana ya se la pidió la ahijadita de tía Flor, que sufre de asma y por eso no debe llevársele la contraria. Lucinda, ya ronca de tratar de disciplinar a esa pequeña multitud ruidosa, le entrega el cuchillo a Yolanda. "Es tu bizcocho, Yoyo. Tú decides".

LA CARRETERA QUE TREPA POR LAS MONTAÑAS es apenas lo suficientemente ancha para que quepan dos carros pequeños. Por eso, en cada curva, Yolanda hace lo que le dijeron: disminuye la velocidad y toca la bocina. Al pasar una curva muy cerrada, encuentra un pequeño altar: la Virgen rodeada de tres cruces de concreto, recientemente encaladas.

Detiene el Datsun y disfruta de su primer instante de soledad desde que llegó. Todas las salidas del residencial han estado acompañadas por alguna de sus encantadoras tías, que le presentan el paisaje como si fuera un espectáculo montado especialmente para que ella lo apreciara.

A su alrededor están las montañas, de un verde oscuro profundo, y el cielo es más un resplandor que un color. La brisa sopla por entre el palmar que hay más abajo y hace crujir sus hojas, de manera que parecieran voces susurrando. Aquí y allá una espiral de humo se eleva desde una ladera, donde un campesino y su familia siguen con su solitaria vida. Esto es lo que Yolanda ha echado de menos durante todos estos años, sin saber que le hacía falta. Allí, de pie en el silencio, le parece que en los Estados Unidos nunca se ha sentido como en casa, nunca.

Cuando percibe el sonido, cree que es el motor de su carro

que se olvidó de apagar, pero el ruido va creciendo hasta convertirse en un rugido doliente, como si un motor se estuviera desgarrando. Yolanda alcanza a distinguir un fondo de voces masculinas. Rápidamente se mete en el carro, cierra la puerta y vuelve a la carretera, manteniéndose en el carril derecho. Una guagua avanza trabajosamente por la curva y le tapa la vista. Una explosión brota por el tubo de escape y el conductor da bocinazos de saludo o de advertencia. Es un viejo autobús militar, cuyo letrero oficial ha sido repintado a brochazos con una pintura que no combina. Los pasajeros la ven en el último momento, y en el lado de la guagua que da hacia ella, los hombres asoman la cabeza por la ventana, gritan y lanzan piropos, enseñan botellas y la increpan. Ella acelera y los deja atrás, gracias al silencioso Datsun cuyo motor bien lubricado sigue subiendo sin problemas por la serpenteante carretera.

En la radio sólo se oye estática, como el sonido del metal de un carro en un choque. Y la distante y apagada voz que se oye en las ondas podría ser la suya, atrapada en un accidente y pidiendo ayuda. "¿Está en inglés o español?", se pregunta. El poeta que conoció en la fiesta de Lucinda la noche anterior decía que no importaba cuánto hubiera perdido uno de su lengua materna, en el momento de una emoción profunda, volvería a ella. Había hecho que Yolanda se imaginara en toda una serie de circunstancias: "¿En qué idioma haces el amor?", le había preguntado, mirándola fijamente a los ojos.

LAS LOMAS EMPIEZAN A ACHATARSE para llegar a una meseta, y la carretera se ensancha. A izquierda y derecha van apareciendo puestos de venta. Yolanda los examina, en busca de guayabas. Apiladas en mesas de madera hay frutas que ella no ha visto desde hace años: mangos de un amarillo rosáceo, vainas de tamarindo que destilan su rico jugo, los cajuiles atados a cuerdas para evitar que se magullen entre sí. En otros puestos cuelgan tiras de carne de las ventanas, y las moscas revolotean alrededor. Es difícil creer en la pobreza tan comentada en la radio. Parece que hubiera más que suficiente alimento, de todo menos guayabas.

Tras dejar atrás los puestos de fruta, Yolanda se acerca a un complejo que se parece mucho al de su familia en la capital. Un alto muro de concreto se extiende a lo largo de casi medio kilómetro. Hay un guardián en su puesto, tras un portón de hierro forjado. A través de los barrotes floridos, parece un hombre encerrado en una prisión extrañamente hermosa. Más atrás, siguiendo el camino sombreado, se ve una casa campestre de tres pisos, con una amplia galería alrededor. Estacionado frente a la puerta hay un Mercedes color chocolate. A lo mejor los dueños se refugiaron en su casa de campo para huir de los problemas de la capital. Probablemente hasta son parientes suyos. La docena de familias ricas de la isla se han casado tantas veces entre sí que los árboles genealógicos son un nudo de ramas y raíces. De hecho, sus tías le dieron una lista de nombres de tíos, tías y primos a los que puede visitar por el camino. Junto a cada nombre hay una descripción muy breve de lo que Yolanda puede recordar de cada pariente: "la que tiene una piscina en forma de riñón", "el gordo", "el que fue embajador". Antes de partir del residencial en la capital, Yolanda metió la lista en la guantera. Se las arreglaría por su propia cuenta.

ANTE ELLA SE EXTIENDE un caserío. ALTAMIRA dicen las letras ondulantes pintadas en el techo de zinc de la primera casa. Altamira, una sucesión de casas a ambos lados de la carretera, es el lugar adecuado para estirar las piernas antes de iniciar el descenso hacia la costa, empinado y levemente peligroso (sus tías le advirtieron que era *muy* peligroso). Yolanda se detiene en una cantina, con techo de caña sostenido por varios postes, piso de cemento y, en pleno centro, una solitaria mesa de picnic sobre la cual revolotea una nube de moscas.

En una de las columnas centrales, hay un amarillento afiche de jabón Palmolive, pegado con grapas. Una mujer rubia, de piel satinada, disfruta una ducha refrescante, con la cabeza inclinada hacia atrás en un gesto de éxtasis y la boca entreabierta en un grito sin palabras.

"¡Buenas!", saluda Yolanda.

Una mujer añosa sale de una choza que hay tras la cantina, abotonándose una desgarrada bata de casa. La sigue de cerca un niño, que se esconde tras la anciana cada vez que Yolanda le sonríe. Al preguntarle cómo se llama, se interna más entre los pliegues de la falda de la vieja.

"Tendrá que disculparlo, doña, pero es que no está acostumbrado a andar entre la gente", se excusa la mujer. Al decir gente, se refiere a las personas de dinero que pasan por Altamira camino a los hoteles de playa en la costa norte. "Que cómo te llamas", repite la vieja, como si Yolanda no hubiera hecho la pregunta en español. El niñito murmura algo mirando al piso. "Habla alto, muchacho", lo regaña la anciana, y su voz denota algo de orgullo cuando habla por el niño. "Este muchachito que no sabe nada de nada se llama José Duarte, Sánchez y Mella".

Yolanda se ríe. Tremendo nombre para un niño tan chiquito: los nombres de los tres padres de la patria.

"¿Qué le puedo servir, doña?", pregunta la vieja. "¿Un refresco? ¿Una Coca-Cola?" Por el orgullo que percibe en la voz, Yolanda se da cuenta de que la anciana quiere complacerla con lo mejor de su menú.

"Le voy a decir qué es lo que me gustaría". Echa un vistazo

a la hilera de árboles que hay detrás del rancho de la mujer.
"¿Hay guayabas por aquí?"

El rostro de la anciana se contorsiona. "¿Guayabas?", murmura, y piensa un instante. "Pues claro, crecen por todas partes, doña. Pero no he visto últimamente".

"Con su permiso…" José Duarte se ha unido a un grupo de niñitos que aparecieron de la nada y dan vueltas alrededor del carro, presumiendo sobre el número de éstos en el que se han montado. Al oír que Yolanda menciona las guayabas, se adelanta y apunta al otro lado de la carretera, hacia la cima de las lomas que se ven al occidente. "Sé dónde hay un guayabal con fruta madura". Detrás de él, sus compañeritos asienten.

"¡Ve, entonces!" Su abuela da un pisotón como si tratara de espantar a un animal. "Ve y le traes unas cuantas a la doña".

Algunos niños cruzan corriendo al otro lado del camino y desaparecen por un sendero empinado en la ladera. Antes de que José pueda seguirlos, Yolanda lo llama. Ella también quiere ir. El niño mira a su abuela. No sabe qué pensar. La mujer niega con la cabeza. La doña se va a acalorar, se va a ensuciar la ropa fina. José le puede traer todas las guayabas que quiera.

"Pero es que saben mejor cuando uno mismo las coge". Yolanda detecta el tono amenazante en la voz de la vieja, como si se hubiera convertido en escudo de su familia.

Los pocos niños que se quedaron rezagados junto con José, se agrupan en torno al carro. Todos insisten en que se lo están cuidando a la doña. A Yolanda se le ocurre que hay una manera de convertir la situación en una especie de regalo para todos y cada uno. "¿Qué opinan si vamos en el carro?" Los niños se emocionan.

"No es mala idea", dice la mujer aceptando. Si la doña insiste en ir, puede seguir el camino de tierra y luego pasar a la carretera asfaltada que lleva a los secaderos de café. Señala al sur, hacia la casa grande. Muchos peones toman ese atajo cuando van a trabajar.

Se meten al carro, media docena de niños en el asiento de atrás y José como copiloto, en el asiento junto a Yolanda. Se internan por un camino irregular que sale de la autopista, que se va llenando cada vez más de baches, a medida que avanza por el campo silvestre y desolado. Las ramas rasguñan los lados del carro y los guijarros golpean la parte inferior. Yolanda quisiera dar la vuelta pero no hay espacio para hacerlo. Por último, con un buen chasquido de ramas y palitos contra el cristal delantero, como si el campo se resistiera a dejarlos ir, el carro sale a un terreno más liso bajo la luz del día. A ambos lados del camino hay guayabos. Los niños que se habían adelantado a pie están tirando de las ramas y sacudiéndolas para que suelten una lluvia de fruta.

Yolanda se come varias guayabas allí mismo, disfrutando del tacto de la piel levemente rugosa en su mano, y devorando la blanca pulpa, crujiente y dulce. Los niños la observan.

El grupo se dispersa para recoger guayabas. Yolanda y José, aliados, se alejan del camino que atraviesa el guayabal. Al poco están agachados para evitar enredarse en la densa bóveda de ramas a la altura de la cabeza. Cada nueva adición a la canasta de playa de Yolanda provoca que las demás, apiladas hasta rebasar el borde, se derramen.

EL CAMINO DE VUELTA PARECE mucho más largo que el que los llevó hasta allá. Yolanda empieza a inquietarse por haberse perdido y luego, así como la preocupación engendra más preocupación, cae en la cuenta de que hace rato no ven ni oyen a los otros niños. El encaje de ramas deja entrever centelleos de un cielo que se va apagando. La imagen del guardia en su elaborada cárcel florida se aparece como un relámpago en su mente. Las hojas de los guayabos, al susurrar, hacen resonar las advertencias de sus viejas tías: te vas a perder, te van a secuestrar, te van a violar, te van a matar.

Algo más adelante, la red de ramas de guayabo se despeja y allá está el sendero y más allá la tranquilizadora visión del carro, a un lado de la carretera. Es un alivio erguirse de nuevo. José apoya su carga en el suelo y endereza la espalda. Yolanda mira al cielo. El sol está bajo en el poniente.

"Los otros deben haber ido a recoger leña", señala José.

Yolanda mira su reloj; son más de las seis. A este paso, no logrará llegar a la costa al anochecer. Apura a José para que vuelvan al carro, y allí encuentran otro montón de guayabas que los otros niños dejaron en la cuneta. ¡Suficientes para apaciguar de por vida hasta al santo más goloso de la isla!

Las meten en el baúl rápidamente y se suben al carro, pero no han avanzado medio metro cuando el vehículo empieza a sacudirse renqueando horriblemente. Yolanda cierra los ojos y se recuesta contra el volante, para luego voltear a mirar a José. Sus ojos recorren el interior del carro buscando qué es lo que puede andar mal. Este niño no sabrá cambiar una goma pinchada tampoco.

El sol se pondrá pronto y caerá la noche con rapidez, sin ese lento crepúsculo que ocurre en los Estados Unidos. Le explica a José que tienen una goma desinflada y que deben ir a la casa grande. Quienquiera que se ocupe del Mercedes marrón seguramente sabrá cambiar una goma.

"Con su permiso", dice José. La doña puede esperarlo en el carro, y en un momento él volverá con alguien de donde los Miranda.

Miranda, Miranda… Yolanda se estira para sacar de la guantera la lista que le hizo su tía y, con seguridad, allí estará el apellido. Tía Marina y tío Alejandro Miranda—Altos de Alta-mira. Una nota detalla que tío Alejandro era el que solía tener caballos ingleses y que les enseñó a las cuatro García a montar. "Muy bien", le dice al niño. "Ya sé qué vamos a hacer". Señala su reloj. "Si vuelves para cuando esta manecilla esté aquí, te voy a dar…", y levanta un dedo, "un dólar". La boca del niño se abre de sorpresa. Al instante sale corriendo del carro y va ligero hacia donde los Miranda. Yolanda se baja también y camina lentamente, hasta que el niño desaparece en una de las curvas de la carretera.

DESDE EL SENDERO QUE CORTA por entre el monte al otro lado de la carretera, Yolanda oye el sonido de las ramas que alguien va apartando, de palitos que se quiebran bajo pisadas. Dos hombres, uno bajo y moreno, y el otro delgado y de piel más clara, aparecen. Llevan ropas de trabajo muy raídas y manchadas de sudor. Las caras, demacradas. De sus cinturones cuelgan machetes.

Al verla, sus rostros parecen ponerse alerta de repente. Luego miran más allá, al carro. El más moreno habla primero. "¿Es suyo?"

"¿Tiene algún problema?", habla nuevamente. El más alto la mira de arriba abajo, interesado. Ahora los dos están frente a ella, en la carretera, bloqueándole la huida. Tras escrutarlos sin perder detalle, advierte que ambos son fuertes y bien capaces de atraparla si intentara escapar. Tampoco es que esté en con-diciones de salir corriendo, pues de repente parece que sus piernas estuvieran clavadas al suelo. Piensa en la posibilidad de explicar que nada más salió a dar un paseo antes de la cena en la casa grande, para que así los hombres piensen que alguien sabe dónde está ella en ese momento, y que ese alguien ven-drá a buscarla si ellos tratan de llevársela. Pero siente la lengua como si fuera un trapo que le hubieran metido en la boca para mantenerla callada.

Los dos hombres cruzan una mirada, que a Yolanda le parece de complicidad.

Luego, el más bajo y más moreno le habla de nuevo. "¿Está bien, señorita?" La mira insistentemente. Es bajo, de la altura de Yolanda, pero da la impresión de ser más alto porque su cuerpo es macizo y sólido, como una pieza de escultura en madera aún inacabada. Su compañero es alto y delgado y su piel es del color de la miel oscura que hace juego con sus ojos del mismo tono. En cualquier otra circunstancia, Yolanda lo hubiera considerado tremendamente atractivo, pero aquí, en la carretera solitaria, con el cielo cada vez más oscuro, su apariencia parece peligrosa, como una carnada para pescarla a ella con la guardia baja.

"¿Podemos ayudarle en algo?", repite el bajito.

El buen mozo sonríe dando a entender que sabe lo que sucede. Dos hoyuelos alargados y profundos aparecen como tajos a ambos lados de su boca. "Americana", le dice al más moreno y señala el carro. "No comprende".

El moreno entrecierra los ojos y estudia a Yolanda un momento. "¿Americana?", le pregunta, como si no estuviera seguro de cómo clasificarla.

Ella ha estado demasiado aterrada para pensar en una estrategia, pero ahora se le abre un camino por delante. Junta sus manos sobre el pecho, donde siente el corazón galopante, y asiente. Luego, como si esa simple admisión le soltara la lengua, empieza a hablar en inglés, unas cuantas palabras. Primero una disculpa, y después una andanada de explicación: por qué está ella en esa carretera alejada, sola, su antojo de guayabas, que nunca ha sabido cambiar una goma. Los dos hombres la miran sin entender, amansados por su jerigonza. Y cuando menciona el apellido Miranda, los ojos se les encienden con respeto. ¡Está salvada!

Yolanda hace un ademán de inflar con una bomba. El moreno mira a su compañero, que se encoge de hombros desconcertado. Yolanda les hace señas de que la sigan. Y como si al fin hubiera logrado sacar de raíz sus pies enterrados en el suelo, se da cuenta de que puede moverlos e ir hacia el carro. Los tres se quedan mirando la goma desinflada un momento. Los dos hombres la patean como si la castigaran por haberle fallado a la señorita. Se agachan al lado del carro, en el costado del pasajero, y conversan en voz baja. Yolanda los lleva a la parte trasera del carro, y allí sacan la goma de repuesto de su cavidad, y luego se ponen manos a la obra para armar las piezas del gato, sacando las herramientas de las profundidades del baúl. Dejan los machetes al lado de la carretera, fuera del camino. Por encima de sus cabezas, el cielo está púrpura por el crepúsculo. El sol se rompe sobre las cumbres de las lomas, derramando su yema carmesí.

Una vez que la goma desinflada es reemplazada por la de repuesto, los dos hombres meten la estropeada al baúl y guardan las herramientas. Le entregan a Yolanda las llaves.

"Quisiera darles algo", empieza, pero las palabras en inglés le suenan huecas en la lengua. Busca en su bolso y saca un fajo de billetes. Lo enrolla y se los ofrece.

El más bajo hace un ademán de rechazo poniendo la mano frente a ella. Yolanda ve que tiene la palma raspada por el roce con el suelo y que la sangre dejó caminos secos en ella. "No, no, señorita. Con mucho gusto".

Yolanda se vuelve hacia el más alto. "Por favor", le dice, ofreciéndole los billetes. Pero él también baja la mirada, con el mismo gesto de Iluminada, el mismo de José. Rápidamente, embute el dinero en el bolsillo del hombre.

Los dos recogen sus machetes y se los llevan al hombro, como hacen los soldados con sus fusiles. El alto señala la casa grande. "Directo, Miranda". Pronuncia las palabras lentamente. Yolanda sigue la dirección que señala su mano. En la escasa luz de lo que queda de día, a duras penas logra ver la carretera ante sí. Es como si el monte de guayabos hubiera crecido sobre ella, entretejiendo sus ramas en una densa estera que se extiende en todas direcciones.

Yolanda estira la mano para estrechar la de los hombres. El bajo no responde al saludo, como si no quisiera ensuciarle la mano a la señorita, pero luego, tras limpiársela en los pantalones, se la da. La piel se siente áspera y seca, como la corteza de un árbol.

Yolanda se sube al carro mientras los dos hombres aguardan un momento en la cuneta para ver si la goma quedó bien. Llega al asfalto y comienza a bajar lentamente por la carretera. Cuando busca a los hombres en el espejo retrovisor, ya han desaparecido en la oscuridad del guayabal.

MÁS ADELANTE, LOS FAROS DIBUJAN la figura de un niño pequeño. Yolanda se inclina y le abre la puerta. La luz del interior del carro se enciende. La cara del niño delata que está conteniendo las lágrimas, y va acunando un brazo con el otro. "El guardián me pegó. Dijo que yo le estaba diciendo mentiras. Que ninguna dominicana que tuviera un carro iba a andar por ahí buscando guayabas a esta hora".

"No importa, José", le contesta, dándole palmaditas cariñosas. Siente el hombro huesudo bajo la gastada tela de la camisa. "En todo caso te ganaste el dólar. Cumpliste con tu parte".

Pero su vergüenza opaca cualquier gusto que pueda producirle la oferta de ella. Yolanda trata de distraerlo preguntándole qué va a comprar con ese dinero; qué es lo que más quisiera tener, pensando que en una próxima visita le traerá al niño su correspondiente antojo. Pero José Duarte, Sánchez y Mella no dice nada, nada más que un murmullo de "gracias" cuando ella lo deja en la cantina con varios dólares más que el que le prometió.

Al resplandor de las luces del carro, Yolanda distingue la silueta de la vieja en el cuadrado negro del umbral, diciendo adiós. Y por encima de la mesa de picnic en el poste cercano, la piel de la mujer Palmolive reluce con su blancura cremosa. Su cabeza sigue echada hacia atrás, la boca aún está abierta, como si llamara a alguien que estuviera muy lejos.

El beso

✎ Sofía

INCLUSO DESPUÉS DE CASARSE y de formar cada una su propia familia, razones por las cuales no era fácil reunirse en muchas ocasiones especiales, las cuatro hijas siempre volvían a casa para el cumpleaños de su padre. Se juntaban, sin maridos o futuros maridos ni trabajo pendiente del que se llevaban a casa. Era parte de la tradición: las hijas volvían solas a casa. El apartamento era muy pequeño para todos, decía el padre. Seguro que sus maridos podrían prescindir de ellas por una noche, ¿o no?

Los esposos no tenían inconveniente, pero los alardes del padre les incomodaban. "¿Cuándo va a entender que ya crecieron y que ahora duermen con nosotros?"

"Pero si casi tiene setenta años, ¡por favor!", decían las hijas, en defensa del padre. Eran mujeres apasionadas, pero sus afectos se parecían a las raíces, que se hundían en el pasado hacia el viejo.

Así que durante toda una noche, en cada noviembre las hijas volvían a ser las niñitas de su papá. En la sala, abarrotada con los oscuros y grandes muebles de la vieja casa en la que habían crecido, eran niñas de nuevo en una versión más pequeña y sencilla del mundo. En la puerta se repetía la escena del hijo pródigo. El padre abría los brazos para acogerlas, en su inglés dificultoso: "Ésta es su casa y eso es algo que no deben olvidar". Una vez adentro, su madre se preocupaba al verlas, con la ropa desaliñada, el pelo largo y suelto, o porque se veían cansadas, demasiado flacas, demasiado arregladas, y así sucesivamente.

Luego de unas cuantas copas de vino, el padre empezaba a hablar de lo que debería hacerse si él no llegaba a su siguiente cumpleaños. "Por favor, Papi", decían las hijas para tratar de persuadirlo de lo contrario, como si morir fuera un acto de modestia de su parte y ellas tuvieran que convencerlo de seguir vivo. Después del bizcocho y las velitas, él distribuía unos sobres abultados que se sentían como acolchados, y en ellos había varios cientos de dólares en billetes de diez, de veinte y de cinco, dispuestos todos de la misma manera, y el de más arriba venía firmado por el padre, como si los hubiera marcado. "¿Por qué no les entregaba un cheque?", comentaban las hijas más tarde, mientras charlaban en su habitación y contaban el dinero para asegurarse de que les había dado a todas lo mismo y no tenía favoritismos. "¿Sería ilegal que su padre fuera ahorrando y ocultando semejante suma de dinero?" Y aunque ninguna de ellas lo podía creer —y tan sólo de pensarlo era como una explosión diminuta y maravillosa en sus cabezas— se preguntaban si estaría metido en alguna red de narcotráfico o si haría abortos clandestinos en su consultorio.

En la mesa siempre se producía un amago para tratar

de devolver los sobres. "No, no, Papi. Al fin y al cabo es tu cumpleaños".

El padre les decía que había mucho más en el lugar de donde provenía ese dinero. La revolución en la patria había fracasado. La mayoría de sus compañeros habían sido asesinados o sobornados. Él había huido a otro país, y ahora no tenía a nadie más que a sí mismo. Por eso, lo que ganara era para sus niñas. Nunca les daba dinero a sus hijas cuando sus esposos andaban cerca. "Puede ser que me malinterpreten", había dicho una vez, y a pesar de que las hijas nunca sabían exactamente lo que el padre quería dar a entender, todas tenían clara la insinuación: "No traigan a sus maridos a casa para mi cumpleaños".

Pero este año, para el cumpleaños número setenta, la hija menor, Sofía, quería organizar el festejo en su casa. Su hijito había nacido el verano anterior, y no quería irse de viaje con un bebé de cuatro meses y su niñita. Además, de todas las hijas, ella era la que menos quería dejar de asistir porque, por primera vez desde que se había fugado con su esposo seis años atrás, ella y su padre habían vuelto a dirigirse la palabra. De hecho, el viejo había ido a verla, más bien a ver a su nieto, dos veces. Era un gran triunfo que Sofía hubiera tenido un varoncito, el primero que nacía en la familia en dos generaciones. Por eso el bebé iba a ser bautizado con el nombre de su abuelo, Carlos, y su segundo nombre sería el apellido de soltera de Sofía (cosa usual en los Estados Unidos), de manera que algo que el viejo jamás había soñado con ese "harén de cuatro mujercitas", como le gustaba decir en broma, era que su nombre sobreviviera en ese nuevo país, y ahora sería realidad.

En sus dos visitas anteriores, el abuelo se había mantenido en guardia junto a la cuna el día entero, hablándole al pequeño Carlos. "Carlos V, Carlos Dickens, el príncipe Carlos". Enumeraba la lista de los Carlos famosos para despertar algo de ambición genética en el niño. "Carlomagno", le decía en tono de arrullo también, pues el bebé era grande con pelusa rubia en la piel rosada clara, y con ojos azules como los de su padre que era alemán. Todos los sueños caribeños del abuelo por tener un heredero varón y por la rubia apariencia nórdica habían aflorado. Ahora había buena sangre en la familia, para contrarrestar un posible error de escogencia de pareja por parte de una de las mujeres.

"Como naciste aquí, hasta puedes llegar a ser presidente", le canturreaba. "También podrás ir a la luna, o tal vez a Marte, cuando tengas mi edad".

Su conversación infantil machista le revivió a Sofía el antagonismo que sentía hacia su padre. Era detestable que él prosiguiera con sus alabanzas mientras a su lado estaba su nietecita, con los ojos muy abiertos y tristes al oír todas las cosas que su hermanito, que no era más grande que una de sus muñecas, podría llegar a hacer por el simple hecho de ser varón. "Haz algo para que se calle", le pidió Sofía a su esposo. Entre los yernos, Otto era el más alegre y de mejor carácter. Sus cuñadas se referían a él como "el consejero de campamento de verano". Otto se acercó al abuelo. Ambos hombres miraron con cariño al nuevo vikingo.

"Llegarás a ser tan importante como tu papá", dijo el abuelo. Era la primera vez que el suegro le dirigía un cumplido a alguno de los yernos de la familia. No había manera de que Otto fuera a reconvenir al viejo después de eso. "Es un buen niño, ¿cierto, Papi?" El acento alemán de Otto se acentuaba más con el tinte afectuoso. Le dio una palmada amistosa a su suegro en los hombros. Ahora eran amigos.

A pesar de que el padre había hecho las paces con su

yerno, aún quedaba algo de tensión con su propia hija. A su llegada, ella había corrido a abrazarlo en la puerta, pero él se puso tieso ante el abrazo y se la sacudió de encima con amabilidad. "Déjame poner en el suelo estas maletas tan pesadas, Sofía". Él jamás la había llamado por su apodo familiar, Fifi, ni siquiera cuando todavía vivía en casa. Siempre había tenido problemas con la menor, por rebelde, y su huida de casa no había ayudado para nada. "No quiero tener casquivanas en la familia", les había advertido a sus hijas. Las advertencias se pronunciaban en forma colectiva porque a pesar de que había una hija transgresora de turno, a ninguna mujer le venía mal una buena dosis extra de reconvención.

Sus hijas habían tenido que aguantar este tipo de actitud en una época que ya no aplaudía tal cosa. Habían crecido a finales de los sesenta, en los días en los que usar jeans y pendientes en forma de aros, fumar un poquito de marihuana y dormir con los compañeros de curso eran actos políticos en contra del poder militar e industrial. Pero levantarse contra su padre era una cosa completamente distinta. Incluso ya de adultas, bajaban la voz si andaban cerca de su padre y estaban hablando sobre los placeres del cuerpo. ¡Y eso que ya eran todas unas profesionales, las tres, con sus diplomas colgados en la pared!

Sofía era la única sin diplomas. Siempre había hecho las cosas a su manera, y les daba poca importancia a sus decisiones al llamarlas "accidentes". De las cuatro, era considerada la menos agraciada de todas, con su cuerpo alto, de huesos grandes, y su cara de rasgos notorios. Y sin embargo, era la que siempre tenía novio, según decían sus hermanas, con algo de sorpresa y de envidia. La admiraban y siempre le pedían consejo en asuntos de hombres. La tercera hija había compartido su habitación con Sofía, de niñas. Le gustaba observar a su hermana revolotear por el cuarto mientras se alistaba para acostarse, cepillándose el pelo y sujetándolo con un gancho antes de meterse entre las sábanas como si alguien la esperara allí. En la oscuridad de la noche, Fifí despedía un aroma fresco y sano de piel limpia. A la tercera hija, que siempre era tan temerosa e insegura y que tenía tantos problemas con los hombres, le agradaba. La respiración de su hermana en la oscuridad del cuarto era como tener un animal fuerte y manso al pie de su cama, listo para protegerla.

La menor había sido la primera en irse de casa. Se había retirado de la universidad, enamorada. Había aceptado un puesto de secretaria y seguía viviendo en casa porque su padre había amenazado con desheredarla si se iba a vivir por su cuenta. En unas vacaciones se había ido a Colombia porque su novio de ese entonces viajaría allá, y como no podía pasar la noche con él en Nueva York, tenía que viajar miles de kilómetros para dormir con él. En Bogotá descubrieron que, una vez que lograron probar el fruto prohibido, perdieron el apetito. Terminaron. Ella conoció a un turista en la calle, un alemán cualquiera, y eso fue todo. La muchacha no había pasado más que unos pocos días de su vida adulta sin novio. Se enamoraron.

De camino a casa, tiró su diafragma en el primer zafacón del aeropuerto John F. Kennedy. No pensaba correr ningún riesgo, pero su padre sospechaba algo. Durante meses se mantuvo al acecho. A la primera oportunidad, revisó los cajones de su hija menor "buscando su cortaúñas", y allí encontró el paquete de cartas de amor. La letra pequeña y correcta del alemán decía cosas indecibles… en las delgadas hojas azules de papel de carta se recreaban conversaciones de alcoba.

"¿Qué significa todo esto?" El padre sacudió las cartas en su cara. Estaban sentadas a la mesa, las cuatro hermanas, conversando, y su padre había irrumpido, golpeando el paquete contra su pierna como si fuera un látigo, y la cinta de satén con la cual Sofía lo había atado colgaba donde su padre la había desamarrado, y luego la había enrollado alrededor del paquete, en un esfuerzo por contener la mala conducta de su hija menor.

"Dame eso", gritó ella, embistiéndolo.

El padre levantó la mano que sostenía las cartas por encima de las cabezas, como la estatua de la Libertad con su antorcha en alto. Pero se olvidó de que esta hija era tan alta como él. Le agarró el brazo, lo bajó y le quitó las cartas, como si fueran un bebé que él le hubiera arrebatado del pecho. Parecía una furia biológica y no una de tipo romántico.

Tras la conmoción inicial, el padre recobró su propia furia. "¿Te desfloró? Eso es lo que quiero saber. ¿Ya se fueron detrás de la palma? ¿Estás empañando mi buen nombre? ¡Eso es lo que quiero saber!" El padre gritaba enloquecido, justo en la cara de la hija menor, pregunta tras pregunta, y no le daba a ella oportunidad de responder. La cara se le enrojeció de ira pero la de ella era aun más fiera por lo impasible. Parecía una pálida luna de marfil, que atraía más y más la marea de la furia de su padre, hasta que pareció que él iba a ahogarse en su propio torrente iracundo.

Sus hermanas, preocupadas, se levantaron y dos lo tomaron por los brazos, tratando de persuadirlo como enfermeras, y la tercera lo tomó por la parte baja de la espalda, como si fuera un niño afiebrado. "Vamos, Papi, tranquilízate. Calmémonos. Hablemos en paz, que al fin y al cabo somos una familia".

"¿Eres una puta?", interrogó el padre. En las mejillas de su hija había gotitas de saliva por la cercanía de la boca del padre a su cara.

"¡Eso no es asunto tuyo, coño!", respondió ella con una

voz grave, horrísona, como el gruñido de un animal que quisiera lastimarlo. "¡No tienes derecho, ningún derecho a meterte con mis cosas o a leer mis cartas!" Las lágrimas se le salían, y resoplaba al respirar.

La boca del padre se abrió, tomando la forma de un pequeño cero de conmoción. Sin decir nada, Sofía se levantó y salió del cuarto. Por lo general, en sus berrinches de adolescente, esta hija solía abandonar la casa y volver horas más tarde, aplacada, renovada con la dulzura que le era natural, trayendo regalitos insignificantes para toda la familia: imanes para el refrigerador, bolitas de peluche con ojos juguetones.

Pero esta vez la oyeron en el piso de arriba, abriendo y cerrando gavetas, yendo y viniendo entre la cama y el clóset. Abajo, el padre recorrió todos los cuartos, con sus tres hijas que lo arrinconaban mientras el otro gran poder de la casa, metódicamente y como si tuviera todo el tiempo del mundo, abotonaba y doblaba toda su ropa, empacaba sus maletas, y dejaba la casa para siempre. De alguna manera llegó a Alemania y logró que el hombre se casara con ella. Para restregarle en la cara al padre que tanto ambicionaba que entraran presidentes y genios a la familia, el don nadie alemán resultó ser un químico reconocido en todo el mundo. Pero la hija no era de carácter mezquino. Qué le importaba lo que hiciera Otto para ganarse la vida si fue ella la que se presentó ante su puerta y se le ofreció.

"Puedo amarte tanto como cualquier otra mujer", dijo. "Si tú también puedes amarme tanto como cualquier otro, casémonos".

"Entra y hablamos", dijo Otto, o al menos así decía la historia.

"Sí o no", respondió Sofía. Así nomás, en una noche de nevada, alguien a la puerta y la corriente helada que se colaba por el hueco. "No podía permitir que la pobre se congelara", presumió Otto luego.

"Te habría matado", dijo Sofía, poniendo su gran mano en el hombro de Otto, y uno podía ver cómo debían ser las cosas en la oscuridad de sus encuentros sexuales. De luna de miel viajaron a Grecia, y Sofía les envió postales a sus padres y hermanas, como cualquier recién casada. "La estamos pasando de maravilla. Ojalá estuvieran aquí".

Pero el padre mantuvo su actitud vengativa. Durante meses nadie pudo mencionar el nombre de la hija en su presencia, a pesar de que no logró evitar llamarlas a todas "Sofía", para enseguida corregirse. Cuando nació la bebé de su hija menor, su esposa decidió que ya era suficiente. Si él quería, podía irse a la tumba con su enojo. En cuanto a ella, iba a viajar a Michigan, donde Otto había conseguido trabajo, para conocer a su primera nieta.

A última hora, el padre cedió y viajó con ella, pero bien hubiera podido quedarse en casa. Permaneció triste y silencioso durante toda la estadía, sin importar cuántas veces Sofía y sus hermanas trataron de involucrarlo en la conversación. El alejamiento total era preferible a este hombre frío que él prestaba. Pero Sofía lo intentó de nuevo. Al siguiente cumpleaños del viejo, se apareció en el apartamento de sus padres con su hija pequeña. "¡Sorpresa!", y hubo una reconciliación de algún tipo. El padre primero trató de estrecharle la mano. Frustrado, le dio un abrazo distante antes de recibir a la bebé en sus brazos, bajo la vigilante mirada de su esposa. Después de eso, año tras año, la hija asistió al cumpleaños de su padre y, tal como lo hacen las mujeres, aplacó y cosió y vendó los sentimientos heridos. Pero allí estaba, bajo el tejido social, la herida abierta. El padre se rehusaba a poner un pie en la casa de su hija. Pocas veces se hablaban. El padre se dirigía a ella en público con el mismo tono de voz que usaba con sus yernos.

Pero ahora se acercaba su cumpleaños número setenta, y había aceptado que la celebración se organizara en casa de Sofía. El bautizo del pequeño Carlos se había programado para la mañana, de manera que el gran acontecimiento fuera la fiesta de Papi Carlos en la noche. Fue una jugada maestra de la hija menor lograr reunir a la familia dispersa para pasar un fin de semana en Michigan. Pero el verdadero golpe de gracia fue que se las arregló para incluir a los maridos ese año. "Los maridos vienen, los maridos vienen", bromeaban las hermanas. Sofía le atribuyó el logro al pequeño Carlos. El niño les había abierto la puerta a los otros hombres de la familia.

Pero el tanto que la hija menor más anhelaba anotar era reconciliarse con su padre con todas las de la ley. Iba a organizarle una fiesta que no olvidaría. Durante semanas planificó qué iban a comer, dónde dormirían todos, cuál sería la diversión. Llamaba a sus hermanas para comentar todos los detalles y saber qué opinaban. En casi todo estuvieron de acuerdo con ella: un grupo musical, gorritos de papel, globos, botones con el lema "El mejor papá del mundo". Todo sería muy exagerado e ingenuo y afectuoso, tal como ellas sabían que le gustaría a él. Sofía pensó fugazmente en una bailarina de vientre o una chica que saliera de un bizcocho enorme. Pero la tercera hija, que luego de su reciente divorcio se había convertido en feminista, opinó que consideraba ofensivos esos espectáculos de machos. Estaba de acuerdo con el plan de los músicos y pagaría su parte. Sus tres hermanas podían compartir los gastos de lo demás entre ellas si querían ser sexistas. Con enorme paciencia, Sofía diseñó un fin de semana que no ofendiera a nadie. Iban a pasarla bien en su casa para festejar los setenta años del viejo, así ella se muriera en el intento.

La noche de la fiesta, la familia cenó temprano antes de que los músicos y los invitados llegaran. Cada hija brindó por los dos Carlos. Los yernos se dirigían a Carlos grande como "Papi". El pequeño Carlos, que más parecía una niñita con su largo y blanco faldón de bautizo, lloró todo el tiempo, y su pobre madre no tuvo un instante de paz entre servir la cena que había preparado para los demás y darle la suya al bebé. El teléfono no dejó de sonar, con parientes de la vieja patria que llamaban a felicitar al viejo. Los brindis que las hijas habían preparado fueron interrumpidos una y otra vez. A pesar de todo eso, la mirada del padre se nubló con lágrimas en más de una ocasión, cuando las cuatro hijas evocaron la trayectoria de su vida.

Esa noche se veía viejo; cada uno de sus setenta años se le notaba en la cara. A lo mejor era el exceso de vino que le había ensombrecido la tez, y su pelo, cejas y bigotes se destacaban con una blancura inusual. Sin embargo, se animó un poco con los regalos: aparatos y libros y trofeos de escritorio de sus hijas, y tarjetas con largos textos dentro "para el mejor Papi del mundo", que el viejo quería leer en voz alta. "¡No, Papi, no son para todo el mundo!", lo interrumpían sus hijas, acercándose a él, para ahorrarse la vergüenza de oír en público sus manifestaciones de cariño. Su esposa le regaló un reloj de oro. La tercera hija dijo en tono de broma que de esa manera las compañías premiaban a sus empleados al jubilarse, pero cuando la madre la miró molesta, se calló. Luego vinieron los regalos de los hombres, cinturones y carteras para las tarjetas de crédito.

"Cosas que de verdad me hacían falta". El padre fue muy cortés. Apiló las tarjetas y se las metió en el bolsillo para leerlas después con calma. Los yernos sabían bien que el padre los observaba celosamente, en busca de señales de indiferencia o de egoísmo. En cuanto a las muchachas, incluso después de haberle dedicado los brindis, y de que se abrieran los regalos, y que el padre los hubiera sacado de en medio con la ayuda de la pequeña nieta, después de todo eso, las hijas sintieron que había algo más que él esperaba y que aún no le habían dado.

Pero aún quedaba suficiente celebración como para creer que el padre recibiría cualquier cosa que le hiciera falta para el largo y solitario año que tenía por delante. Los músicos llegaron, tres hombres de mediana edad, cada uno con su copete plateado peinado hacia atrás con un exceso de brillantina. El grupo, "Danny y sus Muchachos", instaló un cartel con el nombre apoyado contra la chimenea. Uno tenía un acordeón, el otro un violín, y el tercero tocaba lo que hiciera falta, ya fueran maracas, triángulo o tambor. Tocaron música de películas, polkas, tonadas conocidas de esas que uno podía tararear. Las canciones sentimentalonas se las dedicaban a "Poppy" o a "su encantadora esposa". Al padre le gustó el grupo. "Bien escogido", dijo felicitando a Otto. El carácter de la hija menor se disparaba con facilidad luego de todo lo que había comido y bebido. Entrecerró los ojos mirando a su sonriente marido y se llevó la mano a la cadera. Como si Otto hubiera movido un dedo en los largos meses de preparación de la fiesta.

Los invitados empezaron a llegar, muchos de ellos contando que se habían perdido en el camino, por culpa de los suburbios oscuros e intrincados como laberintos, con sus zonas verdes y calles sin salida. Los colegas solteros de Otto echaron un vistazo a la sala, tratando de distinguir a la hermana recién divorciada de la cual tanto habían oído. Pero no veían a ninguna tan bella, divertida o talentosa como la tercera hermana que Sofía les había pintado. Además, la mayoría de estos amigos estaban medio enamorados de Sofía, y era a ella a quien buscaban en la sala atestada.

Había un enorme bizcocho de chocolate en forma de corazón dispuesto en el largo buffet con setenta y una velitas, una para atraer la buena suerte. La nieta y sus tías las habían contado para luego ponerlas en el bizcocho formando una diagonal sobre el corazón. Eran velas de broma, de las que no se apagan. Más tarde, al encenderlas, formaron una flecha llameante que no cedió a los intentos de apagarla. El bar estaba al lado del corazón, y a la medianoche, cuando los músicos entonaron nuevamente *"Happy Birthday, Poppy"*, todos los asistentes habían comido y bebido demasiado.

Habían estado jugando diversos juegos durante la velada. Los músicos se prestaron a jugar a las sillas musicales pero luego de que se rompieron dos asientos del comedor, dejaron de jugar. Además, la tercera hermana se había desbocado, y convertía en su propia silla musical el regazo del hombre que tuviera más a la mano. El padre se sentó sin decir nada. Contemplaba toda la escena con desaprobación.

De hecho, a medida que avanzaba la noche, el padre se iba retrayendo más y más. Rodeado por sus hijas y sus maridos y amigos inteligentes, elegantes y cultos, parecía darse cuenta de que no era más que un viejo sentado en casa de ellos, que se comía su cordero asado y se entrometía en su vida. Las hijas prácticamente alcanzaban a oír sus pensamientos dentro de su propia cabeza. Él, que había pagado el costo de enderezarles los dientes y corregir su acento en inglés en colegios caros, no significaba ya nada para ellas. Todos los que estaban en esa habitación iban a sobrevivirlo, hasta los tontos músicos de la banda que parecían niños. ¿Qué era eso de ganarse la vida tocando canciones de cumpleaños? ¿Cómo iban a poder ganarse el dinero suficiente para darles a sus hijas vestidos finos y mandarlas a Europa durante el verano para que no se aburrieran? ¿Dónde se habían metido los hombres del mundo? Todos y cada uno de sus yernos eran simples muchachos inmaduros, eso lo veía con total claridad. Incluso Otto, el famoso científico, no era más que un niño de colegio dedicado a resolver una larga división con su lápiz. El nuevo yerno le producía casi lástima, pues veía que no iba a aguantar a su segunda hija, tan voluntariosa. Ella ya lo tenía dándole masajes en la espalda y yendo a buscar cigarrillos en medio de la noche. Pero ya no tenía que preocuparse por sus niñas. Ni por su esposa, para el efecto. Allí estaba ella sentada, preciosa y delgada como una niña, sonriendo con timidez cuando le dedicaban una canción. Le daba unos ocho, o quizás nueve meses de viudez, y sabía que luego encontraría a alguien con quien compartir la vejez gracias a su seguro de vida.

La tercera hija pensó en un juego para atraer nuevamente a su padre hacia la fiesta. Tomó una de las suaves frazaditas del bebé, le vendó los ojos a su padre con ella, y lo llevó a una silla en el centro de la habitación. Las mujeres aplaudieron. Los hombres se sentaron. El padre fingió no entender qué pretendían sus hijas. "¿Cómo se juega esto, Mami?"

"Tienes que defenderte por tu cuenta, Dad", dijo la madre riendo. Era la única de la familia que lo llamaba por su nombre en inglés.

"¿Estás listo, Papi?", preguntó la mayor.

"Estoy listo", contestó él en inglés, con su acento pronunciado.

"Bien. Ahora, adivina quién es la persona que se te acerca", dijo la mayor. Ella siempre era la que tomaba el mando. Así funcionaban las cosas entre las hijas.

El padre asintió, con las cejas levantadas. Se aferró a la silla, emocionado, un poco asustado, como un niño que está a punto de oír una pregunta difícil cuya respuesta conoce.

La mayor le hizo señas a la tercera, que se internó en el círculo que las mujeres habían hecho alrededor del viejo. Le dio un beso filial en la mejilla.

"¿Quién fue, Papi?", preguntó la mayor.

El padre se rió de puro gusto y al principio no lograba pronunciar las palabras. Había bebido demasiado. "Ésa fue Mami", respondió en una vocecita tímida.

"¡No! ¡No fue ella!", gritaron todas las mujeres.

"¿Carla?", intentó con la mayor. Iba en orden de edad, de una en una. "¡No fue ella!", más gritos.

"¿Sandi? ¿Yoyo?"

"Adivinaste", dijo su tercera hija.

Las mujeres aplaudieron; algunas se doblaban de la risa. Todos habían bebido más de la cuenta. Y el viejo también se la estaba pasando bien.

"Okay, viene otra", dijo la mayor retomando el juego. Se llevó el dedo índice a los labios, miró a toda la concurrencia para dar a entender sus intenciones, dio la vuelta alrededor del viejo sin hacer ruido, y lo besó desde atrás en la parte superior de la cabeza. Luego volvió en puntas de pie adonde estaba inicialmente. "¿Quién fue, Papi?", preguntó con total inocencia.

"¿Mami?" Su voz ascendió en tono, mostrándolo expuesto y vulnerable. Luego se hundió en sus certezas habituales. "Fue Mami".

"Yo estoy fuera del juego", dijo su esposa desde el sofá donde al fin se había dejado vencer por el agotamiento.

El padre nunca daba el nombre de ninguna de las demás mujeres que había en la habitación. Hubiera sido irrespetuoso. Además, sus nombres en inglés le sonaban raros, y eran difíciles de pronunciar y de recordar. Le quedaba el beneficio de los besos encubiertos de sus hijas. Cada vez, el padre repasaba la sucesión de nombres en orden descendente: "¿Carla?",

"¿Sandi?", "¿Yoyo?" A veces alteraba el orden y ponía a la tercera de primera, o a la mayor de segunda.

Sofía había estado en su habitación, ocupándose de su hijito, que se desesperaba con todo el ruido que había en la casa. Volvió a la sala, abotonándose el frente del vestido, y se encontró con el juego. "Ooooh", y miró hacia lo alto levantando las cejas. "Las cosas se están poniendo picantes por aquí, ¿no?" Movió las caderas imitando giros, y todos los hombres se rieron. Empujó a sus amigas a la rueda y le dijo en secreto a su niña que le plantara el siguiente beso a su abuelo en la nariz. Todas las mujeres le dieron besitos castos y rozaron con los labios la cara del viejo. La segunda hija se sentó un instante sobre las piernas del viejo y cloqueó bajo su barbilla. Siempre que el padre se equivocaba de persona, la menor se reía ruidosamente. Pero pronto se dio cuenta de que él nunca decía su nombre. Después de todos sus esfuerzos, no la incluía en su cuenta de hijas. ¡Maldita sea! ¡Ella ya se encargaría de hacerle saber que era ella!

Rápidamente, se metió en el círculo y le dio al viejo un beso húmedo en la oreja. Le pasó la lengua por los laberintos de la oreja y le mordisqueó la punta. Luego retrocedió.

"Oh, la la", dijo riendo la mayor. "¿Quién fue ésa, Papi?"

El viejo no respondió. La sonrisa que había rondado sus labios durante todo el juego había desaparecido. Estaba sentado erguido, alerta. Hubo una larga pausa, y todos se inclinaron hacia adelante a la espera de que el padre recitara la retahíla de nombres empezando con "¿Mami?"

Pero no pronunció el nombre de su esposa. Se arrancó la venda como si fuera un cuerpo infeccioso cuya enfermedad pudiera contagiarlo. La frazadita cayó en un montecito mullido junto a su silla. La cara se le había oscurecido de la vergüenza de haberse excitado en público por causa de una de sus hijas. Las miró de una en una. Su mirada titubeó. En la cara de la menor estaba la mirada brillante e impasible que él recordaba del día en que le había arrebatado las cartas de amor de las manos.

"Ya basta de todo eso", ordenó en voz grave y furibunda. Y así era: su fiesta se había terminado.

Las cuatro niñas

Carla, Yolanda, Sandra, Sofía

LA MADRE AÚN LAS LLAMA "las cuatro niñas", a pesar de que la menor ya tiene veintiséis años y la mayor cumplirá treinta y uno el mes próximo. Siempre las ha llamado así, desde que tienen memoria, y la mayor lo recuerda así desde el día en que nació la cuarta. Antes de eso, la madre debía referirse a ellas como "las tres niñas", y antes diría "las dos niñas", pero ni siquiera la mayor, que alguna vez fue la única, tiene el recuerdo de que las llamara de una manera diferente.

La madre las vestía siempre igual que ella, con versiones de distintos colores y de tamaño cada vez más pequeño según la niña, de manera que el marido a veces bromeaba diciéndoles "las cinco niñas". Nadie podía saber si en el fondo de su corazón le molestaba no haber tenido ni un solo hijo varón, ya que siempre se jactaba de que "toro de casta engendra vacas", y la madre le daba palmaditas en el brazo y las cuatro niñas hacían alboroto y brincaban y se reían y pasaban corriendo vestidas de amarillo y azul claro y rosado pastel y blanco, y la gente las contaba: "Una, dos, tres, cuatro niñas. ¿Y ningún varón?"

"No", decía la madre en tono de disculpa. "Sólo las cuatro niñas".

Las cuatro tenían vestidos de fiesta iguales, uniformes de colegio idénticos; la misma ropa interior y cepillo de dientes; y colcha, vaso plástico, toalla, juego de cepillo y peine seme-jantes, pero la mayor se cepillaba en amarillo, la segunda se montaba al autobús escolar de azul claro, la tercera dormía en medio del rosado, y la menor hacía lo que quería en blanco. A medida que esta última crecía, empezó a ver el rosado con cierta envidia. La madre trató de convencer a la tercera hija de que el blanco era el mejor color, y de que la menor quería el rosado porque no era más que una bebé y se le metían ideas en la cabeza, pero la tercera era lista y no se dejó persuadir. Siempre había pensado que había salido ganando, pues el rosado era el color de las niñas. "Ustedes me van a volver loca, niñas", decía la madre, pero ellas se habían acostumbrado a formar parte de las amenazas retóricas de su madre.

Ella había ideado el código de color para hacerse la vida más fácil. Con cuatro niñas tan seguidas, no podía darse el lujo de respetar su identidad y conseguir una camisa roja de vaquero para la tercera en su etapa de marimacho, o una blusa de campesina mexicana cuando la mayor descubrió sus raíces hispanas. Como mujeres que eran, las cuatro criticaban la efi-ciencia de su madre. La menor insistía en que el sistema de colores tenía un fuerte tufo a mentalidad de producción en serie. La mayor, una psicóloga de niños, amonestó a la madre en un artículo autobiográfico titulado "Yo también estaba ahí", al afirmar que el tal sistema de colores había debilitado la capacidad de diferenciación de la propia identidad de las cuatro niñas y las había condenado a una existencia en la que nunca sabían dónde estaban los límites de su personalidad. También llegaba al punto de decir que la madre tenía una personalidad anal retentiva moderada.

La madre no entendía nada de toda esa jerga psicológica pero se daba perfecta cuenta cuando la criticaban. La siguiente vez que las cuatro se reunieron, aprovechó para llorar un poco y decir que había hecho lo mejor que había podido por sus cuatro niñas. Todas alabaron su labor como madre, al criar y educar cuatro niñas entre las cuales había tan poca diferencia de edad, y le sirvieron más vino a la madre y al padre, y el padre le dio una palmadita en el brazo a la madre y dijo con voz ronca "toro de raza engendra vacas", y la madre contó la historia que tanto le gustaba contar sobre Carla, la mayor.

Pues a pesar de que la madre les confundía los nombres o las llamaba a todas con el apodo genérico de "Cuquita", y equivocaba las fechas de los cumpleaños y sus carreras, y a veces se olvidaba de cuál marido o novio andaba con cuál de sus hijas, tenía una historia preferida de cada una que le gustaba contar como homenaje a esa hija en ocasiones especiales. La última vez que había contado su historia preferida de la mayor fue cuando Carla se casó. La madre, algo mareada por la champaña, se apoderó del micrófono durante un receso de la orquesta, y relató la historia de los tenis rojos ante los invitados. Luego de una breve sesión de lágrimas en su mesa, la madre repitió la anécdota. Carla conocía bien la historia, por supuesto, y la había analizado con su marido psicoanalista en busca de asuntos de su infancia que hubieran quedado sin resolver. Pero no se cansaba de oírla porque era su historia, y siempre que la madre la contaba, ella sabía que era la hija preferida en ese momento.

"¿Ustedes ya conocen la historia de los tenis rojos?", preguntó la madre a quienes estaban en la mesa.

"¡Oh, no!", se quejó la segunda hija. "No otra vez".

Carla la perforó con la mirada. "Oigan ese negativismo", y le hizo un gesto con la cabeza a su marido como para confirmar algo de lo cual habían hablado antes.

"Escuchen esa jerga", contraatacó la segunda, mirando a lo alto.

"Oigan mi historia". La madre tomó un sorbo de su copa y la puso en la mesa con movimientos torpes. Parte del vino se derramó sobre su mano. Miró al techo, como si el tiempo hubiera retrocedido hasta la época en que vivían en la isla. ¡Qué aguaceros los de allá! Goteras y más goteras, y no había techo que aguantara durante la época de lluvias. "¿Sabían que cuando estábamos recién casados éramos muy muy pobres?" El padre asintió, se acordaba. "Y su hermana", las historias siempre se contaban como si la hermana en cuestión no estuviera presente, "su hermana quería unos tenis nuevos. Iba a volverme loca, día y noche con la cantaleta de que quería un par de tenis. Y si no alcanzábamos a pagar las cuentas, mucho menos íbamos a poder comprarle unos tenis. Si ustedes supieran por todo lo que pasamos en ese entonces. Imposible describirlo con palabras. Cuatro, no, tres niñas en esos tiempos, y no nos entraba dinero".

"Bueno", interrumpió el padre, "yo trabajaba".

"Su padre trabajaba". La madre frunció el entrecejo. Una vez que empezaba su relato no permitía interrupciones. "Pero ese mísero cheque apenas alcanzaba para pagar la renta". El padre frunció el ceño. "Y mi padre nos ayudaba…", confesó la madre.

"Era un préstamo nada más", le explicó el padre a su yerno. "Le devolví hasta el último centavo".

"Era un préstamo nada más", continuó la madre. "En todo caso, para no alargar el cuento, no teníamos dinero para frivolidades como unos tenis. Pero la niña seguía cacareando, día y noche, que unos tenis, que unos tenis". La madre hacía buenas imitaciones, así que todos se reían y bebían vino. El marido de Carla le acariciaba la nuca en círculos lentos e incitantes.

"Pero el buen Dios siempre provee". Aunque la madre no era especialmente religiosa, le gustaba que sus historias tuvieran la intervención de la divina providencia. "Sucedió que una señora muy amable que vivía en la misma cuadra tenía una niña que era algo mayor que Carla y mucho más grande…"

"Mucho más grande". El padre infló los cachetes e hizo una mueca para mostrar qué tan grande era la muchachita.

"La abuela de la niña le había enviado unos tenis desde Nueva York, para su cumpleaños, pero no sabía que la niña había crecido tanto, y que los zapatos no le iban a servir".

El padre mantuvo los cachetes inflados porque la tercera hija estallaba en risas al verlo así. Nunca había sabido controlarse cuando bebía.

La madre aguardó a que dejara de reírse y le lanzó al padre una mirada para llamarlo al orden. "De manera que la señora me ofreció los tenis, porque sabía que Carla me había estado insistiendo en que quería un par. ¿Y saben qué?" Los que la rodeaban en la mesa esperaron a que la madre disfrutara de responder a su propia pregunta. "Como por intercesión divina, eran justamente de su talla", dijo la madre, asintiendo.

"Pero la señorita Carla no quería tenis blancos, sino rojos. Quería unos tenis rojos". La madre miró hacia arriba, poniendo los ojos en blanco exactamente de la misma manera en que lo había hecho la segunda hija ante el comentario de la mayor. "¿Pueden creerlo?"

"Ajá", dijo la segunda. "Te creo".

"Estamos desagradables hoy, ¿no?", contestó Carla. Su esposo le susurró algo al oído. Ambos rieron.

"Déjenme terminar", dijo la madre, percibiendo el desacuerdo.

La menor se levantó y les sirvió más vino a los demás. La tercera volteó su copa, hasta que la puso con el pie apuntando hacia arriba, y se rió sin mayor entusiasmo cuando su padre volvió a inflar los cachetes para divertirla. Sus propias mejillas habían palidecido; los párpados se le cerraban; se sostenía la cabeza en una mano. Pero la madre estaba demasiado absorta en su historia como para reñirla por poner el codo en la mesa.

"Le dije a su hermana: 'O te contentas con los tenis blancos o no hay tenis'. Y sí que tenía su temperamento, esa Carla. Los tiró hasta el otro extremo de la habitación y gritó: 'Tenis rojos, tenis rojos' ".

Las cuatro niñas cambiaron de posición en sus sillas, anhelando que la historia llegara a su fin. El marido de Carla le acariciaba un hombro como si más bien fuera un seno.

La madre apresura su relato. "Así que su padre, que las malcrió a todas —el padre sonrió desde su lugar en la cabecera de la mesa—, va al rescate de los tenis, a mis espaldas, y le susurra a Carlita que va a tener los tenis rojos que quiere. Y luego me los encontré a los dos en el piso del baño con mi esmalte de uñas, ¡pintando los tenis de rojo!"

"Por Mami", dijo el padre sumiso, levantando la copa para brindar. "Y por los tenis rojos", añadió.

La habitación resonó con carcajadas. Las hijas alzaron sus copas: "Por los tenis rojos".

"Un momento clásico", dijo el analista, con un guiño para su esposa.

"Unos tenis rojos por eso", dijo Carla negando con la cabeza y haciendo énfasis en la palabra "rojos".

"¡Por Dios!", se quejó la segunda hija.

"Dios siempre intercede por nosotros", añadió la madre.

"Tenis rojos", dijo el padre, tratando de sacar una carcajada más de los que lo rodeaban. Pero todos estaban cansados y la tercera hija dijo que creía que iba a vomitar.

YOLANDA, LA TERCERA DE LAS CUATRO niñas, se hizo profesora de escuela sin quererlo. Por años, luego de terminar su postgrado, en el espacio de profesión u ocupación de las encuestas y formularios de impuestos escribió "Poeta", y más adelante lo convirtió en "Poeta/profesora". Por último, aceptando que no había escrito nada de nada en años, le anunció a su familia que ya no era poeta.

La madre se decepcionó en secreto, porque siempre había soñado con que Yo fuera la famosa de sus hijas. La historia que contaba de su tercera hija ya no tendría el encanto de un final profético: "Y por supuesto, se convirtió en poetisa". Pero trató de convencer a su hija de que era mejor ser una persona común y corriente pero feliz que llegar a ser alguien, pero triste. Yolanda, que aún era tan lista como cuando su madre había tratado de demostrarle que el blanco era mejor color que el rosado, no quedó satisfecha.

La madre solía ir a todos los recitales poéticos en los que su hija participaba en la ciudad, y se sentaba en la primera fila para aplaudir frenéticamente y de pie. A Yolanda la avergonzaba tanto que procuraba mantener en secreto esas veladas, pero de alguna manera la madre siempre se enteraba y aparecía allí, en el centro de la primera fila. Incluso cuando se comportaba discretamente, la madre confundía a la hija con su presencia. A menudo Yolanda leía poemas dedicados a amantes, sonetos que sucedían en alcobas, y sabía que su madre no estaba de acuerdo con que las niñas tuvieran relaciones sexuales. Pero parecía no advertir el tema de los poemas. O, si lo hacía, atribuía esas alusiones a la gran imaginación de Yoyo.

"Esa niña siempre ha tenido mucha imaginación", le confiaba la madre a quien tuviera sentado al lado. En una lectura de poemas que la hija había dado recientemente tras un largo silencio, el vecino de asiento de la madre resultó ser el amante de la hija. La madre no tenía idea de que ese apuesto profesor canoso a su lado conociera a su hija, sino que pensó que le interesaba la poesía. "De las cuatro niñas", le dijo la madre al amante, "a Yo fue a la que siempre le gustó la poesía.

"Ése es su sobrenombre, Yo, Yoyo", explicó la madre. "Ella se queja de que quiere que le digan por su nombre, pero cuando hay cuatro niñas bien vale abreviar las cosas. Cuatro niñas, ¡imagínese!"

"¿De verdad?", dijo el amante, aunque Yolanda ya lo había puesto al día sobre su familia y su nombre prostituido: Yo, Joe, Yoyo. Él tendría el buen seso de no abreviarlo. Yo-lan-da, le había insistido ella. Supuestamente, los padres eran chapados a la antigua, pero las cuatro hijas parecían bien alocadas. Se habían presentado varios divorcios entre ellas, incluido el de Yolanda. La mayor, una psicóloga infantil, se había casado con el analista al que acudía cuando su primer matrimonio fracasó, o algo así. La segunda consumía montones de drogas para mantenerse delgada. La menor acababa de fugarse con un alemán al descubrir que estaba embarazada.

"Pero Yo", continuó la madre señalando a la hija sentada en su lugar entre los demás poetas que aguardaban a que el sonido funcionara bien para poder iniciar el recital, "esa Yo siempre ha tenido mucha imaginación". El zumbido de la conversación se veía puntuado de vez en cuando por un "un, dos, tres probando" pronunciado demasiado cerca del micrófono y amplificado junto con toda una serie de crujidos. Yolanda observó la absorbente conversación entre su madre y su amante con creciente incomodidad.

"Sí, a Yoyo siempre le ha encantado la poesía. Recuerdo una vez que íbamos hacia Nueva York, y ella no debía tener más de tres años". La madre iba calentando motores con su historia. El amante se dio cuenta de que los ojos de la madre eran los mismos que lo miraban con dulzura en las noches, desde el rostro de la hija.

"Probando", estalló una voz en el recinto.

La madre miró hacia el frente, pensando que el recital había empezado. El amante hizo un ademán para indicar que no tenía importancia. Quería oír la historia.

"Íbamos a Nueva York, Lolo y yo. Él tenía una convención allá, y decidimos tomarnos unas vacaciones, pues no habíamos podido hacerlo desde el nacimiento de la primera niña. Éramos muy pobres". La madre bajó la voz. "No es posible describir en palabras lo pobres que éramos. Pero las cosas estaban mejorando".

"¿De verdad?", respondió el amante. Se había apegado a esa expresión porque animaba a la madre hasta el punto exacto para que siguiera adelante con la historia, y sin interrumpir el flujo.

"Dejamos a las niñas en casa, pero a ésa", y la madre señaló a la hija, que abrió los ojos mirando a su amante, "a ésa se le estaba cayendo el pelo. La llevamos con nosotros para que la viera un especialista. Al final resultó que era por los nervios".

El amante sabía que Yolanda no hubiera querido que se enterara de semejante detalle tan poco delicado de su cuerpo. Ni siquiera le gustaba sacarse las cejas en su presencia. Se ponía la bata de inmediato luego de bañarse. Las luces se mantenían apagadas cuando hacían el amor. Otras veces ella predicaba sobre la madre primigenia y la santidad del cuerpo y la energía sexual como gozo eterno. A veces él se quejaba de sentirse arrinconado entre una activista por los derechos de la mujer y una señorita muy católica. "Pareces mi ex", lo recriminaba ella.

"Una tarde nos montamos en un autobús muy lleno". La madre sacudió la cabeza con el recuerdo del gentío allí dentro. "Me quedo corta de palabras para explicarle lo rebosado que estaba. Era como una lata de sardinas, donde no cabía ni un alfiler".

"¿De verdad?"

"¿No me cree?", lo acusó la madre. El amante asintió con la cabeza para mostrarle que sí estaba convencido. "Pero como le decía, el autobús estaba tan congestionado, Lolo y yo nos confundimos. Yo estaba segura de que la niña estaba con Lolo, y él pensaba que estaba conmigo. En todo caso, para no alargar el cuento, nos bajamos en nuestra parada y allí nos miramos. '¿Dónde está Yo?', nos preguntamos al mismo tiempo. Mientras tanto, el autobús se alejaba bramando".

"Bueno, le confieso que nos echamos a correr como locos. Era hora pico y todo el mundo nos miraba como si huyéramos de la policía o algo así". La voz de la madre se oía entrecortada con el recuerdo de la carrera. El amante aguardó a que alcanzara el autobús de sus remembranzas.

"¿Probando?", preguntó sin mucha convicción una voz distorsionada.

"Tras dos cuadras, logramos que el autobús se detuviera y nos subimos, ¡y no va a creer lo que encontramos!"

El amante sabía bien que más valía no tratar de adivinar.

"La encontramos rodeada por la multitud, como Jesús y los maestros de la ley".

"¿De verdad?", el amante sonrió, admirando a la hija de lejos. Yolanda era una de las profesoras más queridas de la facultad en la que él dirigía el Departamento de Literatura Comparada. "Ni siquiera se había dado cuenta de que nos habíamos bajado. Tenía una ronda de gente alrededor, y estaba recitando un poema. De hecho, era un poema que yo le había enseñado. A lo mejor usted lo conoce. Es de ese señor que escribió aquel poema sobre el cuervo".

"¿Stevens?", tanteó el amante.

La madre inclinó la cabeza. "No estoy muy segura. De todas formas, ¡imagínese!", continuó. "Apenas tres años y ya estaba atrayendo a las multitudes. Y claro, se convirtió en poetisa".

"¿O se refiere a Poe? ¿Edgar Allan Poe?"

"Sí, ése. Ése es", gritó la madre. "El poema hablaba de una princesa que vivía junto al mar, o algo así. A ver". Empezó a recitar en inglés:

> *Many many years ago, something . . . something,*
> *In a . . . something by the sea . . .*
> *A princess there lived whom you may remember*
> *By the name of Annabel Lee . . .*[1]

La madre levantó la vista y el público silencioso la miraba. Se sonrojó. El amante rió y le apretó suavemente el brazo. En el podio, la poeta ya había sido presentada y aguardaba a que la mujer del pelo blanco en la primera fila terminara de

---

[1] Hace muchos, muchos años, no sé qué… no sé qué, / En un… no sé qué junto al mar… / Vivía una princesa a quien quizás recuerden / Llamada Annabel Lee… La autora se refiere al poema "Annabel Lee" de Edgar Allan Poe. (NT)

hablar. "A Clive", dijo Yolanda, al iniciar su primer poema. "Siesta de alcoba". Clive le sonrió con timidez a la madre, que mostraba una sonrisa de orgullo por su hija.

LA MADRE YA NO CUENTA su historia preferida de Sandra. Dice que preferiría olvidar el pasado, pero en realidad es sólo una pequeña porción del pasado reciente lo que quisiera dejar atrás. Sin embargo, la madre sabe que la gente sólo entiende las afirmaciones en absoluto, así que dice con voz cansada: "Quisiera olvidar el pasado".

La última historia que la madre contó de la segunda hija no fue como homenaje sino a modo de explicación, al doctor Tandlemann, jefe de psiquiatría del hospital Mount Hope. La madre le explicaba por qué ella y su marido querían internar a su hija en un hospital psiquiátrico privado.

"Todo empezó con una dieta absurda", comenzó la madre. Iba doblando un Kleenex en cuadraditos cada vez más pequeños. El doctor Tandlemann la observaba y tomaba notas. El padre estaba sentado junto a la ventana en silencio y seguía los movimientos de un jardinero que iba podando primero una y luego otra franja de oscuro césped en el jardín.

"¿Puede creer que trató de matarse de hambre?" La madre reunió pedacitos del Kleenex. "No es de extrañar que se volviera loca".

"Tuvo una crisis nerviosa". El doctor Tandlemann miró al padre. "Su hija no está clínicamente loca".

"¿Qué quiere decir clínicamente loca?", le reprochó la madre. "No entiendo toda esa jerga de psicología".

"Quiere decir que...", el doctor Tandlemann comenzó, pero se detuvo para confirmar el nombre en el fólder, "quiere decir que Sandra no es psicótica ni esquizofrénica, sino que tuvo una pequeña crisis nerviosa".

"Una pequeña crisis nerviosa", murmuró el padre para sí. En pleno centro de una fila el jardinero se detuvo, con la podadora rugiendo. Escupió, alzó un hombro para pasárselo por los labios y limpiarse la boca, y luego continuó su avance a través del césped. Los trocitos de grama salían despedidos a un saco blanco tras el motor que iba llenándose. El padre sintió que debía decir algo amable. "Este lugar es muy bonito, con hermosos jardines".

"Ay, Lolo", dijo la madre con tristeza. Arrugó en el puño lo que le quedaba del Kleenex.

El doctor Tandlemann esperó un instante, en caso de que el marido quisiera responderle a su esposa, y luego le preguntó a ella: "¿Usted dice que todo empezó con una dieta?"

"Todo empezó con una dieta absurda", repitió la madre como si hubiera encontrado el sitio en donde iba cuando abandonó la lectura. "Sandi quería verse como esas modelos escuálidas. Era una muchacha muy bonita, y supongo que se le subió a la cabeza. Son cuatro hermanas, le digo".

El doctor Tandlemann escribió "cuatro niñas", aunque el padre ya se lo había dicho cuando preguntó: "¿Y ningún varón?" en voz alta. El padre respondió indiferente: "Cuatro niñas".

La madre vaciló, luego miró hacia donde estaba su marido, sin saber bien cuánto debía contarle a este desconocido. "Hemos tenido problemas con todas ellas…" Miró hacia lo alto para indicar el tipo de problemas al que se refería.

"¿Quiere decir que las demás hijas también han sufrido crisis nerviosas?"

"Malos hombres, ¡eso es lo que han tenido!", le reprochó la madre, como si el doctor fuera uno de sus ex yernos. "En el fondo eso tiene sentido: un corazón roto y una crisis nerviosa. Pero esto es diferente, es un caso de locura". El doctor levantó la mano para corregirla, pero la madre no hizo caso del gesto y prosiguió con su relato.

"Las otras no son feas, no me vaya a malinterpretar. Pero Sandi, a Sandi le tocaron los rasgos bonitos, los ojos azules, la piel de melocotón, ¡todo!" La madre extendió los brazos a su alrededor para indicar lo bonita y blanca y ojiazul que era su hija. Trocitos del Kleenex cayeron al piso, y ella los levantó de la alfombra. "Mi bisabuelo se casó con una muchacha sueca, ¿ve? Así que la familia tiene sangre blanca, y a Sandi le tocó toda. Pero imagínese lo que son las cosas de la vida, quería ser más morena, como sus hermanas".

"Es comprensible", dijo el doctor Tandlemann.

"Es una locura, eso es lo que es", dijo la madre enojada. "En todo caso, esa dieta se apoderó de ella. Cuando su hermana se casó, Sandi ni siquiera probó el bizcocho de bodas, ¡ni un bocado!"

"¿Se llevaban bien?" El doctor Tandlemann levantó la vista. Su mano parecía tener vida propia y continuó escribiendo.

"¿Quiénes?" La madre parpadeó contrariada. El hombre hacía demasiadas preguntas.

"Las hermanas", explicó el doctor Tandlemann. "¿Eran cercanas? ¿Había rivalidad entre ellas?"

"Son hermanas", dijo la madre a modo de explicación, frunciendo el ceño.

"A veces peleaban", añadió el padre. Aunque estaba mirando por la ventana, no perdía detalle de lo que decían el doctor y su esposa.

"A veces peleaban", se apresuró la madre. Quería llegar al final de su historia. "Así que Sandi seguía adelgazando. Al principio se veía muy bien, pues había engordado un poco y su contextura fina no resiste el exceso de peso. Así que estuvo bien que se deshiciera de unas cuantas libras. Luego, se fue a hacer un postgrado y no la vimos durante una temporada. Cada vez que hablábamos por teléfono su voz se oía más y más lejana. Y tampoco era a causa de la larga distancia. No sé cómo explicarlo", dijo la madre. "Una madre percibe esas cosas.

"Y entonces un día recibimos una llamada. Era la decana de la facultad. Dijo que no quería asustarnos, pero que debíamos acudir de inmediato. Nuestra hija estaba en el hospital, en el extremo de la debilidad. Y no hacía más que leer".

El padre iba cronometrando las idas y venidas del jardinero por la grama. Cuando no se detenía a escupir o a enjugarse el sudor de la frente, cada franja le tomaba aproximadamente dos minutos.

La madre intentó desplegar el Kleenex en su regazo, pero estaba demasiado deshecho para extenderlo. "Nos subimos al siguiente avión y cuando llegamos, no reconocí a mi propia hija". La madre levantó su dedo meñique. "Sandi estaba convertida en un palillo. Y eso no era lo peor. No dejaba los libros. Leía, leía y leía, y no hacía nada más".

En la ventana, la vista del padre se iba nublando.

La madre miró a su marido y se preguntó en qué estaría pensando. "Tenía listas y listas de libros por leer. Las encontramos en su diario. Tras terminar uno, lo tachaba de la lista. Al fin, nos contó por qué no podía dejar de leer: no le quedaba mucho tiempo. Tenía que leer todas las grandes obras de la humanidad porque pronto", la madre reunió todo su valor para decirlo, "pronto iba a dejar de ser humana".

En el silencio que siguió, la madre percibió el ruido insistente de la distante podadora.

"Nos dijo que sería expulsada de la raza humana, que se convertiría en un mono". La voz de la madre se quebró. "En mono, ¡mi niñita!

"Ya los demás órganos de su cuerpo eran de mono. Sólo le quedaba el cerebro, y ya sentía que se le estaba yendo". El doctor Tandlemann dejó de escribir. Sopesó el bolígrafo en la mano. "Tenía entendido que la habían internado nada más por el asunto de la pérdida de peso. Esto es nuevo para mí".

"Una pequeña crisis nerviosa", murmuró quedamente el padre para que el doctor Tandlemann no alcanzara a oírlo.

La madre había recuperado el control de su voz. "Si leía todos los grandes libros, a lo mejor recordaría algo importante de su etapa humana. Así que leía y leía. Pero temía perderlo todo antes de llegar a algunos de los grandes pensadores".

"Freud", dijo el doctor, enumerando nombres que tenía en su libreta. "Darwin, Nietzsche, Erikson".

"Dante", reflexionó el padre. "Homero, Cervantes, Calderón de la Barca".

"Le dije que dejara de leer y volviera a comer. Le dije que esos libros la estaban volviendo loca. Le preparé todo lo que le gustaba: arroz con habichuelas, lasaña, pollo a la king. Le preparé su plato preferido: chillo en salsa de tomate. Dijo que no quería comer animales. Que con el tiempo, dijo, ella llegaría a ser ese pollo. Que llegaría a ser el chillo. La evolución había llegado a su tope y ahora iba hacia atrás. Algo así". La madre apartó la idea con la mano. "Era una locura, créame.

"Una mañana entré a su cuarto para despertarla y me la encuentro en la cama, mirándose las manos". La madre levantó las manos y recreó la escena. "La llamé: '¡Sandi!' Y ella seguía girando las manos así y asá, ante sus ojos. Le grité para que me respondiera, y ni siquiera me miró. Nada. Y emitía esos horribles sonidos, como si ella fuera un zoológico". La madre cloqueó y gruñó para mostrarle al doctor cómo sonaban los animales.

De repente, el padre se inclinó hacia delante. Su mirada había caído en algo importante.

"Y mi Sandi me mostró sus manos", continuó la madre. Acercó las manos hacia el doctor Tandlemann y luego a su marido, cuya cara estaba pegada a la ventana, "y gritó: 'Manos de mono, manos de mono' ".

El padre se puso de pie de un salto. Afuera, una muchacha rubia y esbelta y una mujer maciza vestida de blanco iban caminando por el jardín. La mujer señalaba las flores y las hojas de los arbustos para atraer a la joven hacia delante, camino del edificio. En un extremo del césped, el jardinero se enjugó el sudor de la frente, giró la podadora y comenzó una nueva franja. Una estela oscura se extendió tras él. La muchacha miró a lo alto, buscando confusa el avión que oía. La enfermera siguió sus movimientos distraídos con preocupación. Por último, la muchacha vio a un hombre que se le acercaba con un animal rugiente atado con una correa, con un estómago que iba hinchándose a medida que devoraba la grama que los separaba. La muchacha gritó y empezó a correr aterrada hacia el edificio donde su padre, a quien no alcanzaba a ver, la miraba desde la ventana y la saludaba.

EN EL HOSPITAL, la madre se apoya en el vidrio con una mano y golpea con la otra. Hace una mueca de mono. La cuna está vuelta hacia ella, pero la bebé, diminuta y arrugada, no la mira. En lugar de eso, los ojos de la recién nacida miran a todos lados, como si ella aún no hubiera aprendido a manejarlos. Sus labios hacen pucheros y luego se estiran, se juntan y se estiran. La abuela está segura de que la bebita le sonríe.

"Mírela nada más", le comenta la abuela al hombre joven que está a su lado y que contempla al bebé en la cuna vecina.

El hombre mira a la bebé de esta desconocida.

"Desde ya sonríe", alardea la abuela.

El hombre asiente y sonríe.

"El suyo está dormido", dice la abuela en un tono levemente criticón.

"Los bebés duermen mucho", explica el hombre.

"Algunos", dice la abuela. "Tuve cuatro niñas y jamás durmieron".

"¿Cuatro niñas, y ningún niño?"

La madre niega con la cabeza. "Supongo que lo llevamos en la sangre. Ésta también es una niña, ¿cierto, Cuquita?", le pregunta la abuela a su nieta.

El hombre le sonríe a su hija. "La mía es niña también".

La abuela lo felicita. "Toro de casta engendra vacas, ya sabe".

"¿Perdón?"

"Es un dicho que mi esposo solía repetirme cuando nació cada una de las niñas. 'Toro de casta engendra vacas'. Recuerdo la noche en que nació Fifi". La abuela mira a su nieta y le explica: "Tu mamá".

El hombre estudia a su bebita mientras oye la historia de la señora.

"Esa niña me dio más trabajo para nacer que todas las demás. Y lo curioso es que era la última y la más pequeña de todas. Veinticuatro horas en trabajo de parto". La abuela levanta las cejas a modo de puntuación.

El hombre silba suavemente. "Veinticuatro horas es un parto muy largo para un cuarto bebé y además pequeño. ¿Hubo complicaciones?"

La madre examina al hombre por un instante. ¿Será médico para saber tanto de bebés?, se pregunta.

"Veinticuatro horas…" El hombre sacude la cabeza y murmura: "El nuestro tomó apenas tres horas y media".

La madre lo mira fijamente. ¿Nuestro? ¡Estos hombres! Ahora van a decir que también pueden parir bebés.

"Y le cuento que no nos equivocamos al ponerle el nombre a esa Fifí. Sofía, así se llama en realidad. Mi hija, la poetisa, dice que Sofía era la diosa de la sabiduría en la antigüedad. Los católicos no creemos en esas cosas. En todo caso, ella es la más lista, y no me refiero a que haya estudiado mucho. Simplemente es inteligente". La abuela se da un golpecito en la sien con el dedo y luego repite el gesto contra el vidrio. "Inteligente de verdad", le cuenta a la bebé. Sacude con la cabeza, murmurando para sí: "Esa Fifí, que siempre parece que va a meterse en líos pero al final, con su buena suerte, sale bien.

"Esa noche en que nació, su padre apareció y yo supe que estaba algo decepcionado, sobre todo después de tan larga espera. Y le dije, 'No lo puedo evitar, Lolo, siempre me salen niñas', y él contestó, 'Toro de casta engendra vacas', como si fuera logro suyo. Estaba a punto de derrumbarse de cansancio, así que lo mandé a la casa, a dormir".

El hombre bosteza y se ríe.

"Estaba tan exhausto que no oyó a los ladrones cuando se metieron en la casa y nos robaron todo. Si se llevaron hasta mis zapatos y mi ropa in…" La abuela recuerda que no es de buena educación mencionar esas cosas. "Hasta la última prenda de vestir que encontraron", añade tímidamente.

El hombre finge estar alarmado.

"Pero lo que quiero decir con eso de la suerte es que atraparon a los ladrones, y nos devolvieron todo, todo". La abuela golpea suavemente el vidrio. "Cuquita", le dice a la bebé.

"Tiene suerte", le dice al hombre. "Esa Fifí siempre ha sido la afortunada. Y eso sin contar la suerte que tuvo con…", la abuela baja la voz, "con Otto".

El hombre mira por encima de su hombro. ¿Otto? ¿Quién le podría poner semejante nombre a un niño? "Imagínese", continúa la abuela. "Fifi se retira de la universidad y se va a Perú en una excursión de la iglesia, supervisada por adultos, claro, pues si no, no la habríamos dejado ir. No creemos en toda esa libertad". La abuela frunce el ceño al tratar de ver más allá de donde están los bebés. Detrás del vidrio, entre los finos barrotes blancos de sus cunas, duermen profundamente media docena de criaturas.

"En todo caso, conoce a este Otto, el alemán, en un mercado en el Perú. Otto no sabe una palabra de español pero está tratando de comprar un poncho. Fifi regatea por él y logra que pague un precio insignificante. Y así nomás, se enamoraron, se escribieron cartas durante un tiempo y véalos ahora: son papás. Dígame si eso no es suerte".

"Es suerte", dice el hombre.

"Y tú también vas a ser afortunada, ¿cierto?", le pregunta la abuela a su nieta, y luego le dice con sigilo al hombre: "Va a parecer un ángel, rosadita y rubia".

"Es difícil decirlo cuando están tan pequeños", dice el hombre mirando a su hijita.

"Yo sí puedo", proclama la abuela. "Tuve cuatro".

"MAMI SIEMPRE TERMINA conversando con hombres guapos", dice Sandi riéndose. Está sentada con las piernas cruzadas en el piso, en la sala de la casa de Fifi. La flamante mamá está en el sillón reclinable de Otto, con la bebé dormida sobre su hombro. Carla está tumbada en el sofá. A sus pies, Yolanda teje furiosamente una frazada diminuta, de cuadrados rosados, azules claros y amarillos pastel con borde blanco. Es de mañana. La familia se reunió en casa de Fifi para pasar la Navidad, que cae justo una semana después del nacimiento de la bebita. Los maridos y los abuelos aún duermen. Las cuatro niñas, en sus batas, aprovechan para contarse la verdadera historia de cómo van sus vidas.

Sandi explica que su madre y ella estaban en la sala de espera, cuando su madre desapareció. "Y luego me la encuentro frente a la ventana de la sala de recién nacidos, hablando con ese bizcochote…"

"¡Qué ofensivo llamarlo así!", dice Yolanda. "Podrías decir simplemente que era un hombre".

"Déjame en paz, ¿sí?" Sandi está al borde de las lágrimas. Luego de salir del hospital psiquiátrico un mes atrás, llora con tal facilidad que debe llevar Kleenex siempre consigo, y los antidepresivos en el bolso. Mira por todo el cuarto en busca de su cartera. "La poeta de la familia es tan susceptible a los matices del lenguaje".

"Ya no escribo poesía", dice Yolanda con voz dolida.

"Caramba con ustedes dos", interviene Carla, para mediar en la discusión. "Es Navidad".

La nueva mamá se vuelve hacia su segunda hermana e introduce los dedos entre su pelo. Es la primera vez que la familia se reúne desde hace un año, y quiere que todos se lleven bien, así que cambia el tema. "Fue muy amable de tu parte haberme ido a visitar al hospital, pues ya sé que adoras esos lugares", añade.

Sandi baja la vista hacia la alfombra y la pellizca. "Nada más quiero olvidarme del pasado, ¿sí?"

"Es comprensible", dice Carla.

Yolanda deja a un lado la frazadita de la bebé. Tiene la misma expresión herida de su hermana hace un momento, una señal familiar de que las lágrimas ya vienen. "Lo siento", le dice a Sandi. "Ha sido la peor semana".

Sandi le toca la mano, y mira a las demás hermanas. Todas

saben ya que Clive volvió nuevamente con su mujer. "Es un cerdo. ¿Cuántas veces te ha hecho lo mismo, Yo?"

"Yolanda", la corrige Carla. "Quiere que de ahora en adelante le digan Yolanda".

"¿A qué te refieres con eso de que 'Quiere que de ahora en adelante le digan Yolanda'? Es mi nombre, por si no te habías enterado".

"¿Por qué estás tan molesta?" La calma de Carla es profesional.

Yolanda mira a lo alto. "No necesito tu terapia barata, gracias".

Como hay problemas a la vista nuevamente, Fifi vuelve a cambiar de tema. Toca la frazada en progreso. "Es muy bonita. Y el poema que le escribiste a la bebé me hizo llorar".

"Entonces, ¡estás escribiendo!", dice Carla. "Ya sé, ya sé que no quieres hablar del tema". Carla hace una ofrenda de paz con sus cumplidos. "Escribes tan bien, Yolanda, en serio. Tengo guardados todos tus poemas. Cada vez que leo algo en una revista pienso que tú eres mucho mejor. Cree un poco en ti misma… no seas tan dura".

Yolanda mantiene la boca cerrada. Está elaborando una idea con respecto a su mandona hermana mayor. Carla tiene la tendencia de enlazar sus elogios con llamados a la superación personal: reconoce tus aptitudes, cree en ti mismo, quiérete. De alguna manera, eso hace que sus cumplidos suenen como la trillada crítica "constructiva" de su madre.

Carla se vuelve hacia Sandi. "Mami me dijo que estás viendo a alguien". La mayor sopesa cuidadosamente cada palabra. "¿Es cierto?"

"¿Y qué si lo fuera?", Sandi mira hacia arriba a la defensiva y luego se da cuenta de que su hermana se refiere a un hombre y no a un terapeuta, y añade: "Es un buen tipo pero… no sé…" Se encoge de hombros. "Estaba en el hospital al mismo tiempo que yo".

¿Por qué estaba en el hospital?, es la pregunta que pende en el aire, que ninguna de las hermanas se atreve a enunciar.

"Entonces, cuéntanos de ese bombón en la sala de recién nacidos", suplica Fifi. Cada vez que las hermanas están al borde de una conversación espinosa, la nueva mamá cambia de tema hacia el favorito del momento: su hijita recién nacida. Cada nimiedad de la bebé —qué come, qué evacúa— parece un salto en su evolución. Claro, no todos los recién nacidos le sonríen a su madre. "¿Conociste a este hombre en la sala de recién nacidos?"

"¿Yo?", se ríe Sandi. "Querrás decir Mami. Se topa con este tipo y lo invita a almorzar en la cafetería del hospital".

"Mami es tan descarada", dice Yolanda. Se da cuenta de que cometió un error en el tejido y empieza a deshacer una línea amarilla que le quedó torcida.

Fifi le da palmaditas a la bebé en la espalda. "¡Y luego se queja de nosotras!"

"Así que almorzamos los tres", continúa Sandi, "y Mami no pudo callarse toda la historia de cómo Dios los juntó a Otto y a ti en Perú desde extremos distantes del mundo".

"¿Dios?" Carla hace un gesto de extrañeza.

"¿En Perú?" La expresión de Fifi imita la de su hermana. "Jamás he estado en Perú. Nos conocimos en Colombia".

"En la versión de Mami de esa historia, se conocieron en Perú", dice Sandi. "Y fue amor a primera vista".

"Y además se fueron a la cama la primera noche", bromea Carla y las cuatro se ríen. "Sólo que esa parte no figura en la versión de Mami".

"He oído tantas versiones de esa historia que ya no sé cuál es la cierta", dice Sandi.

"Yo tampoco", añade Fifi, riendo. "Otto dice que probablemente nos conocimos en una terminal de la Greyhound en Nueva Jersey, pero añade que, como hemos oído todas esas historias apasionantes de que nos conocimos en Brasil o Colombia o Perú, preferimos creerlas".

"Y entonces, ¿fue la primera noche?", pregunta Yolanda, con las agujas de tejer en suspenso.

"Yo oí que sí", dice Carla.

Sandi entrecierra los ojos. "Yo oí que había sido cosa de una semana después de conocerse".

La bebé deja escapar un gas. Las cuatro se miran y se ríen. "En realidad", calcula Fifi levantando uno por uno los dedos que apoya sobre la espalda de la niña y luego cerrándolos en una palmadita, "fue a la cuarta noche. Pero lo supe desde el primer momento en que lo vi".

"¿Que lo amabas?", pregunta Yolanda. Fifi asiente. Desde que Clive la había dejado, Yolanda era adicta a las historias de amor con final feliz, como si en ellas hubiera un punto pasado por alto, un error que hubiera cometido al enamorarse de su primer novio que, de encontrarlo, podría corregir y así desenredar su embrollo con John, Brad, Steve, Rudy y volver a empezar.

En la pausa que se marca antes de que alguien más retome el hilo de la conversación, todas oyen la suave respiración de la bebé.

"De cualquier forma, Mami le cuenta a este hombre de todo tu largo intercambio de cartas". Sandi ayuda a Yolanda a devanar la madeja de lana para convertirla en un ovillo, deteniéndose de vez en cuando para deleitarse con su historia sobre la madre. *"Estuvieron separados meses y meses luego de conocerse en Perú, meses y meses"*. Sandi mira a lo alto y pone los ojos en blanco como su madre. Como imitadora es bastante buena. Sus tres hermanas ríen. *"Otto estaba haciendo sus investigaciones en Alemania, pero le escribía todos los días".*

"¡Todos los días!", se ríe Fifi. "Ojalá hubiera sido todos los días. A veces pasaban semanas entre una carta y otra".

"Pero un día", dice Yolanda en el tono de voz de mal augurio típico de las radionovelas, "un día Papi encontró las cartas".

"Mami no mencionó las cartas", comenta Sandi. "La historia era breve y tierna: *él le escribía todos los días. Luego, ella fue a visitarlo la Navidad pasada, él le propuso matrimonio, y se casaron en primavera y, por último, ¡tuvieron una hijita!"*

"Uno, dos, tres, cuatro", dice Carla, haciendo cuentas.

Fifi sonríe con sarcasmo. "Déjalo así", dice. "La bebé nació exactamente nueve meses y diez días después de la boda".

"¡Gracias a Dios por esos diez días!", comenta Carla.

"Me gusta la versión de Mami de la historia", se ríe Fifi. "Así que no trajo a colación el lío que se armó por las cartas". Sandi niega con la cabeza. "A lo mejor se le olvidó. Ya saben que se la pasa repitiendo que quiere olvidarse del pasado".

"Mami se *acuerda* de todo", responde Carla, contrariándola.

"Bueno, Papi no tenía por qué meterse con mi correspondencia personal". La voz de Fifi se oye desafiante. La bebé cambia de posición en su hombro. "Insiste en que estaba buscando su cortaúñas o algo así. En mis gavetas, ¿no?"

Yolanda imita a su padre rasgando un sobre. Sus ojos se ensanchan de horror fingido. Se aprieta la garganta con las manos. Incluso remeda una especie de acento del Conde Drácula para hacer el momento más dramático. No es una buena imitadora. *"¿Qué quiere decir este hombre con eso de '¿Ya te bajó la regla?'"*

Sandi continúa el juego: *"¿Qué le importa a Otto si ya te bajó o no?"*

La bebé empieza a llorar. "Ya, ya, mi amor, que es sólo una historia", la arrulla Fifi.

"Quedas desheredada", dice Sandi imitando a su padre. *"Has deshonrado a la familia. ¡Vete de esta casa!"*

"Fuera de nuestra vista", agrega Yolanda señalando a la puerta. Sandi se agacha para evitar las agujetas que pasan sobre su cabeza. Un ovillo de lana blanca rueda por el suelo. Las dos hermanas se doblan por la cintura de tanto reír.

"Ustedes sí que saben de estas cosas". Fifi se levanta para calmar a la bebé que llora. "No hay nada como una historia para sacarse la amargura de encima", añade con frialdad. "No es que las cosas estén mejor ahora entre nosotros, ¿no?"

Las tres hermanas se miran levantando las cejas. Su padre no ha pronunciado una palabra desde que llegó, hace dos días. Aún no ha perdonado a Fifi por "irse detrás de la palma". Años atrás, las hermanas solían bromear diciendo que lo más probable era que siguieran vírgenes ya que había muy pocas posibilidades de encontrar una mata de palma en su trozo de bosque.

"Es difícil, ya lo sé". Como es la terapeuta en la familia, a Carla le gusta ser la comprensiva. "Pero en serio, cambia de actitud. Ya te los ganaste, Fifi, de verdad. Ya te ganaste a Mami con esta bebé, y a Papi le pasará lo mismo con el tiempo, ya verás. Mira, al fin y al cabo vino, ¿no?"

"Dirás más bien que Mami se lo trajo a rastras". Fifi contempla a su bebé con mirada afectuosa y recupera su buen humor. "Bueno, la bebé es hermosa y está bien, y eso es lo que importa".

Hermosa y bien, piensa Yolanda. Eso es lo que ella quería con Clive, que todas las cosas fueran buenas y hermosas, en lugar de esa pasión obsesiva y agobiante que la dejaba a ella exhausta y angustiada cada vez que Clive la abandonaba. "No entiendo por qué lo hace", les dice a sus hermanas en voz alta. "Cosas del otro país", dice Carla. "Ya sabes que a él le tocó una dosis mayor que la que recibió Mami".

Sandi mira a Yolanda, pues entendió a quién se refería ella. Trata de despejar el ánimo de su hermana. "Mira, si no te gustan los bombones, hay variedad de bizcochos para escoger allá afuera", dice. "Lo único que quisiera es que esa belleza de hombre no estuviera casado".

"¿Cuál preciosidad?", le pregunta Carla.

"¿Cuál hombre?", pregunta la madre. Está de pie en la puerta del salón, abotonándose una bata de casa de flores multicolores. Desde que sus hijas eran niñas tiene el hábito de comprarse ropa de todos los colores, de manera que ninguna de sus hijas la pueda acusar de favoritismos.

"El hombre que te levantaste en el hospital", bromea Sandi.

"¿A qué te refieres con eso de que me lo levanté? Era un muchacho simpático, y sucede que tenía una niñita que nació al mismo tiempo que mi Cuquita". La madre extiende los brazos hacia delante. "Ven acá, Cuca", ronronea bajito, tomando a la bebé de manos de Fifí, y luego deja escapar una especie de cloqueo contra la frazadita.

Sandi sacude la cabeza. "Coño, ¡pero si pareces todo un zoológico!"

"Cuidado con tu vocabulario", la riñe la madre con voz ausente y luego, como si fuera una frase cariñosa, la repite en tono meloso para su nieta: "Cuidado con tu vocabulario".

Los hombres van apareciendo lentamente a desayunar. Primero el padre, que hace un gesto forzado con la cabeza a quienes lo saludan. Lo sigue Otto, que les desea a todos una feliz Navidad. Con sus cejas, barba y bigote de color rubio muy claro y su cara regordeta y colorada, parece un Santa Claus joven. El analista hace su entrada de último. "Miren, tantas mujeres", dice en voz baja.

La madre camina de un lado a otro de la sala cargando a su nieta.

"Mírenlas", sonríe Otto. "Es una visión. ¡Lo que vieron los tres Reyes Magos!"

"Cuatro niñas", murmura el padre.

"Cinco", corrige el analista, guiñándole un ojo a la madre.

"Seis", lo corrige la madre, señalando con la cabeza el envoltorio que tiene en brazos. "Somos seis", le dice a la bebita. "Y yo tenía completa seguridad de que así sería. Porque una semana antes de que nacieras tuve un sueño muy extraño. Vivíamos en una granja, y un toro…"

El salón guarda un silencio soñoliento. Todos escuchan a la madre.

Joe

Yolanda

YOLANDA, QUE EN ESPAÑOL ERA YO, pero en inglés se confundía con Joe, o con el duplicado Yoyo, como el juguete, o que se convertía en Joey cuando era necesario escoger un llavero personalizado entre un muestrario que debía contener todos los nombres, está asomada a una ventana del tercer piso, observando a un hombre que atraviesa la grama con una raqueta de tenis. Toca el borde de los arbustos con el filo de la raqueta y hace que uno o dos lirios silvestres queden meciéndose.

"No", murmura Yolanda entre dientes desde la ventana, delineando el lugar donde empieza a nacer su cabellera con un índice contemplativo. Es su orgullo secreto: su pelo forma una punta en el centro de su frente y luego traza un arco hacia atrás, rodeando la cara, para dibujar un corazón perfecto. "No dañe las flores, Doc", le advierte con un dedo amonestador a la espalda del hombre, que no parece tener un tamaño mayor al de un pulgar.

El hombre se detiene. Tira una bola imaginaria al aire y hace un servicio hacia el horizonte. El horizonte no devuelve el golpe. Continúa su camino hacia la lejanía y las canchas de tenis.

Está vestido con shorts y camisa blanca, un atuendo que lo hace ver como un niño… un niño bueno… el hijo único de una pareja de magnates, ricos y poco afectuosos. Ambos son millonarios, plantea Yo. Papá Rico es el acaudalado dueño de una fábrica de ropa interior. El elástico de los pantis le aprieta suavemente a Yo.

Mamá Rico es una magnate de… Yo mira las cosas que la rodean en la habitación: 'bufanda', 'espejo', 'jabón', 'paraguas'… magnate de los paraguas. Una nube negra rueda perezosa hacia ella en el cielo. El fantasma de la pelota de tenis vuelve a espantar al hombre. Yo sonríe, y se deleita con sus encantos.

Una magnate de los paraguas, eso no va a funcionar. Otra vuelta alrededor de la habitación: 'máquina de escribir', 'maletín rojo de colegial', eso suena bien. Pero él no es un magnate de los maletines escolares rojos. Entra la brisa y hace revolotear las cortinas blancas a sus dos costados, como dos brazos fantasmagóricos que la abrazaran. Un magnate de las habitaciones…

El mundo respira novedad y acaba de ser creado. El primer hombre atraviesa el jardín camino de un encuentro para jugar al tenis. Yo lo mira desde una ventana del tercer piso y se besa las puntas de los dedos para luego soplarle su beso. "Beso, beso", dice entre dientes desde la ventana. Desea que el hombre se desgarre la camisa blanca y que pueda partir su pecho en dos como Superman cuando abre una puerta cerrada, para así dejar salir a la primera mujer.

Eva es adorable, con el nacimiento del pelo que dibuja un corazón en su frente, con pantis vaporosos y blancos.

"AL PRINCIPIO", comienza Yo, inspirada por la perspectiva. Cuatro pisos más abajo, su médico reducido al tamaño de un niño, está sentado en el césped. "Al principio, Doc, yo amaba a John".

Reconoce las señales inconfundibles de una escena de su recuerdo: una mujer en una ventana, una mujer que se asoma al pasado, con memoria y deseo y el corazón roto. Se permitirá sentir esas señales hoy. No lo puede evitar por ningún medio.

Al principio, estábamos enamorados. Yo sonríe. Ése es un buen inicio. Él llegó a mi puerta. Yo le abrí. Mi mirada le preguntó: "¿Quieres entrar y dejar atrás el resto del mundo?" Él respondió: "Muchas gracias. Es justamente lo que tenía en la punta de la lengua".

Era el principio de los tiempos, y al lado de la ventana de Yo corría un río, bordeado de cipreses, sauces, grandes helechos que transpiraban bruma, gruesos troncos y palmas. Enormes criaturas imaginarias se escabullían por el fangoso lecho del río. En las noches, cuando los amantes se tendían en la cama y dibujaban carneros, cangrejos y gemelos con las estrellas, oían los ladridos y los aullidos de las bestias que se apareaban felices.

"Te amo", dijo John jubiloso, haciendo eco de los ladridos y los aullidos.

Pero Yolanda estaba asustada. Una vez que entraban en el terreno de las palabras, era imposible saber lo que podrían llegar a decir.

"Te amo", repitió John, y ella debía decir su parte.

Yolanda le besó cada uno de los ojos cerrados, confiando en que eso sería suficiente.

"¿Tú también me amas, Joe? ¿Me amas?", preguntó él, suplicante. Quería una respuesta en palabras. Nada más serviría.

Yo obedeció. "También te amo".

"¡Siempre te amaré!", dijo él, rebosante. "Cásate conmigo. Cásate conmigo".

Una bestia aulló desde el río. El carnero huyó del cielo al galope, asustado por el sonido humano.

"UNO". JOHN VOLVIÓ el pulgar de Yolanda hacia él. "Dos". Le dobló el dedo índice. "Tres". Le besó la uña.

Como si tuviera hambre, la radio gimió *"All You Need Is Love"*, la canción de los Beatles.

"Cuatro", se unió ella, doblando el cuarto dedo. "Cinco", canturrearon los dos al unísono.

Su mano encontró la de ella, palma contra palma, como si estuvieran compartiendo una oración.

"Love", gruñó la canción, hambrienta. *"Love… love…"*

"JOHN, JOHN, ¡ERES UN RETOZÓN!", bromeó Yolanda, arrastrándolo por la zona de juegos de un parque.

John estaba tendido de espaldas y acababa de decir que cuando uno mira al cielo, se da cuenta de que nada de lo que llegue a hacer importa en realidad.

"John es un bombón, sentado en un sillón. Y divirtiéndose un montón", dijo ella haciendo juegos de palabras y metiendo la nariz en la cavidad entre el cuello y el hombro de él.

Él le hizo una caricia. "Y tú eres una ardillita, ¿lo sabías?"

Yolanda se enderezó. "Ardillita no rima", explicó. "La gracia es buscar algo que rime con mi nombre".

"¿Con Joe-lan-da?", pronunció él con acento. "¿Qué rima con eso?"

"Puedes usar Joe que por tu acento rima con 'gatou', 'carrou', 'búfalou' ", improvisó ella. "Ahora, inténtalo tú", dijo con el tono de voz que su madre le enseñó usar para pedir otra porción de las cosas buenas que da la vida.

"Mi querida Joe", empezó John. Pero, a la hora de tener que improvisar, no logró encontrar nada que rimara. Carraspeó, soltó vocales esperando ensartar una palabra, se rió. Finalmente, soltó una retahíla de disparates: "Mi adorada y dulce ardillita. Para mí vales más que todo el oro del mundo". Sonrió ante su ocurrencia.

Yo se enderezó de nuevo. "¡Reprobado!", y rodó hacia el pasto, alejándose de él. "¿Dónde aprendiste a hablar en esa jerga de tarjetas de felicitación?"

Algo dolido, John se levantó y se sacudió los pantalones, como si las hojas de hierba fueran trocitos punzantes de Yo. "¡No todos podemos ser tan endemoniadamente poéticos como tú!"

Ella le mordisqueó una pierna, a modo de disculpa juguetona.

John la levantó tomándola por los hombros. "Ardilla". La había perdonado.

Ella hizo un gesto. Cualquier cosa menos una ardilla. Sentía los hombros peludos. "¿Puedo ser alguna otra cosa?"

"¡Claro!", y extendió el brazo por sobre el planeta entero, como si le perteneciera. "¿Qué quieres ser?"

Ella se volvió hacia el paisaje y oteó el horizonte: 'árboles', 'piedras', 'lago', 'pasto', 'maleza', 'pájaros', 'cielo'…

La mano de John surgió detrás de ella y tomó posesión de su hombro.

"Cielo", intentó ella. Y luego, el simple hecho de haberlo dicho le daba la razón: "El cielo, quiero ser el cielo".

"Eso no puede ser". La volvió para que lo mirara a la cara.

Sus ojos, notó ella por primera vez, eran del mismo azul del cielo. "Son tus reglas: tiene que rimar con tu nombre".

"Y rima. Yo", dijo apuntando hacia sí misma, "rima con cielo".

"¡Pero no con Joe!", dijo John negando con el dedo. Su mirada se inundó de deseo. Posó su boca sobre la de ella, formando la letra O con los labios, y presionó para obligarla a entreabrir los suyos.

"En español, esa rima funciona". Las palabras de Yo cayeron en la oscura y muda caverna de la boca de John. "Cielo, cielo", dijo ella y resonó dentro. Y Yo salió corriendo como loca para precipitarse en la seguridad de su lengua materna, donde John, orgullosamente monolingüe, no podía alcanzarla por más que lo intentara.

"LO QUE TÚ NECESITAS es un maldito psiquiatra, un loquero". Las palabras de John eran como suicidas que saltaran al vacío desde la punta de su lengua.

Ella contestó que no tenía nada de malo necesitar un psiquiatra, y que no le gustaba que él los llamara "loqueros".

"Un loquero", dijo él. "Loquero, loquero".

Yo lo dijo porque ellos dos eran diferentes, no había razón para hacerla sentir loca por el simple hecho de ser ella misma. Él estaba tan loco como ella, a la hora de la hora. ¡Dios mío!, pensó ella. A la hora de la hora, pero si estoy empezando a hablar como él. Se rió, aún medio enamorada de él. "Está bien, está bien", admitió Yo. "Ambos estamos locos. Así que vayamos los dos a ver a un loquero". Hizo un gesto. Estaba usando el lenguaje de John nada más para convencerlo.

Él hizo a un lado la mano reconciliadora que ella le tendía. Ella era la que estaba loca, ¿no era así? Por ningún motivo iba a ir él adonde un loquero.

Ella lo besó, a modo de persuasión silenciosa, pero supo que él no estaba convencido.

"Te amo. ¿Acaso eso no es suficiente?", preguntó él, resistiéndose. "Te quiero más de lo que me conviene".

"¿Ves? Tú eres el que está loco", bromeó ella.

Pero ya había empezado a desconfiar de él.

PORQUE SUS LÁPICES SIEMPRE tenían la punta perfecta, y su ropa siempre estaba ya doblada cuando empezaban a hacer el amor. Porque ponía el cuchillo entre los dientes del tenedor entre un bocado y otro de las comidas que ella preparaba y que él se quejaba de que siempre sabían distinto de lo esperado: la lasaña con un regusto a huevos fritos, el postre con su sabor a cubierta de bizcocho. Porque él la acusaba de obsesionarse pensando más de la cuenta en lo que decía la gente. Porque él creía en el mundo real, más que en las palabras, más de lo que creía en ella.

Pero esta vez era porque escribía listas de pros y contras antes de hacer cualquier cosa, y había descubierto la lista de "pros y contras Joe/esposa". El primer punto a su favor era "inteligente". El primer punto en contra era "demasiado para su propio bien". El pro número dos era "divertida". El contra número dos era "loca", seguido de un signo de interrogación.

"¿Qué quiere decir esto?", fue a preguntarle a la puerta, con la hoja de balance en la mano.

"¿Qué es eso, loquita?" La llamaba así desde que había empezado a asistir a terapia con el doctor Gold. John se mostró reacio cuando Yo le contó de las tarifas del médico. "¿Gold? Tiene bien puesto el apellido, por la fortuna que le tendremos que pagar!" Ese apodo se convirtió en un chiste entre los dos. Pero, para atraer la buena suerte, en secreto, Yo le decía Doc a Gold.

"¿Por qué diablos tenías que hacer una lista de pros y contras respecto a casarte conmigo?" Yo siguió a John a su habitación donde él empezó a quitarse la ropa.

"A ver, loquita".

"No me digas así. Detesto que me llames de esa forma".

"Roses are red, violets are blue". John empezó a recitar un versito infantil, en lugar de contar hasta diez, para tranquilizarse y evitar que hubiera dos personas irritadas en la misma habitación.

"¿De verdad tenías que *decidir* si en realidad me amabas?" Leyó en voz alta la lista de pros y luego la de contras, moviendo la cabeza de un lado a otro y agachándose para esquivar a John cuando trataba de arrebatarle la lista. "Me parece que los contras pesan más. ¿Qué razones tendrías para casarte conmigo?"

"Mi forma de hacer las cosas es con listas. Podría decir lo mismo de ti, con la manía por las palabras…"

"¿Las palabras?", preguntó golpeándolo con el papel. "¿Palabras? ¿No era yo la que siempre estaba diciendo 'No digas eso. No lo digas'? Fui yo la que trató de mantener las palabras alejadas de lo nuestro".

"Hice una lista porque estaba confundido. Sí, me sentía confundido, ¡yo!" John trató de tocarle el brazo, pero más para tantear su estado de ánimo que una caricia de deseo. Ella percibió la diferencia y se zafó de su mano.

"Anda, Joe", dijo él, tratando de suavizar su tono de voz. Dobló su corbata con precisión milimétrica y vistió el respaldo de la silla con su chaqueta.

Ella dijo "no" con tal dulzura que se hubiera podido tomar por un "sí". "Nooooo", la palabra salió de su boca, suave y madura y lista para que él le hincara el diente.

"Anda, cariño, cuéntame qué hay para cenar", preguntó él, persuasivo. La tomó de las manos y la acercó a él.

"Espaguetis dulces con albóndigas glaseadas y espinacas con miel, corazón", se burló ella, tratando de desprenderse de él en juego.

Él la acercó hacia sí, jugando, y presionó su boca contra la de ella.

Ella apretó los labios. Juntó los dientes, el arco de arriba sobre el arco de abajo, para formar una fortaleza de calcio. Él la atrajo más hacia sí. Ella abrió la boca para gritar: ¡No, no! Él introdujo su lengua entre los labios de ella, y empujó sus palabras hacia su garganta.

Ella tuvo que tragárselas: No, no.

Golpearon el interior de su estómago: No, no. Le dieron punzadas en las costillas: No, no.

"¡No!", gritó ella.

"Es nada más un beso, Joe. ¡Un besito, por Dios!", John la zarandeó. "Contrólate".

"¡Noooooo!", gritó ella, desalojándolo de todos los lugares donde él había logrado colarse.

Por fin la soltó.

JOHN Y YO ESTABAN TENDIDOS en la cama con las luces apagadas, porque hacía demasiado calor para que estuvieran encendidas o para levantarse. La mano de John se deslizó hasta sus caderas, tamborileando.

"Hace demasiado calor", dijo Yo, silenciando a la mano.

Él trató de animarla, jugando con un nuevo sobrenombre. "¿Esta noche no, Josefina?" Se volvió para quedar mirándola de lado y dibujó sus rasgos en la oscuridad. Con el dedo empezó a trazar el corazón que iba desde la frente hasta la barbilla y luego de vuelta a la frente. Le besó la barbilla para sellar la figura de su enamorada. "Precioso. ¿Sabes que tu cara es un corazón perfecto?" Lo descubría cada vez que le quería hacer el amor.

Pero su enamorada tenía demasiado calor. "Estoy sudando", se quejó. "No".

La mano no la escuchaba. El dedo medio dibujó un corazón en sus labios. El meñique trazó otro corazón en la zona mullida sobre su seno derecho.

"Por favor, ¡John!" Las puntas de sus dedos se sentían como gotas de sudor que rodaran sobre su piel.

"¡John, por favor!", repitió él. Escribió J-o-h-n en su seno derecho con un dedo pegajoso, como si la estuviera marcando como suya.

"¡John! Hace demasiado calor". Trató de hacerlo entrar en razón.

"¡John! Hace demasiado calor", gimió él. Se ponía insoportable con la combinación de calor y el deseo frustrado.

Ella le tapó la boca con la mano. Él no hizo caso de la violencia implícita en el gesto y le besó la palma húmeda. Con los ojos cargados de esperanza, rodó hacia ella, y su cuerpo hizo ruido al despegarse del colchón desnudo. Las sábanas se habían desprendido de las esquinas y se marchitaban en el piso.

La mano derecha de John tocó el piano en las costillas de ella, y su boca sopló el flautín en sus senos.

"¡Mierda!", le gritó ella, saltando fuera de la cama. "¡Coño!" Él la había obligado a pronunciar la palabra que más detestaba en el mundo, y eso jamás se lo iba a perdonar.

"¿Jamás?", dijo él, malhumorado, tratando de alcanzar su brazo en la oscuridad. "¿Nunca?"

El corazón de ella se dobló en dos. Luego se alisó, y se volvió a plegar. Las mitades aletearon, parpadearon y se abrieron. Su corazón se elevó hasta las flores de nubes en el cielo.

"¡Nunca!", y el sonido de su respuesta lo abofeteó. "Nunca jamás, jamás". Ella deseó estar vestida. Era extraño hacer afirmaciones tan vehementes estando desnuda.

ÉL LLEGÓ A CASA CON UN RAMO de flores que ella supo que le había costado demasiado. Eran azules, y ella adivinó que eran lirios. 'Lirios' era su nombre preferido para flores, así que seguramente él los había escogido por eso.

Pero cuando él se los entregó, ella no pudo distinguir las palabras que dijo.

Eran sonidos limpios y claros, pero no significaban nada para ella.

"¿Qué es lo que quieres decir?", le preguntó varias veces. Él habló con gentileza, pero en una lengua que ella no había oído antes.

Fingió que entendía. Olió las flores. "Gracias, amor", y al pronunciar la palabra 'amor' las manos le ardieron tan intensamente que temió soltar las flores.

Él dijo algo con tono alegre, de nuevo en sonidos que para ella no tenían ningún significado.

"Ven, amor", le pidió a sus ojos. Le hablaba con precisión como si estuviera frente a un extranjero o a un niño testarudo. "John, ¿entiendes lo que digo?" Asintió con la cabeza para darle a entender que debería asentir si no encontraba las palabras para responder.

Él negó con la cabeza, no.

Ella se aferró a él con las dos manos, como si quisiera mantenerlo incrustado en su mundo. "¡John!", le suplicó. "Por favor, ¡amor!"

Él señaló sus orejas y asintió. El problema no era el volumen. Podía oírla. "Bla, bla, bla". Sus labios se movían en cámara lenta en cada sílaba.

Está diciendo "te amo", pensó ella. "Bla, bla", lo imitó ella. "Bla, bla bla bla". A lo mejor eso significaba "yo también te amo" en la lengua que él estaba hablando.

Él apuntó hacia ella, y luego hacia sí mismo. "¿Bla bla?"

Ella asintió insistentemente. Su cara acorazonada, el corazón que tenía entre las costillas y todos los que tenía a flor de piel tintinearon como las pinzas del cangrejo del firmamento. Quizás ahora pudieran empezar de nuevo, en silencio.

CUANDO ABANDONÓ A SU MARIDO, Yo dejó una nota: "Me voy adonde mis papás hasta que se me aclare la mente/el corazón". Revisó lo que había escrito: "Necesito algo de espacio, algo de tiempo, para que mi mente/corazón, mente/corazón/alma…" No, no, no, no quería dividirse más, tres personas y una sola Yo.

"John", comenzó, y luego cambió de idea. "Querido John", escribió inclinando las letras. Había leído en un libro de análisis grafológicos que ésa era la característica de las personas seguras de sí mismas. "Querido John, mira, ambos sabemos que las cosas no están funcionando".

"¿Las cosas?", preguntaría él. "¿Qué son esas 'cosas'?"

Yo tachó ese sustantivo indefinido.

"No estamos funcionando. Bien lo sabes, yo lo sé, ambos lo sabemos, John, oh John, John, John". Su mano siguió escribiendo, automáticamente, hasta que la página quedó cubierta con la tinta oscura de su nombre. Rasgó la nota y la convirtió en confeti que lanzó sobre su cabeza, una lluvia de Johnes. Le escribió algo muy breve: "Me fui". Y luego añadió, "adonde mis papás". Pensó en firmar Yolanda, pero su verdadero nombre ya no sonaba como si fuera suyo. En lugar de eso, garabateó el nombre que él le había dado: Joe.

Sus padres se preocuparon. Ella hablaba demasiado, cotorreaba todo el tiempo. Hablaba dormida, hablaba al comer a pesar de vientisiete años de enseñarle que debía mantener la boca cerrada mientras masticaba. Hablaba haciendo comparaciones, decía adivinanzas.

Despotricaba, le dijo su madre a su padre. Su padre tosía, incómodo. Citaba versos famosos y las frases iniciales de los clásicos. ¿Cómo era posible que alguien recordara todo eso?, le preguntó su madre a su dolido padre. Se había dejado llevar por el sonido de su voz, diagnosticó su madre.

Citaba a Frost; citaba mal a Stevens; parafraseaba la descripción que Rilke había hecho del amor.

"¿Puede oírme?" El doctor Gold puso sus manos alrededor de su boca como un megáfono y fingió que gritaba desde lejos. "¿Puede oírme?"

Ella le citó a Rumi; cantó lo que sabía de "Arroz con leche", mezclándolo con la letra de "Mambrú se fue a la guerra".

El médico consideró que lo mejor era internarla en una clínica psiquiátrica pequeña y privada, donde él pudiera dedicarle atención. Por su propio bien: atención las veinticuatro horas; entorno agradable; clases de manualidades; canchas de tenis; personal amistoso y cálido, sin uniforme. Sus padres firmaron los papeles, "por tu propio bien", citaron las palabras del médico. Su madre la tuvo inmóvil mientras una enfermera camuflada en ropa de calle llenaba una jeringa. Yo citaba a *El Quijote* en español; luego tradujo el pasaje de los galeotes en inglés instantáneo.

La enfermera la pinchó con una inyección de lágrimas. Yo se calló por primera vez en meses, y luego rompió a llorar. La enfermera frotó una nubecita en su brazo. "Por favor, cariño, no llores", le suplicó su madre.

"Déjela que llore", recomendó el doctor. "Es una buena señal, muy buena".

"Lágrimas, *tears*", dijo Joe, recitando de nuevo. *"Tears from the depths of some profound despair"*.[2]

---

[2] Lágrimas desde los abismos de una profunda desesperanza. (NT)

"No se preocupe", dijo el doctor, alentando a los asustados padres. "No es más que un poema".

"Y los hombres mueren *daily for lack of what is found there*".[3] Yo citaba, inventaba y trastocaba, dejándose arrastrar por la crecida corriente de su conciencia.

LAS SEÑALES MEJORARON. Yo tenía fantasías con Doc. Él salvaría su cuerpo/mente/alma al eliminar esas rayas diagonales que la separaban, y convertirla en una sola Yolanda. Ella le hablaba del crecimiento y del miedo y del yo en transición y de la búsqueda espiritual de las mujeres. Le contó todo, excepto que se estaba enamorando de él.

"¿Está preparada para ver a sus padres?", preguntó él.

"Preparada para verlos", dijo ella, como un eco.

Sus padres entraron en la habitación, representando una escena de felicidad. La examinaron con preguntas sobre la comida, el médico, el estado del tiempo y el cenicero que ella había hecho en la terapia de manualidades.

Se lo entregó a su madre.

Su madre lloró. "No debería llorar".

"Es una buena señal", dijo Yo, citando a Doc, y luego se dio cuenta. Estaba citando a otros de nuevo, lo cual era mala señal.

Su padre se acercó a la ventana y miró al cielo. "¿Cuándo piensas volver a casa?", le preguntó a Yo la espalda de su padre.

"¡Cuando se sienta lista para hacerlo!" La madre le alejó el pelo de la frente.

Y el corazón de su cara apareció nuevamente en la faz de la tierra.

"Los amo", improvisó Yo. ¿Qué importaba que las prime-

---

[3] Y los hombres mueren todos los días por carecer de lo que allí se encuentra. (NT)

ras palabras originales que pronunciaba en meses fueran las más trilladas? Eran su propia verdad. "De verdad, de verdad", canturreó. Su madre se preocupó, como si hubiera mordido algo ácido pensando que sería dulce.

"¿Qué te pasó, Yo?", le preguntó su madre a la mano que estaría acariciando poco después. "Pensábamos que John y tú eran tan felices".

"No hablábamos el mismo idioma", dijo Yo, para simplificar.

"Ay, Yolanda". Su madre pronunció su nombre en español, su nombre en su pureza original, resonante y vital, Yolanda. Pero luego era inevitable, como la gravedad, como la noche y el día, como mordiscos a una manzana mientras Dios no ve, su nombre cayó, prostituido, roto en media docena de apodos: "Pobrecita Yosita…", otro apodo. "Te queremos". Su madre lo dijo con el volumen suficiente para que valiera por ambos. "¿Cierto, Papi?"

"¿Cierto qué, Mami?" El padre de Yo se volvió.

"Que la amamos", respondió su esposa.

"No hay la menor duda al respecto". Papi se acercó a Mami, o a Yo.

"¿QUÉ ES EL AMOR?", le pregunta Yo al doctor Gold, y la piel de su nuca arde y se enrojece. Ha desarrollado una alergia repentina a determinadas palabras. No sabe a cuáles sino hasta que las tiene en la punta de la lengua y entonces ya es demasiado tarde: los labios se le hinchan, la piel le escuece, los ojos se le llenan de lágrimas por reacción alérgica.

El médico la observa y huele el dorso de sus dedos. "¿Qué cree usted que es el amor, Joe? Amor".

"No sé". Ella trata de mirarlo a los ojos, pero teme que al hacerlo él se dé cuenta, que se entere.

"Vamos, Joe", le dice consolador, "constantemente tenemos que redefinir las cosas que son importantes para nosotros. No hay problema con no saberlo. Cuando vuelva a enamorarse, sabrá lo que es el amor". "Amor", murmura Yo, como ensayo. Y claro, la piel de su brazo se cubre con un salpullido muy molesto. "Supongo que tiene razón" le pica. "¡Sólo que asusta pensar que no sé lo que significa la palabra más importante de mi vocabulario!" "¿Y no le parece que ése es el reto de estar vivos?" "Estar vivos", repite ella, como si estuviera volviendo a sus días de citar a otros. Le arden los labios. 'Estar viva', 'enamorada', palabras que ahora sólo podrá usar pagando el precio de pronunciarlas.

LOS DEDOS DE YO DIBUJAN el cuerpo de Doc en la tela metálica de la ventana, como si lo estuviera creando. A lo mejor tratará de volver a escribir, nada demasiado ambicioso, un poema divertido de reglas estrictas, como una copla humorística con métrica muy estricta. La llamará "La raqueta de Dennis", y el necesario juego de palabras girará alrededor de la similitud entre Dennis y tenis.

En su más profundo interior algo se agita, un ardor que no puede calmar.

"Indigestión", murmura, dándose palmaditas en la barriga. Tal vez no, piensa, a lo mejor es un fenómeno de su personalidad: la verdadera Yolanda que resucita en una tarde de agosto en medio de los cuidados jardines de este centro privado.

El estómago le duele. Se lo acaricia trazando círculos hambrientos sobre su bata de hospital. Pero la sensación en su interior es más desesperada que el hambre; es como una mariposa nocturna atrapada dentro de la pantalla de una lámpara. Se eleva, como un golpeteo de alas que le sube por la tráquea, hasta que Yo siente ganas de vomitar. ¡Qué tragedia! A su edad y morir de un ataque de corazón roto. Trata de reírse, pero en lugar de carcajadas siente las alas que se despliegan como un abanico en el fondo de su garganta. La obligan a abrir la boca como si fuera a gritarle a alguien a través de una enorme distancia. Un enorme pájaro negro salta fuera, se posa en su cómoda, y se ve exactamente igual que el cuervo que había en una ilustración del primer libro de poesía en inglés que tuvo Yo.

Extiende la mano para tratar de hacerse amiga de la negra ave.

El ave no le hace caso a Yo y mira filosóficamente por la ventana, hacia el cielo que se va oscureciendo. Poco a poco sus alas se levantan y descienden. Enormes arcos que se elevan y colapsan, arriba y abajo, arriba y abajo. El pelo le revolotea ante la cara. El polvo huye hacia los rincones. Las cortinas se inflan frente a las ventanas.

Vuela hacia la ventana. "¡Dios mío, la tela metálica!", se acuerda Yo en un momento de suspensión de la credulidad. "Ten un poco de fe", se dice a sí misma a medida que la oscura forma flota con facilidad a través de la tela, como humo o nubes o fantasía de algún tipo. Vuela hacia fuera, disfrutando de su recién ganada libertad, con el oscuro pico encorvado y la diminuta cabeza descolgada como su sexo entre las alas arqueadas.

De repente se detiene, en medio del aire. La dicha y la sorpresa se manifiestan en la sonrisa de sus alas. Cae a plomo sobre el hombre que se asolea en la hierba. El pico primero, como un complejo oscuro y secreto, un desorden de la personalidad que anda suelto por el mundo y cae en picada.

"Oh, no", gime Yo. "¡No hacia él!" Había pensado que, a solas en su ventana, en una tarde de agosto era imposible que le pudiera hacer daño a alguien. Y ahora, allá va, hacia el hombre que más quisiera mantener a salvo de sus palabras.

Yo grita mientras el pico ganchudo desgarra la camisa y el pecho del hombre. La figura blanca sobre el césped se convierte en un guiñapo rojo.

Una vez saciado, el oscuro pájaro se eleva y se une a un cúmulo de nubes de lluvia que se alejan hacia el norte.

Yo golpea la tela metálica. El hombre mira hacia lo alto, tratando de adivinar quién está en la ventana. "¿Quién está ahí?"

"¿Está bien?", le grita ella, disfrutando de su papel como voz no identificada que habla desde los cielos.

"¿Quién está ahí?" Se pone de pie. La sangre se congela para convertirse en el rectángulo rojo de la toalla que recoge. "¿Quién está ahí?", pregunta, molesto con el prolongado juego de adivinanza.

"Un admirador secreto", aventura ella. "Dios".

"¿Heather?", tantea él.

"Yolanda", murmura ella para sus adentros. "Yo", le grita. ¿Quién coño es Heather?, se pregunta.

"Ah, ¡Joe!", se ríe, moviendo la raqueta de un lado a otro.

Los labios le arden y se le hinchan. Oh no, piensa, al reconocer los primeros indicios de la alergia, no con mi propio nombre.

EL PASTO SE VE VERDE y limpio y calmo.

"Amor", enuncia Yo, permitiendo que toda la fuerza de la palabra se libere en su boca. Está decidida a superar esta alergia. Va a volverse inmune a las palabras que la alteran. Se prepara para una dosis doble: "Amor, amor", dice rápidamente. Su cara es una sola roncha acorazonada. "Amor". Incluso en español la palabra hace que una erupción le brote en el dorso de las manos.

Entre sus costillas, su corazón es un nido vacío.

"Amor". Redondea el sonido de la palabra como si fuera un huevo para poner en el nido. "Yolanda" pone otro.

Mira hacia las nubes de tormenta en lo alto. El partido de tenis del doctor va a tener que suspenderse por la lluvia, bueno. No hay un solo jirón de azul allá arriba para permitirle recordar el cielo. Así que dice "azul". Busca la palabra adecuada para que lo azul vaya seguido de azul. "Hielo… pelo… cielo…" Va recuperando la seguridad a medida que dice cada palabra, y se atreve a ir más allá: "Mundo… ardilla… crudo… rudo… amor… clamor…"

Las palabras salen dando tumbos, con un ruido que parece el estruendo de un trueno distante, y van tomando forma, volumen y materia. Yo continúa: "Doctor… dolor… muerte… suerte…" Tantas palabras. No hay límite para lo que se puede decir sobre el mundo.

La historia de Rudy Elmenhurst

⟨℮ *Yolanda*

NOS TURNAMOS EL PAPEL de la más atrevida entre las cuatro hermanas. Primero fue una, luego otra; cada una iba confesando sus pecados en las noches de las vacaciones una vez que los padres se acostaban, y que habíamos revisado varias veces el pasillo para asegurarnos de que no hubiera moros en la costa. Fifi, la menor de las cuatro, fue la que sostuvo el título de la más atrevida por más tiempo, si bien Sandi, por ser tan bonita y tener tantas oportunidades, le hizo seria competencia. Varias veces fue Carla, la mayor siempre responsable, la que hizo alguna locura. Pero siempre insistía en que lo había hecho para ganar terreno para las cuatro. Así que sus malos pasos rebosaban buenas intenciones y nunca eran tan sustanciosos como los de Fifi. A nuestra exclamación de "¡Uao! Fifi, ¿cómo pudiste hacer eso?", ella respondía con una sonrisa de niña mala y una adaptación del eslogan de Alka-Seltzer de ese entonces: "Pruébelo. Le va a encantar".

Durante unos pocos años agitados, fui yo la que tuvo la reputación de alocada entre mis hermanas. Supongo que comenzó en el internado cuando me empezaron a visitar muchos muchachos, y a pesar de que ninguno de esos romeos duró lo suficiente como para que pudiera hablarse de una relación, mis hermanas dedujeron erróneamente por la cantidad que yo era toda una vampiresa. En ese tiempo yo tenía lo que uno de mis profesores llamó "una personalidad vivaz". Tuve que buscar la palabra en el diccionario y sentí alivio al descubrir que no implicaba que yo tuviera problemas. El inglés todavía era una especie de regalo sorpresa para mí. Hasta que no abría el diccionario, no sabía si me habían insultado o si me habían elogiado, si había sido una advertencia o una crítica. Esos muchachos de secundaria tan tímidos en nuestras fiestas, con sus atractivas manos largas y caras sonrojadas, sí que podía hacerlos reír. Les podía hacer creer que de verdad habían entrado en conversación con una jovencita. No había tarde de sábado o mañana de domingo, después de misa, en que no tuviera visitas. Un grupo de muchachos del internado masculino compañero del mío bajaba por la colina y se instalaba en nuestro salón para alejarse de su dormitorio, y quizás aprovechaban el camino para fumarse un cigarrillo a escondidas, o beberse un trago de una petaca. En la recepción tenían que dar el nombre de una alumna, y algunos decían el mío. Eso no tenía nada que ver con que yo fuera llamativa en algún sentido. Era pura y simple vivacidad.

Cuando me fui a la universidad, esa vivacidad terminó por volverse en mi contra. Conocía a alguien, la conversación fluía bien, iban a visitarme, pero poco después, justo cuando mi corazón empezaba a alargar sus zarcillos de apego, ese alguien se alejaba. Si no lograba mantener su interés, la razón era muy sencilla: no me iba a la cama con ellos. En mi época de universitaria, a finales de los años sesenta, todas dormían con todos por principio. Para ese entonces, yo me había alejado del catolicismo. Mis hermanas y yo nos habíamos americanizado bastante bien desde la llegada a los Estados Unidos, diez años antes, así que en realidad no tenía una buena excusa para no portarme como los demás. ¿Por qué no me acosté con alguien tan persistente como Rudy Elmenhurst? Es un misterio que estoy tratando de explorar en este momento, desmenuzando y disecando tal como aprendimos a hacer con los poemas y cuentos de los demás en la clase de literatura inglesa, donde conocí a Rudolf Brodermann Elmenhurst III.

Rudolf Brodermann Elmenhurst III no apareció por el salón hasta unos diez minutos después de que empezara la clase. Yo, en cambio, había sido la primera en llegar, y había escogido un lugar en la mesa del seminario, cerca de la puerta. Pero como la mesa era redonda, estaba tan expuesta allí como en cualquier otro puesto. Los demás fueron llegando, los genios de literatura inglesa. Sabía que eran especiales por sus jeans y sus camisetas, sus irónicas miradas de complicidad cuando se hacía referencia a obras literarias muy abstrusas. Las chicas no estaban todas tejiendo en clase, como las que estudiaban educación o sociología. Yo ya había empezado a escribir por mi cuenta desde hacía un tiempo, pero éste era mi primer curso de literatura en lengua inglesa desde que había convencido a mis padres de que me dejaran transferirme a esa facultad mixta el otoño anterior.

En mi lugar de la mesa, empecé por sacar mi cuaderno y cada uno de los textos requeridos y recomendados para el curso, que yo ya había comprado. Los apilé frente a mí, como si fueran mis credenciales. La mayoría de los demás se lo tomaba con más calma y no había hecho algo tan apresurado como comprar todos los libros necesarios. El profesor entró al salón. Era un tipo joven, con suéter de cuello de tortuga y saco, el uniforme de los profesores que tenían cierto algo en aquella época. Tenía esa agudeza de los que aún no tienen un puesto fijo en la universidad, y se veía demasiado ansioso, entregaba demasiado material, y repetía demasiado "siéntanse en entera libertad para…" en su programa, en el cual incluía el teléfono de su casa junto al de su oficina. Pasó la lista, reconoció a la mayoría de los demás estudiantes con apodos y bromas y comentarios, y al tropezar con mi nombre, me lanzó una sonrisa fingida, que yo ya había aprendido a identificar como algo que se les ofrecía a los "estudiantes extranjeros" para mostrarles que los nativos eran amistosos. Me sentí terriblemente fuera de lugar. La única persona con la que parecía tener algo en común era el ausente Rudolf Brodermann Elmenhurst III, que también tenía un nombre extraño y que también estaba fuera de lugar por el simple hecho de no estar allí.

Estábamos inmersos en la logística de cómo sacar copias para los talleres cuando un joven entró, tarde. Era uno de esos muchachos que acaban de superar un brote de acné adolescente para meterse en una cara masculina, plagada de cicatrices, de niño malo. Era un tipo que seguramente pasarían por alto las bellezas de la clase en su búsqueda de novios. Tenía una sonrisa irónica en los labios y ojos con mirada de alcoba, una expresión que no se usa desde hace tiempo. Era un tipo que podía romperle a uno el corazón. Pero no había manera de saber todo eso si uno se dejaba llevar nada más por el sonido de su nombre, cosa que yo sí hice, en un desliz de inmigrante, la literalidad. Pensé que llegaría tarde porque acababa de viajar apresuradamente desde su diminuta baronía en algún lugar de Austria.

El profesor interrumpió la clase. "¿Rudolf Brodermann Elmenhurst III, supongo?", preguntó, parodiando a Stanley cuando encontró al doctor Livingstone, el perdido explorador, en el corazón del África. Todos se rieron, incluido este tipo. Me pareció admirable desde el principio. Ser capaz de hacer semejante entrada sin sonrojarse ni tropezar y sin dejar el piso cubierto con todos los libros que traía encima, además del contenido de su portafolios. Sabía cómo enfrentar un chiste, y puso una cara de seguridad tan irónica que nadie se sintió mal por reírse. El tipo miró a su alrededor y había un espacio libre en el terreno que yo me había labrado en la mesa con mi montón de libros. Se acercó y se sentó. Supe que me miraba por encima del hombro, y que se preguntaba quién diablos era yo, esa intrusa en el santuario de los especialistas en literatura inglesa.

La clase continuó. El profesor empezó a explicar de nuevo lo que esperaba de nosotros en el curso. Más adelante nos pidió que escribiéramos una respuesta a un poema breve que hizo circular. Este tipo con nombre de título nobiliario se inclinó y me preguntó si podía darle una hoja y un bolígrafo. Me sentí honrada porque se había dirigido a mí. Arranqué unas hojas de mi cuaderno, y luego rebusqué entre mi cartera, en busca de otro bolígrafo. Lo miré con expresión de disculpa. "No tengo un bolígrafo extra", le susurré, con una frase completa, lo cual demostraba que yo aún era una novata en esa cultura. El tipo me miró como si le importara un pepino el bolígrafo, y me considerara una idiota por pensar que sí. Fue una mirada tan intensa que sentí que me sonrojaba. "No hay problema", dijo, sin usar la voz, así que tuve que leerle los labios, esos labios que se fruncían como si me estuvieran tirando besitos. De haber sabido cómo se sentían las sensaciones excitantes habría identificado el escalofrío que me bajó por la médula y siguió por mis piernas. Se volvió hacia el otro vecino, que tampoco tenía un bolígrafo. Se corrió el rumor.

¿Alguien tenía un bolígrafo de más? Nadie. Había escasez de bolígrafos ese día en la clase.

Metí la mano en mi cartera. Yo era la estudiante previsiva por antonomasia, luego tenía que tener un instrumento de escribir de repuesto. Percibí algo prometedor en el fondo del bolso y lo saqué: era un lápiz diminuto de un juego con monograma que mi mamá me había regalado en Navidad, una caja de lápices de "mi color", rojo, con mi nombre grabado en letras doradas: "Jolinda" (mi madre había tratado de que tuvieran mi nombre de verdad, pero la compañía lo había sustituido por la versión sureña de los Estados Unidos). "Jolinda", eso es lo que decía ese lápiz. De hecho, estaba tan usado que no quedaba más que la curva de la "J". En mi familia no solíamos deshacernos de las cosas. Yo escribía por ambos lados de una hoja de papel. Le entregué mi hallazgo a este tipo. Él lo recibió y lo sostuvo como diciendo: "¿Qué tenemos aquí?" Sus compañeros, a nuestro alrededor, ahogaron una carcajada. Me sentí mal por haber conservado el lápiz luego de haberlo pasado tantas veces por el sacapuntas. Al final de la clase, huí antes de que él pudiera darse vuelta para devolverme el lápiz.

Esa noche golpearon a mi puerta. Yo ya estaba en camisón, haciendo la tarea: un poema de amor en forma de soneto. Lo había estado leyendo en voz alta, con entonación bastante teatral, tratando de poner los acentos donde deberían estar, así que me apenó que me encontraran en medio de eso. Pregunté quién era. No reconocí el nombre. ¿Rudy? "El que tomó prestado tu lápiz", dijo la voz a través de la puerta cerrada. Qué raro, pensé, diez y media de la noche. Aún no había entendido algunas de las estrategias. "¿Te desperté?", quiso saber cuando le abrí la puerta. "No, no", dije riéndome en tono de disculpa. Ahí estaba este tipo al que había jurado jamás dirigirle la palabra luego de que me hiciera avergonzar frente a toda la clase, pero mi entrenamiento para comportarme como niña bien educada funcionaba en automático. Me disculpé por no dejarlo entrar. "Estoy haciendo tareas". Ésa no era una excusa en los círculos en los que él se movía. Nos quedamos en la puerta un momento largo; él miraba por encima de mi hombro hacia mi habitación, a la espera de una invitación a pasar. "Sólo vine a devolverte el lápiz". Lo puso ante mí, un cabito rojo en la palma de su mano. "¿Nada más para devolver eso?", dije, poniéndolo en evidencia. Sonrió. Los hoyuelos formaron paréntesis en las comisuras de sus labios como si su sonrisa fuera un secreto entre los dos. "Ajá", dijo, y nuevamente puso esa mirada penetrante en sus ojos y miró por encima de mi hombro. Tomé el lápiz de su mano abierta y me dio gusto que no quedara más que un cabo para que así no hubiera visto mi nombre en letras doradas en el lado. "Gracias", dije, cambiando de posición y tocando el pomo de la puerta, pequeños movimientos que servían como prólogo cortés para cerrarla.

Él habló: "¿Quieres almorzar conmigo un día de éstos?"

"Claro, podemos almorzar un día". La manera en que entoné ese "un día" daba la impresión de que me refería a una circunstancia imposible. No confiaba en este tipo; no sabía cómo interpretarlo. No había nada en mi vocabulario sobre comportamiento humano que me permitiera clasificarlo. Tras llegar diez minutos tarde a la primera clase, me esfuerzo por encontrarle un lápiz y se burla de mí. A las diez y media de la noche se aparece en mi puerta para devolvérmelo, y me invita a almorzar.

"¿Qué tal mañana antes de clase?", dijo Rudy.

"Mañana no tenemos clase".

"Eso nos deja tiempo para un almuerzo largo", respondió

él, con rapidez. No pude dejar de sentirme impresionada. "Está bien", dije, meneando la cabeza. "Almuerzo mañana". Al día siguiente almorzamos, conversamos hasta la hora de la cena y luego cenamos. Así es como recuerdo el comienzo de las relaciones en la universidad: esos obsesivos principios maratónicos. Era difícil volver a la pequeña habitación del dormitorio y hacer la tarea después de estar tan absorta en otra persona. Pero eso fue lo que hice. Volví y trabajé en mi soneto. Era un tratado de catorce líneas sobre la naturaleza del amor, pero durante todo el tiempo que pasé escribiendo mis abstracciones, no podía dejar de pensar en la manera en que Rudy me escuchaba, mirándome a la boca, de forma que me resultaba difícil poner atención a lo que decía. En cómo fruncía los labios como si le diera un beso de despedida a cada palabra que pronunciaba. En cómo su mano se había posado en mi cintura para guiarme por entre un grupo de muchachos ruidosos de alguna fraternidad en el comedor. Si admiramos a algunas personas por su originalidad con las palabras, a otras por su mente extravagante, a Rudy había que admirarlo por la relación instintivamente sexy que tenía con su cuerpo. Era el tipo de hombre que podía darle a una un beso tras la oreja y hacerla sentir que habían compartido alguna travesura sexual.

Al día siguiente, Rudy no entregó su soneto. Después de la clase, mientras yo empacaba todo mi cargamento de libros, lo oí decirle al profesor que se había bloqueado y no había podido pensar en nada. El profesor era amable, estábamos en plenos años sesenta y en ese entonces era comprensible que los jugos creativos a veces no fluyeran. Rudy podría entregar el soneto el lunes. Nos pasamos casi todo el fin de semana juntos, escribiéndolo. Más bien, yo escribía los versos y luego los tachaba cuando no funcionaban o no rimaban, y Rudy era el que producía las ideas. Era el primer poema pornográfico que yo escribía a cuatro manos, pero claro que no sabía que era pornográfico hasta que Rudy me explicó todos los juegos de palabras y dobles sentidos. "La explosión de la primavera en las ramas" era el último verso. Eso quería decir que la primavera eyaculaba hojas verdes en los árboles, y que las nuevas flores que brotaban erectas en el pasto era porque estaban excitadas. Todo eso me escandalizó. Yo era virgen y no estaba del todo segura de cómo funcionaban las relaciones sexuales, y de repente veía que alguien ponía todo eso en un poema, ¡que era el lugar que yo había reservado para los sentimientos profundos y sublimes! Me pregunto qué tanto del desenfado de Rudy era un coqueteo velado conmigo, que parecía estar tan encantada con las palabras y su significado. No sé. Como ya dije, no había aprendido aún algunas de las estrategias que uno utilizaba, pero poco a poco iba poniéndome al día.

Recuerdo el cierre de cada una de las noches de ese fin de semana como un adiós prolongado. Todo empezaba cuando me daba cuenta de la hora, medianoche, la una, la una y media, y decía, "Bueno, me voy a acostar". Rudy coincidía: "Yo también", pero luego no se movía de su lugar a los pies de mi cama, junto al escritorio donde yo estaba sentada escribiendo. Era una habitación pequeña. Si uno se levantaba para abrir el clóset, tenía que rodear el escritorio para no terminar tumbado en la cama. "Yo también". Me sonreía con esa ironía suya que siempre me hacía sentir tan tonta. Al final, yo le soltaba la reconvención: "Es hora de que te vayas, Rudy". No me decía ni sí ni no, ni se excusaba por haberse quedado tanto. Nada más me clavaba sus ojos con mirada de alcoba y se levantaba, como si no fuera a salir sino que acabara de entrar —tanto en el antiguo sentido como en el nuevo que acababa de aprender con él—, que entrara del frío de la intemperie para pasar una noche de amor con su amada. Nos deteníamos en la puerta. Luego se inclinaba y me besaba detrás de la oreja para despedirse.

Fue también durante ese fin de semana, en una de nuestras prolongadas escenas de despedida, que me enteré de cómo se había ganado ese nombre tan extraño y pomposo. Tenía un abuelo alemán cascarrabias al que nunca conoció, que le había dejado a su nieto, aún por nacer, un fideicomiso, con la condición de que lo bautizaran con su nombre. "¿Y si hubieras sido una niña?", le pregunté.

"No estaría pasándola tan bien", dijo Rudy. Para ese instante, los besos habían migrado de detrás de mi oreja a mi cuello. Me estremecí cuando me trazó una gargantilla de besos antes de partir.

En el siguiente taller literario, nadie entendió de qué se trataba mi soneto de amor sublimado, pero el de Rudy tuvo un efecto arrollador. De repente, me pareció que el mundo no sólo estaba lleno de expertos en literatura en lengua inglesa, sino también de gente con mucha más experiencia de la que yo tenía. Por centésima vez maldije mis orígenes de inmigrante. Si yo también hubiera nacido en Connecticut o en Virginia, entendería los chistes que todo el mundo hacía con los últimos dos dígitos del año, 1969; yo también estaría acostándome con alguien y fumando hierba; también tendría padres bronceados que me llevarían a esquiar a Colorado en las vacaciones de Navidad, y soltaría exclamaciones en inglés, como "¡No jodas!", sin sentir que estaba imitando a alguien.

Rudy y yo empezamos a vernos a menudo a lo largo de esa primavera. Además de las clases, comíamos juntos, y los fines de semana me invitaba a su dormitorio para ir a las fiestas que organizaban allá. Su dormitorio era vecino del mío, y los dos edificios estaban conectados por una enorme sala subterránea que los fines de semana se llenaba con fiestas alegres, sanas, vigiladas por la seguridad. Las verdaderas fiestas ocurrían en los dormitorios masculinos. Los muchachos más que nada iban migrando de una habitación a otra, fumando un poco de hierba y bebiendo mucho. Había habitaciones pesadas, para probar ácido u hongos. Las velas llameaban; el incienso ardía en un intento infructuoso por encubrir el olor acre de la marihuana. En los estéreos atronaban los Beatles, Bob Dylan o The Mamas and the Papas. Era una atmósfera decadente para mí, cuya experiencia anterior en cuanto a citas habían sido las fiestecitas de la escuela y las visitas de los muchachos en la sala de la residencia en la que vivía. Iba con Rudy, pero sólo bebía un par de sorbos del vaso desechable que me ofrecía, y ni me atrevía a tocar las drogas. Me asustaba menos el efecto que pudieran tener sobre mi mente que lo que Rudy le pudiera hacer a mi cuerpo mientras yo estaba bajo su influencia.

Él se reía de mis miedos. Ante todo, decía, no podría hacer nada sin mi consentimiento. "¿Y qué hay de la violación?", pregunté. Yo no era una campesina ignorante. "Por Dios", dijo negando con la cabeza, sin poder creer en qué se había metido por estar conmigo. "¡Mierda! ¡No voy a violarte!" Me había herido. Nunca nadie me había hablado de esa manera. Si mi padre hubiera oído a un hombre decir esas palabrotas frente a sus hijas, le habría pedido que salieran, para defender mi honor. Claro que yo también hubiera tenido que dar muchas explicaciones sobre qué hacía yo a medianoche, un sábado, en el dormitorio de hombres, con un cigarrillo en la mano y un vaso desechable con vino barato en la otra.

Luego de un buen rato de andar en los cuartos de sus amigos, sentados en grupitos los muchachos y sus parejas, Rudy y yo emigrábamos hacia su habitación. Su cama era un colchón en el suelo, con la bandera de los Estados Unidos extendida a manera de colcha, cosa que incluso yo, una extranjera, consideraba muy irrespetuoso. Nos acostábamos bajo la bandera, lado a lado, abrazándonos y besándonos, mientras la mano de Rudy exploraba lo que había bajo mi blusa. Pero si iba más abajo, yo me alejaba. "No", le decía. "Por favor, no". "¿Por qué no?", me desafiaba él, o preguntaba de manera irónica o seductora o exasperada, según la cantidad que hubiera bebido, fumado o metido. Mis propias respuestas variaban, dependiendo de los complejos que estuvieran a flor de piel, pues así llamaba Rudy a mis rechazos: complejos. Lo que más me asustaba era quedar embarazada. "¿Por el hecho de manosearte?", preguntaba Rudy con sarcasmo. "Ay, Rudy, no lo pongas de esa manera", le rogaba yo.

"¿Qué quieres decir con eso de 'no lo pongas de esa manera'? Hay que llamar a las cosas por su nombre. Ésta no es una maldita clase de poesía".

Quizás si Rudy se hubiera comportado un poco más como si hacer el amor fuera una de nuestras sesiones de taller, las cosas habrían llegado más pronto a la conclusión que él deseaba. Pero el pobre no tenía el menor sentido de la connotación cuando estábamos en la cama. Su vocabulario me enfriaba por completo a pesar de que yo empezaba a reconocer el placer de mi cuerpo. Si Rudy me hubiera dicho: "Dulce dama, tiéndete en mi amplia y mullida cama y déjame acariciar tu adorado y hermoso cuerpo", quizás yo le habría permitido manosearme. Pero yo no quería nada más acostarme, y que se echaran un polvo o se revolcaran conmigo, o me cogieran o me singaran la primera vez que llegaba a ese punto con un hombre.

Rudy me tuvo una paciencia de luna de miel al principio. Debió darse cuenta al tenerme que explicar tantas referencias en su soneto que yo no sabía ni mierda, como decía él. Para mí, vagina, cérvix y ovario eran sinónimos. Por medio de diagramas me presentó mi anatomía; dibujó el pequeño óvulo bajando como un grano de arena en un reloj hacia la bolsa pegajosa del útero. Calculó cuándo había sido mi último período, cuándo probablemente había ovulado, si una noche determinada sería un momento seguro del mes. "No vas a quedar embarazada". Todas sus lecciones terminaban en lo mismo. Pero yo seguía sin querer acostarme con él.

"¿Por qué? ¿Qué te pasa? ¿Eres frígida o algo así?"

Ahora había otra preocupación. Justo cuando me había sacado de encima el temor de quedar embarazada por mera cercanía, o que Dios me maldijera y muriera al instante, ahora empezaba a preguntarme si mi educación me había desconectado algunos de los nervios vitales. "Es sólo que no me parece que esté bien en este momento", dije.

"Por favor, llevamos un mes juntos", contestó Rudy. "¿Cuándo va a estar bien?"

"Pronto", le prometí, como si supiera cuándo llegaría ese momento.

Pero ese pronto no llegó lo suficientemente pronto. Habíamos avanzado hasta el punto en que yo me quedaba con él toda la noche. Me despertaba temprano y no me atrevía a moverme por temor a que Rudy se despertara con ánimo amoroso y termináramos en una discusión tempranera de por qué no en ese momento. Examinaba el cuarto, que era tan pequeño como el mío. Al lado de su cama podía ver la libreta donde había dibujado los diagramas en forma de reloj de arena. Me tocaba la barriga para asegurarme de que seguía intacta. En la pared de bloques grises que quedaba frente a la cama, Rudy había puesto un tablero de corcho. Había banderines de sus equipos de esquí favoritos y fotos de su familia, todos en fila con esquís en la cima de una montaña. Sus papás se veían tan jóvenes y despreocupados, como compañeros de universidad. Mis padres, chapados a la antigua, seguían siendo una vergüenza para mí los fines de semana en que nos iban a visitar a la universidad. Mi padre, con su grueso bigote, su traje de tres piezas y su sombrero de fieltro, y mi madre, con uno de esos sastres que compraba especialmente para irnos a visitar, con cada accesorio demasiado coordinado, con cartera y zapatos altos de charol que luego volverían, tras regresar a casa, a las bolsas plásticas en las que ella almacenaba cosas en su clóset. Me maravillaban sus padres tan juveniles. No me extrañaba que Rudy no tuviera inhibiciones o que su acné adolescente no le hubiera dejado cicatrices en la autoestima, o que su nombre no lo acobardara. Sus padres lo alentaban a que tuviera experiencias con jóvenes de su edad, pero con cuidado. Él les había contado que estaba saliendo con "una chica hispana", y luego me informó que habían dicho que debía ser interesante para él aprender de personas de otras culturas. Me molestó que me vieran como una especie de lección de geografía para su hijo. Pero en ese entonces yo no tenía el vocabulario para explicar, ni siquiera ante mis propios ojos, qué era lo que me incomodaba de ese comentario.

Los vi sólo una vez justo antes de las vacaciones de primavera e irónicamente en el capítulo final de mi relación con Rudy. Lo que sucedió fue que la noche antes de que comenzaran las vacaciones, Rudy y yo tuvimos otro de nuestros enfrentamientos en su cama. Rudy encendió la luz y se sentó en el colchón, con la espalda contra la pared. Estaba desnudo. Yo tenía puesta mi vieja bata de manga larga, que Rudy llamaba "camisón de monja". Entre la luz de la luna y la que entraba de la calle por la ventana, vi su cuerpo bellamente esculpido por el claroscuro. Lo deseaba, pero añoraba también muchas otras cosas además de ese cuerpo, que debía presentir que Rudy jamás me iba a dar. Estaba agobiado por la frustración, me dijo. Yo era cruel. No podía entender que, a diferencia de lo que sucede con las mujeres, para los hombres era doloroso no tener relaciones sexuales. Pensaba que era el momento de cortar la relación. Se me saltaron las lágrimas y le supliqué: quería sentir que las cosas iban en serio antes de hacer el amor. "¿En serio?" Hizo una mueca. "¿Y qué tal si lo hacemos por divertirnos? Sabes lo que es divertirse, ¿no?" Me pregunté qué tenía que ver eso con la importancia del desfloramiento. "¿O sea que no crees que el sexo sea divertido?" Rudy me enfrentó como si finalmente entendiera cuál era la raíz del problema. "Claro", le dije. "Es divertido si es lo correcto". Pero él negó con la cabeza. Había visto en mi interior. "¿Sabes?", dijo. "Pensé que tendrías la sangre caliente, por ser hispana y demás, y que bajo toda esa mierda católica serías libre de verdad, en lugar de ser una acomplejada, como las niñas de los bailecitos de la secundaria. Pero eres peor que una maldita puritana". Sentí que me hería hasta la médula. Me levanté y me eché el abrigo sobre la bata, empaqué mi ropa y salí de la habitación, con cierta esperanza de que él viniera tras de mí para decirme que realmente me amaba, y que después de todo estaba dispuesto a esperar todo lo que yo necesitara.

Pero no vino a mi cuarto ni se metió en mi cama para abrazarme en medio de la noche vacía y sin fin. Poco dormí. Vi lo fría y solitaria que iba a ser la vida que me aguardaba en este país. Jamás iba a encontrar a nadie que entendiera mi peculiar mezcla de catolicismo y agnosticismo, de la forma de vida hispana y la americana. Si me hubieran educado dentro de la tradición de los animales de peluche, habría abrazado a mi oso o perro o conejo, y le hubiera bañado de lágrimas la felpa toda la noche. En lugar de eso, hice algo que incluso como católica no practicante hacía para atraer la buena suerte en la víspera de un examen. Abrí mi gaveta y saqué el crucifijo que mantenía escondido entre mi ropa y lo metí bajo mi almohada durante la noche. Este enorme crucifijo me había servido como amuleto para sentirme a salvo, y me lo llevé a la cama durante años luego de haber llegado a los Estados Unidos. Había dormido con él tantas veces que finalmente el Cristo se había despegado, y yo lo había vuelto a arreglar con una goma elástica.

Rudy no fue a buscarme al día siguiente. Me topé con él cuando salía con sus padres y yo salía de mi dormitorio para tomar el taxi que me llevaría al autobús hacia la casa de mis padres en Nueva York. Tenía sueño y había llorado mucho y no me volví a mirar cuando sentí los ojos de Rudy sobre mí. Sus padres se ocuparon de la mayor parte de la conversación, hablándome excesivamente despacio, como si yo no fuera a entender a los nativos. Me felicitaron porque hablaba inglés sin acento y señalaron que mis padres debían estar muy orgullosos de mí. Cuando nos despedimos, miré a Rudy, y aunque estábamos a la intemperie, todavía lo recordaba en su habitación, con esos ojos de mirada incitante.

Luego de las vacaciones no volví a ver a Rudy con frecuencia. No se sentó más a mi lado en clase; sus poemas para el taller literario se hicieron muy directos y cariñosos, un poema de amor tras otro. ¿Estaba tratando de decirme que de verdad se había enamorado de mí? Entonces, ¿por qué no volvía a pasar por mi cuarto? Empecé a inventarle excusas en la mente. Sí había pasado, pero yo no estaba, y tenía mucho temor de dejar una nota. Era muy tímido para sentarse a mi lado en clase. ¡Temeroso, tímido! ¡Rudolf Brodermann Elmenhurst III! Cómo nos mentimos cuando nos enamoramos del hombre equivocado.

Claro, yo hubiera podido buscarlo y decirle lo que sentía por él, y que me asustaba tener relaciones sexuales con alguien que se refería a eso como "dar una cogida". Pero yo aún estaba en la tónica de que el hombre debía hacer todo el cortejo. Me mantuve distante, esperé, fantaseé, confundiéndome. Las copias de mis poemas que Rudy me devolvía tenían breves observaciones triviales que yo leía y releía en busca de un sentido escondido. "Bien" o "No entiendo este verso" o "Bonitos detalles". Mis copias de sus poemas volvían a él con largos comentarios elogiosos. Me fui recluyendo cada vez más y evitaba los lugares a los que solíamos ir por temor a encontrarme con él. Pero casi nunca nos topábamos y, cuando sucedía, siempre me deslumbraba con su sonrisa irónica y segura y me saludaba con un brusco "¿Cómo estás?" Yo, en cambio, me erizaba de tantos sentimientos que fingía no haberlo visto.

Se acercaba el baile de primavera. No sé por qué yo seguía pensando que Rudy terminaría yendo conmigo. Era el suceso romántico culminante del año académico, y me parecía, según mi ánimo fantasioso, que sería el vehículo perfecto de nuestra reconciliación. Lo recreaba en mi imaginación. Bailaríamos toda la noche. Hablaríamos y nos confesaríamos cuánto nos habíamos echado de menos. Yo volvería a su habitación con él. Haríamos el amor, sería mi primera vez, y luego, como si fueran posiciones diferentes de las cuales Rudy me había contado, cogeríamos, nos revolcaríamos, follaríamos, fornicaríamos... todos los sinónimos que Rudy prefería para aludir al sexo.

En la realidad, el día se acercaba, y luego la noche, y yo aún abrigaba esperanzas. El baile sería en la sala que había entre los dos dormitorios y, cuando oí que la banda comenzaba a tocar, bajé las escaleras hasta un descanso desde el cual podía contemplar, sin que me vieran, a los que habían asistido a la fiesta.

Era un grupo variado: los tipos de las fraternidades, conservadores y vestidos de esmoquin y sus parejas con sus elaborados vestidos de fiesta de graduación, los nuevos hippies con ropa hindú estampada, jeans y tenis y, quizás para agregar un destello incongruente, un corbatín. Vi a las figuras bailando de forma extravagante, las luces que se encendían y se apagaban, la banda que tocaba. Todos parecían inmersos en un ritmo del cual yo no formaba parte. Luego vi a Rudy entrar a la sala, con un vaso en la mano, sin duda lleno de algo que tenía toques de alcohol o de ácido. Mi corazón se habría regocijado si hubiera habido una pausa entre la primera visión de su figura conocida y la de otra silueta colgada de él. A duras penas lograba distinguirla; no sabía quién era, pero por la manera en que se aferraban y se apoyaban uno en otro, supe primero que ella era la amada de sus poemas y segundo, que era la amada de su cama. ¡A pocas semanas de haber terminado conmigo! Quedé destrozada. Por segunda vez en nuestra relación, como una especie de cierre de nuestro primer encuentro que había terminado con mi huida del salón, volé escaleras arriba.

Y la historia continúa. Siempre sucede eso con una historia real. Unos cinco años después, estaba estudiando un postgrado en el norte del estado de Nueva York. Era una poeta, una bohemia, etcétera. Había tenido un par de amantes. Usaba un método de control de natalidad. Supongo que había resuelto el asunto del pecado y el alma al alejarme de mis antecedentes católicos recalcitrantes, y había cambiado mi alma inmortal por una especie de alma melancólica. Original y sórdida, del tipo que había surgido de leer demasiado a Carlos Castaneda, a Rilke y a Robert Bly, y de meterme ácido con un tipo que decía ser mi alma gemela cósmica de una vida anterior. Una noche recibí una llamada de Rudy. Sus padres vivían a la vuelta, y había leído en el boletín estudiantil que yo estaba en la universidad cercana. ¿Podía ir a verme? Claro, dije. ¿Cuándo? Esta noche, dijo. Ya eran las nueve y media de esa noche. Volvía con los mismos trucos de antes. Pero me conmovió la persistencia del hombre. Claro, le dije, ven.

Y llegó. Traía una botella de vino caro. En la puerta le di un abrazo amistoso, pero él me retuvo más tiempo entre sus brazos. Me puse nerviosa y conversadora. Sus rasgos de niño malo siempre me convertían en la niña buena y vivaz. Lo senté en mi única silla y empecé a preguntarle sobre los cinco años que habían pasado desde la graduación. Suspiraba mucho, estiraba las piernas, hacía sonar los nudillos de las manos. Por último, me interrumpió diciendo: Oye, por Dios, he esperado cinco años y parece que tú ya superaste todos tus complejos. Vámonos a la cama. Lo boté de mi casa. Aún me ofendía que lo único que quisiera hacer fuera acostarse conmigo, y dar el asunto por terminado. Católica o no, aún pensaba que era un pecado que un tipo se apareciera cinco años más tarde con una botella de vino caro, pensando que yo iba a beber de su mano. Un tipo que me había dejado, que había obsesionado mi despertar sexual con una pesadilla de dudas sobre mí misma. Durante un instante, mientras lo miraba subirse a su carro, sentí un golpe de esas antiguas dudas.

Sobre la mesa había quedado la botella de vino. Yo tenía uno de esos sacacorchos baratos, de amateurs, de facultad. En esos tiempos comprábamos garrafas de vino Gallo con corchos que podían sacarse con la mano o con tapa de rosca. Metí el sacacorchos lo más profundamente que pude, pero no sabía hacerlo bien. Cada vez que sacaba el tirabuzón, recibía una lluvia de corcho, y el resto seguía atascado en el cuello de la botella. Al fin logré meterlo hasta que vi la punta del tirabuzón a través del vidrio de la botella, que asomaba más allá del fondo del corcho. Puse la botella entre mis piernas y tiré con tanta fuerza que no sólo saqué el corcho desmenuzado sino que me bañé en costoso vino de Burdeos. "Mierda", pensé. "Esta mancha no va a salir". Me llevé la botella a la boca y tomé un gran sorbo torpe, como si fuera una mujer decadente y licenciosa que acababa de despedir a un amante que no la había satisfecho.

Segunda Parte

1970–1960

Una revolución común y corriente

Carla, Sandi, Yoyo, Fifi

MAMI Y PAPI TUVIERON *green cards* durante tres años, casi cuatro, y nosotras cuatro no veíamos la hora de volver a casa. Luego, Papi fue en un viaje de ensayo, y estalló una revolución. No fue muy grande, pero con todo y eso fue revolución. Volvió a Nueva York recitando el juramento a la bandera de los Estados Unidos y diciendo: "¡Me doy por vencido, Mami! Nuestro país no tiene esperanza. Me voy a volver un *dominican-york*". Así que Papi levantó la mano derecha y juró defender la Constitución de los Estados Unidos, y nos quedamos aquí.

Se podrán imaginar que las cuatro hermanas quedamos lívidas y lloramos, y pedimos volver a casa entre gimoteos. No creíamos tener lo mejor que podían ofrecernos los Estados Unidos. Todas nuestras cosas eran de segunda mano… casas alquiladas, una tras otra, en barrios católicos intolerantes, ropa de Round Robin (una compra-venta de prendas de vestir), una TV en blanco y negro con líneas que distorsionaban la imagen. Apiñados en esas casitas de suburbio, debíamos someternos a reglas tan estrictas como las demás niñas de la isla, pero no había isla que compensara la diferencia. Luego sucedieron unas cuantas cosas extrañas. Carla se topó con un pervertido. En la escuela nos lanzaban todo tipo de epítetos desagradables (*spic,* "bola de grasa"). Una amiga de Sandi la convenció de probar un Tampax y Mami se enteró. Cosas como ésas, y al poco tiempo ya estaba escribiendo a escuelas (sólo para niñas) donde pudiéramos conocer la "clase correcta" de americanas y mezclarnos con ellas.

Terminamos en una escuela con la crema y nata de la sociedad, la niña Hoover y las gemelas Hanes y las chicas Scott y la muchachita Reese que recibía esos paquetes increíbles con productos de cuidado personal cada semana. Y una no iba a ser tan torpe como para preguntar: "Oye, ¿eres familia de los que fabrican aspiradoras?" (Bastaba con ver la manera en que Madeline Hoover, incómoda, arrugaba la nariz frente a nosotras para entender el parentesco). En todo caso, conocimos a la clase adecuada de americanas, pero ellas no estaban muy dispuestas a darnos acceso a su círculo.

Teníamos cierta fama, basada más que nada en las suposiciones de las niñitas ricas y en nuestro propio silencio. El apellido García de la Torre no significaba nada para ellas, pero esas bellezas con nombre de marca suponían simplemente que, al igual que todos los estudiantes extranjeros en sus internados, éramos asquerosamente ricas y teníamos parentesco con algún dictador. Nuestros privilegios tenían un tufillo de maldad y misterio, mientras que los de ellas venían en paquetes reconocibles de pantimedias y envolturas de dulces y aspiradoras y cajas de Kleenex.

Pero, así fuéramos peces fuera del agua, al menos habíamos escapado de la amenaza de un dilema para caer en una especie de alfombra roja, como diría Mami. El camino hasta nuestro internado en Boston era un largo viaje en tren, y había muchachos en el tren. Aprendimos a falsificar la firma de Mami e íbamos a todas partes, a bailar o a partidos de fútbol americano o a hacer esculturas de nieve fines de semana enteros. Nos besábamos con muchachos y no quedábamos embarazadas. Fumábamos y no había tía abuela que nos oliera y protestara. Empezamos a desarrollar el gusto por la buena vida de los jóvenes americanos y, al poco tiempo, la isla pasó a ser un recuerdo sin atractivo. La isla era la multitud de primas pendientes de su pelo y uñas, eran las chaperonas y los muchachos empalagosos con su andar de machos y la camisa desabotonada dejando ver el pecho peludo surcado de cadenas de oro y diminutos crucifijos. Tras un par de años lejos de casa, estábamos más que adaptadas.

Y claro, apenas lo logramos, Mami y Papi se preocuparon porque sus hijas iban a extraviarse en ese país. Las cosas se habían calmado en la isla y Papi había empezado a ganar dinero de verdad en su consultorio del Bronx. El siguiente paso era obvio: las cuatro pasaríamos los veranos en la isla, para así no perder el contacto con la familia. El plan secreto era casarnos con muchachos dominicanos, pues todo el mundo sabía que si una muchacha se casaba con un americano, los bebés saldrían hablando en inglés y pensando que la isla era nada más un sitio para ir a broncearse.

Cada año el programa del verano era recibido con resistencia por parte de las cuatro. No nos importaba pasar allá un par de semanas, pero ¿el verano entero? "¿Acaso tienen algo mejor que hacer?", preguntaba Mami. Pero claro, claro que sí, si Papi y ella nos hubieran dejado hacerlo. Trabajar era algo que no entraba en los planes (un jefe que contratara a una jovencita sólo andaba en busca de una cosa, sin importar que su apellido fuera Hoover). El verano era la temporada de pasar con la familia, con la familia en grande, una familia como una gran isla, con un primo aquí, otro allá, y a cualquier lugar a donde volteáramos a mirar veíamos un primo haciendo ademán de darnos un beso.

Los inviernos en los que alguna de nosotras se pasaba de la raya, Mami y Papi salían con la vieja advertencia: "A lo mejor lo que te hace falta es una temporada en casa para que aprendas a comportarte". Y nos enderezábamos muy rápido, o al menos eso fingíamos. A veces los padres tomaban decisiones más radicales: no sería sólo la hija mala la que sería enviada a la isla sino las cuatro.

Para cuando las tres mayores estaban ya terminando el *college* —todas habíamos empezado en el mismo colegio femenino—, habíamos diseñado un sofisticado y complejo código y un sistema oculto, como el de Papi y su grupo cuando habían conspirado contra el dictador. La costumbre de los padres era llamarnos los viernes o los sábados por la noche poco antes de las diez, antes de que el conmutador dejara de funcionar. Nos turnábamos el deber de recibir esas llamadas. Pero Papi y Mami parecían brujos y siempre hacían la primera llamada a la hija que no estaba en su habitación, y como no estaba, pedían hablar con otra hija que tampoco estaba. La tercera, la que estaba "de guardia", recibía la tercera llamada, en la cual la primera pregunta era: "¿Dónde están tus hermanas?" En la biblioteca estudiando, o en una tutoría de cálculo en tal salón de clase. Guardábamos el secreto frente a los viejos de casi todo lo que hacíamos, pero a veces nos pillaban y tratábamos de rotar el banquillo de la acusada.

Fifi ya había sido acusada de fumar en el baño. (Siempre

abría la ducha, como si fumar fuera una actividad ruidosa cuyo alboroto hubiera que ahogar).

Carla tuvo problemas por experimentar con una crema depiladora. (A Mami casi le da un ataque, y dijo que una vez que uno empezaba con eso, ya no había manera de parar, que los vellos saldrían cada vez más gruesos y feos. Hizo parecer que todo el asunto estaba a la altura de beber o de consumir drogas).

Yoyo había recibido su parte por llevar a la casa el libro clásico del feminismo *Our Bodies, Our Selves*. (Mami no lograba precisar qué era lo que le molestaba del libro, pues no había hombres en él. Las ilustraciones mostraban mujeres y el cuerpo femenino, así que el tema no era sexo en sentido estricto, como lo había entendido Mami hasta entonces. Pero había mujeres explorando "su cuerpo y sus funciones" y todo un capítulo sobre lesbianas. Cosas, dijo Mami al ver las ilustraciones, de las cuales una debía sentir vergüenza).

Y a Sandi también le tocó su parte cuando una tía y un tío pasaron a visitarla un domingo en la mañana al *college*. (No había vuelto aún de su tutoría de cálculo del sábado en la noche).

Era una revolución común y corriente: escaramuzas constantes. Hasta el momento en que disparamos al blanco y logramos alcanzar el premio: si bien no nuestras vidas, al menos nuestros veranos empezaron a ser nuestros.

EL ÚLTIMO VERANO QUE NOS ENVIARON a casa comenzó como todos los demás. La noche antes del viaje, las cuatro nos quedamos despiertas hasta tarde, haciendo maletas y charlando. Sandi llamó a su novio por larga distancia y, dándonos la espalda, susurró cosas como "Yo también". Nos pusimos bastante incisivas, y decidimos imitar a los tíos, tías y primos que veíamos desde el día siguiente. A lo mejor era una manera de quedar a mano con la gente que tendría poder sobre nosotras durante todo el verano. Jugamos con sus nombres y los tradujimos literalmente al inglés para que sonaran ridículos. Tía Concha quedó convertida en *Aunt Conchshell,* y tía Asunción en *Aunt Ascension;* tío Mundo se volvió *Uncle World;* y Paloma, la prima modelo, quedó en *Pigeon,* y por resentimiento contra ella hasta le pusimos *Toed* de apellido, para que quedara "dedos de paloma".

Casi a medianoche, Mami apareció por el pasillo que llevaba a nuestras habitaciones, con sus pantuflas, los calcetines al tobillo, y el gorro que ocultaba sus rulos. "Ya basta, niñas", dijo. "Tienen toda la mañana por delante y deben dormir".

Las cuatro pusimos cara triste para reforzar la idea de que el viaje era una obligación.

Y ella nos dio un sermón animoso sobre la familia y lo importantes que eran las raíces. Al fin se fue a la cama, y se durmió, o al menos eso pensamos. Bajamos el volumen pero seguimos conversando.

Fifi alzó una fundita con restos de hierba café-verdosa. "Bueno, hora de hacer una votación", dijo. "¿La llevo o no?"

"No", dijo Carla. Su ropa de dormir era la antítesis de la de Mami. De hecho, Carla parecía casi vestida formalmente con su bata de algodón que la tapaba del cuello a los pies. Una cinta amarilla le mantenía el pelo alejado de la cara. "Si se dan cuenta en la aduana, nos metemos en problemas gordos. Y acuérdense de que nuestro *Uncle World* está en el gobierno, y la cosa saldría en todos los periódicos".

"No seas tan mojigata, Carla", la provocó Sandi. "Acuérdate de que el tío es todo un personaje allá, así que no tendremos que pasar por la aduana. Apenas sepan que somos las señoritas García de la Torre nos harán reverencias". Hizo un gesto con la mano como si nos estuviera presentando ante la corte del rey Arturo.

"Podrías usar el truco del Kotex", sugirió Yoyo, pensando que sería agradable tener un poco de marihuana para fumar cuando se aburrieran en la isla. Pon una capa de toallas sanitarias sobre cualquier cosa que quieras esconder, le recomendaron una vez sus primas, y los inspectores de aduana no serán capaces de vencer la timidez y mirar debajo.

"¿Quién sigue usando Kotex?", preguntó Fifi. "¿Funcionará con tampones?"

"Esos tipos probablemente ni saben qué son". Sandi sacó uno de la caja que llevaba. Fingió una requisa, desgarró la envoltura de papel y trató de morder el extremo del tampón, como hacían nuestros tíos con sus cigarros.

Estallamos de risa, con las estruendosas carcajadas que veníamos reprimiendo desde que Mami salió. Al momento oímos pasos en el pasillo. Justo antes de que la puerta se abriera, Fifi, que aún tenía la bolsita de marihuana en la mano, la lanzó detrás de un librero, donde quedó olvidada en las prisas de la empacada a la mañana siguiente, antes de tomar nuestro avión a mediodía.

NO HABÍAN PASADO TRES SEMANAS desde la llegada a la isla cuando Mami llamó. Tía Carmen se acercó chapoteando por la piscina hasta donde estábamos, para contarnos que nuestra madre venía en camino desde Nueva York y que tenía intenciones de hablar largamente con nosotras. La tía admitió que sí, que algo andaba mal, pero que le había prometido a nuestra madre no decir qué. Era superreligiosa, así que sabíamos que no lograríamos sacarle ni una pista si había empeñado su palabra. A modo de consolación, nos aconsejó: "Busquen en su conciencia".

Repasamos todos nuestros pecados recientes con las primas hasta tarde aquella noche.

"Lo único que se me ocurre", propuso Yoyo, "es que hayan abierto nuestra correspondencia".

"¿O será que llegaron nuestras calificaciones?", sugirió Fifí.

"O la cuenta del teléfono", añadió Sandi. Su novio vivía en California.

"Me parece que no es justo que nos dejen así, en el aire". La cabeza de Carla estaba erizada de ganchos y pinchos como si la hubieran cableado para hacer un experimento. El pelo se le encrespaba en la isla y todas las noches se lo alisaba y luego se hacía un *tubie,* enrollándolo alrededor de la cabeza.

"Busquen en su conciencia", dijo Sandi con voz de ultratumba.

"Ya lo hice, ya", bromeó Fifí, "y el problema no es que no haya nada de qué preocuparme, sino que encuentro demasiadas cosas". Pasamos el resto de la noche confesándoles a nuestras primas, tan vigiladas por todos, las travesuras que habíamos hecho allá en la patria de los valientes y la tierra de la libertad.

La fundita casi vacía de hierba que había caído tras el mueble nunca se nos cruzó por la mente. Mami tenía una sirvienta de la isla que vivía con nosotros en los Estados Unidos, y había sido ella, Primitiva, la que había encontrado el paquete. La misma Primi usaba fundas semejantes en sus prácticas de aficionada a la santería, para preparar polvos y pociones que servían para aliviar tal dolor o alejar a una mujer rival. Pero le parecía un misterio que las niñas tuvieran una funda con orégano en su cuarto y era mejor dejar que su señora lo resolviera.

Lo que reconstruimos a partir de lo que Primi nos dijo

después, fue que la primera reacción de Mami fue rabia porque hubiéramos roto su regla en contra de comer en las habitaciones (¿el orégano clasificaba como comida?). Pero cuando abrió la funda, olió el contenido y metió el dedo dentro para probar una pizca, y Primitiva hizo lo mismo, quedaron atónitas. ¡La temida e ilegal marihuana de la que tanto hablaban en las noticias! Mami estaba segura. Y allí se vio, preocupada hasta el colapso por cuidar nuestra virginidad desde que llegamos a la pubertad en la tierra de esos americanos salvajes y disolutos y el vicio había llegado por otro orificio, en el otro extremo del cuerpo, sobre el cual no había vigilancia.

De inmediato se puso en contacto con tío Pedro, un psiquiatra al que considerábamos nuestro tío por cariño, que tenía un consultorio en Jackson Heights. A tío Pedro siempre se le consultaba cuando una de nosotras se metía en problemas. Identificó el orégano como marihuana, sin duda, y con eso puso a Mami a imaginarse qué más estaríamos haciendo. Para cuando llegó a la isla, cuarenta y ocho horas después de encontrar la fundita, todas éramos adictas, mujeres perdidas con amantes casados y bebés ilegítimos en camino. Guardaba una diminuta esperanza de que hubiera sido un trabajador o alguna visita quien había dejado la bolsita allí. Había averiguado la verdad, y la ocultó de Papi para evitarle el ataque al corazón que lo hubiera matado de enterarse.

Como nos habían tomado por sorpresa, no teníamos un plan. Al principio, Carla hizo un vago intento de desacreditar a tío Pedro, contando que siempre que terminaban nuestras sesiones nos daba largos abrazos y una palmada en el trasero. "Es un viejo verde", lo acusó. "Además, ¿qué sabe San Pedro de la hierba?"

"¿Hierba?", se extrañó Mami. "Esto es marihuana".

Carla se contuvo.

Antes de que pudiéramos ingeniarnos otra salida, Fifi nos sorprendió al admitir que la funda era suya. Al instante, todas nos pusimos de su lado, como culpables, "También es mía", insistía Yo. "Y mía", interrumpieron Carla y Sandi.

La mirada de Mami iba de una a otra con cada grito de "Es mía", que confirmaba que otra de sus hijas era mala. Puso su cara trágica de Madona con una prole de delincuentes. "¿Todas ustedes?", preguntó con voz grave y molesta.

Fifi dio un paso adelante. "Fui yo la que la puso ahí. Y ellas", nos señaló, "ellas no tuvieron nada que ver".

En sentido estricto, tenía razón. Era su funda. El resto de nosotras había probado la hierba cuando nuestros novios liaban un porro o cuando, en un grupo de amigos, circulaban uno y todos le daban una chupada. Sin embargo, había algo adverso en el hecho de que Fifi asumiera toda la culpa, porque nuestra costumbre había sido siempre compartir lo bueno y lo malo que nos tocara. Se disculpó con vehemencia y defendió su posición en forma contundente: sus hermanas no debían ser castigadas junto con ella. Cosa extraña, Mami estuvo de acuerdo. Pero nos pidió que no le contáramos nada a Papi, a menos que quisiéramos que nos confinaran en la isla a todas. Es posible que Mami tuviera su propia mini-revolución en camino, y que no quisiera atraer la atención hacia sus niñas, cosa que a su vez llamaría la atención hacia ella.

Hacía poco había empezado a desplegar las alas, y había tomado cursos para adultos sobre bienes raíces y economía internacional y administración de negocios, con el sueño de tener para sí misma una vida más allá de la familia. Aún se apegaba a los modos tradicionales, pero por su lado mordisqueaba el fruto prohibido.

En todo caso, aceptó que las tres mayores volviéramos a

nuestra escuela al terminar el verano. A Fifi se le dio la posibilidad de escoger entre quedarse en la isla un año, en casa de tía Carmen, o volver a los Estados Unidos pero no a nuestro internado. Tendría que vivir en casa, con Papi y Mami, y asistir al colegio católico de las cercanías.

Fifi prefirió quedarse. Mejor ser una entre la docena de primas chaperoneadas, pensó, que estar sola en casa donde Papi y Mami la tendrían en la mira constantemente, y con tío Pedro poniéndole la mano en el trasero. "Además, quiero ver cómo son las cosas aquí. A lo mejor me gusta", dijo Fifi, justificando su decisión ante nosotras. Por ser la menor de las cuatro, era la que menos posibilidades había tenido de crear vínculos con la isla antes de nuestra abrupta partida al exilio hacía cosa de una década. "Además, los Estados Unidos no me hacen feliz".

"Estás en plena adolescencia, ¡por Dios!" Carla había decidido encaminarse hacia el campo de la psicología y con frecuencia nos había estado analizando a todas. "Se supone que debes estar descontenta y confundida. Eso quiere decir que eres normal, que estás adaptada. Esto sólo servirá para empeorar las cosas, ¡te lo garantizo!"

"Quizás no, y a lo mejor te llevas una sorpresa", dijo Fifi.

"Vas a estar encaramándote por estas paredes antes de que termine el año", le advirtió Carla.

Nos quedamos mirando el alto muro de piedra, más allá de la piscina. Allá lejos, una de las sirvientas había tendido su ropa interior en el muro. En la copa de un brasier, una lagartija, cuya cabeza apenas alcanzábamos a distinguir, desplegaba su cuello como si acabara de fumar hierba y estuviera reteniendo el humo hasta que las diminutas células atontadas de su cerebro chispearan.

———

EN NAVIDAD ESTAMOS LOCAS por saber noticias del exilio de Fifí. Mami nos cuenta que nuestra hermana está maravillosamente aclimatada a la vida en la isla, que está tomando clases de taquigrafía y mecanografía en la escuela de comercio de la Fundación Ford. Y que además está saliendo con un partido agradable.

Claro está que eso es peligroso para el resto de nosotras. Con una hija repatriada, Papi puede decidir sacarnos a todas del *college* y enviarnos de vuelta a la isla. Y eso sin tener en cuenta que es cosa aterradora y de no creer, que Fifí, la rebelde, haya cambiado tanto. De hecho, Carla dice que es una reacción casi esquizoide en respuesta a un desplazamiento cultural traumático.

Desde que nos bajamos del avión, nos damos cuenta de que Mami no exageraba. Fifí, que está allí en el aeropuerto para recibirnos, es un tintineo de pulseras y una cascada de rizos de salón de belleza que sostiene hacia un lado con un gran pisapelo dorado. Tiene las pestañas oscurecidas con rímel, y así sus ojos se destacan como si estuviera levemente sorprendida por su buena suerte. Fifí, la misma que solía llevar el pelo en un peinado que era como su marca de fábrica, con dos trenzas que en épocas de calor se prendía a la cabeza como una lechera austriaca. Fifí, ésa que siempre señalaba que no usaba maquillaje ni se arreglaba. Ahora parece la persona del "después" en esos artículos de "antes y después" de las revistas. "Elegante", había dicho Mami del nuevo estilo de Fifí, pero a nuestros labios vienen otros epítetos. "Se convirtió en una PHA", murmura Yoyo. Una princesa hispanoamericana.

"Dios mío, Fifí", le decimos al saludarla, mirándola de arriba abajo.

"¿Dónde es la fiesta?", dice Sandi en broma.

"Si no pueden decir algo amable…", comienza Fifí, a la

defensiva. Su pequeña cartera de charol hace juego lastimeramente con sus zapatos de tacón.

"¡Oye, oye!" Le damos uno de nuestros abrazos de grupo. "No pierdas tu sentido del humor con nosotros. ¡Te ves fabulosa!"

"No me alboroten el peinado", se molesta Fifi, dándose palmaditas en los rizos como si fueran un sombrero. Pero sonríe. "¿A que no adivinan?" Nos mira de una en una.

"Estás saliendo con un alguien agradable", decimos en coro.

Fifi queda sorprendida y luego se ríe. "Ya les fueron con el chisme, ¿no?" Asentimos. Y luego procede a explicarnos que el personaje es un primo, Manuel Gustavo. "Un primo simpático", añade con rapidez.

"¿Un primo?" Conocemos a la mayoría de nuestros primos y éste nos suena desconocido.

"Un primo de los del clóset", dice Fifi, buscando una foto en su cartera. "Uno de los ilegítimos".

¡Qué bien! Nos hacemos unas a otras la V de la victoria. A pesar de todo, es una revolución de guerrillas. Teníamos cierto temor de que Fifi estuviera cediendo a la presión familiar y se convirtiera en una simpática jovencita tercermundista. Pero no hay forma. Sigue siendo la misma de siempre.

Fifi nos cuenta toda la historia de Manuel Gustavo. Su padre es el hermano de nuestro padre, tío Orlando, que tiene media docena de hijos con una mujer del campo, cerca de una de sus fincas. Claro está que tía Fidelina, su esposa, que es una mujer muy dulce y consagrada a la Virgen, "no tiene idea" de las infidelidades de tío Orlando. Pero ahora que Manuel Gustavo está a punto de entrar en escena, por decirlo de alguna manera, su padre tiene que salir con alguna explicación, casi como de inmaculada concepción. ¿Quién es este joven que visita a su sobrina?, quiere saber tía Fidelina. ¿De dónde viene? ¿A qué familia pertenece? Otro tío, Ignacio, ofrece asumir que Manuel Gustavo es su propio hijo ilegítimo. Nunca se ha casado y siempre le han tomado el pelo diciendo que es homosexual. Así que los dos hombres salen librados de problemas por un hijo bastardo. Según Fifí, la alta sociedad, las damas de la oligarquía que forman como un club, no muy distinto de cualquier country club, está encantada con esos chismes tan jugosos.

"No tienen nada mejor que hacer", concluye ella, levantando la barbilla por encima de todo.

Manuel Gustavo pasa a ser nuestro primo preferido.

PODRÍA SER UN DOBLE JOVEN y buen mozo de Papi, y se parece mucho a nosotras, con las mismas cejas de la familia, los pómulos prominentes, la boca llena y generosa. En pocas palabras, podría ser el hermano que jamás tuvimos. Cuando entra a toda velocidad al residencial, haciendo rugir el motor de su camioneta, todas corremos hacia el camino para recibirlo con besos y abrazos.

"Niñas", dice tía Carmen frunciendo el ceño, "ésa no es manera de recibir a un hombre".

"Oigan", grita Fifí, secundándola. "¡Lejos de él, que es mío!"

Nos reímos, pero seguimos mimándolo, acogiéndolo como si nunca hubiéramos vivido en los Estados Unidos, o leído a Simone de Beauvoir o planeado vidas propias.

Pero a medida que pasan los días, Fifí se va haciendo cada vez más introvertida y se la ve vigilante. Todos los días hay pequeñas escaramuzas y malas caras y encogimiento de hombros porque una de nosotras rodeó a Manuel con el brazo o porque estuvo charlando demasiado tiempo con él sobre la producción de la caña de azúcar.

Para tranquilizarla, nos sosegamos y nos volvemos más reservadas con él. Desde esta nueva distancia, empezamos a ver mejor el panorama y nos damos cuenta de que no es muy bonito. El encantador Manuel es más bien un tiranuelo, una especie de Papi y Mami en miniatura combinados en una sola persona. Fifi no puede usar pantalones en público, no puede hablar con otro hombre, no puede salir de la casa sin su permiso. Y lo que es más sorprendente es que ella, la tozuda y vivaracha Fifi, deja que este hombre le diga lo que puede y lo que no puede hacer.

Un día Fifi, que ya prácticamente nunca lee, se deja absorber por una de las novelas que trajimos, no precisamente una de las malas. Manuel Gustavo llega y, cuando nadie la abre por la puerta del frente, da la vuelta para entrar por atrás. En el patio estamos las cuatro, tendidas en sillas de asolear, leyendo. Fifi lo ve y se le ilumina la cara. Está a punto de dejar el libro cuando Manuel Gustavo lo toma y se lo quita.

"Esto", le dice, sosteniendo el libro como si fuera un pañal usado, "esto es basura que se te queda en la cabeza. Tienes mejores cosas que hacer". Tira el libro a la mesa del café.

Ella palidece, a pesar de que sus mejillas teñidas de colorete siguen rojas. Se levanta rápidamente, con las manos en las caderas y los ojos entrecerrados, la Fifi que conocemos y adoramos. "¡No tienes derecho a decirme qué es lo que puedo hacer y lo que no!"

"¿Que no?", contesta él desafiante.

"¡No!", confirma Fifi.

Una por una, las tres hermanas restantes los dejamos, tratando de animar a Fifi de dientes para adentro. Unos minutos después oímos el rugido de la camioneta por el camino, y Fifi entra sollozando a la habitación.

"Fifi, él se lo tiene merecido", le decimos. "No dejes que te domine a su antojo. Eres un espíritu libre", le recordamos.

Pero en menos de una hora, Fifi está hablando por teléfono con Manuelito, rogando que la perdone.

DECIDIMOS APODARLO MG, la marca de un carro que nos parece levemente ostentoso, como el tipo de carro que uno de nuestros primos mayores le pediría a su papi que le comprara para impresionar a las mujeres en la isla. Al mencionar su nombre, aceleramos motores imaginarios. ¡Es un tirano! Brrrrrrmmmm. ¡Está aniquilando el espíritu de Fifi! Brrrrrm-brrrrmmm.

Unos días después del episodio del libro, Manuel Gustavo llega a casa para el almuerzo, y como Fifi está todavía en su clase de español, decidimos aleccionarlo un poco.

Yoyo empieza preguntándole si alguna vez ha oído hablar de Mary Wollstonecraft. ¿O de Susan B. Anthony? ¿O de Virginia Woolf? "¿Son amigas de ustedes?", pregunta él.

Yoyo suspira y todas miramos al cielo, a modo de apoyo para una hermandad femenina invisible, ya que nuestras tías y primas consideran que es muy poco femenino que una mujer ande por ahí protestando para defender sus derechos. Ya ni siquiera tratamos de despertar conciencias en la isla, porque sería como exigir techos catedralicios en un túnel, o algo así. Una vez tratamos de hacerlo con tía Flor, que nos señaló su gran casa, los jardines tan cuidados, el Cupido de piedra que había sido modificado para que el agua le brotara por la boca. "Mírenme, soy una reina", respondió. "Mi marido tiene que ir a trabajar todos los días. Yo puedo dormir hasta mediodía si quiero. ¿Para qué voy a protestar por mis derechos?"

Yoyo le entrega la batuta de la entrevista con Manuel a Carla, que sabe acercarse a la gente con temas cotidianos. Yoyo llama esa habilidad terapéutica su "modo de ablandar antes de dar el golpe". "Manuel, ¿por qué te molestas tanto cuando Fifí anda por su cuenta?" El tono de Carla parece sacado de un texto de psicología elemental.

"Las mujeres no hacen eso aquí". El pie de Manuel Gustavo, apoyado sobre su rodilla, se sacude hacia arriba y hacia abajo. "A lo mejor ustedes hacen las cosas de otra manera en los Estados Unidos de América". Su tono de voz es una mezcla de broma y provocación. "Pero eso no lleva a las gringas a ninguna parte. La mayoría se divorcian o se quedan jamonas, y no tienen nada mejor que hacer que consumir drogas y acostarse con cualquiera".

Sandi acelera: "Brrrrrm".

"Manuel", dice Carla en tono suplicante. "Las mujeres también tienen derechos, tú sabes. Hasta la ley dominicana lo pregona".

"Sí, las mujeres tienen derechos", Manuel Gustavo admite. Una sonrisa irónica se extiende por su cara: está a punto de decir algo genial. "Pero los hombres llevamos los pantalones".

La revolución está en marcha. Nos queda una semana para ganar la lucha por el corazón y la mente de nuestra Fifí.

En la isla, la pandilla de primos salimos por las noches a la Avenida. Es la calle principal, que se llena de carros y de coches tirados por caballos para los turistas que quieren pasear por la orilla del mar a la luz de la luna. Los hoteles y los centros nocturnos inundan el cielo con abundante luz, tanta que uno puede distinguir las caras de la gente al pasar frente a ellos. Los engranajes del chisme comienzan a girar. Marianela estuvo en Utcho con Claudio. Margarita se ve demasiado embarazada para llevar apenas dos meses de casada. Échenle un ojo a esa minifalda de Pilar, con esas piernotas que tiene; uno pensaría que la gente debía mirarse al espejo antes de salir, por favor.

Nos repartimos en varios carros, conducidos por primos.

No queremos andar con choferes soplones. Vamos al cine o a Capri's a tomar un helado y andar por ahí, y a los varones se les recuerda que deben cuidar a las señoritas. Por ser la mayor, Carla debe ir con Fifi en la camioneta de Manuel, como chaperona, al menos mientras están dentro del residencial. Luego la dejan en Capri's para unirse al resto de nosotros. Fifi y Manuel se escapan para pasar un rato a solas de la mirada vigilante de la numerosa familia. En esas vueltas, por lo general terminan estacionando en algún lado, sólo para besarse y eso, según Fifi. Ha confesado que el "eso" se está acercando cada vez más al punto, y que el problema es que no tiene ningún tipo de anticonceptivo. Si va a cualquier lugar en la isla en busca de pastillas o de un diafragma, allí sabrán quién es ella y seguramente la familia terminará enterándose. Y Manuel jamás va a usar un preservativo.

"Cree que pueden producir impotencia", dice Fifi, sonriendo dulcemente como para deleitarse con esa tierna ignorancia masculina.

"¡Por Dios, Fifi!", suspira Sandi. "Dile que no usarlo provoca un embarazo, con toda seguridad". Una Fifi embarazada tendría que hacer lo que siempre toca en esos casos en la isla: casarse de inmediato y prepararse para los chismes cuando su "bebé prematuro" nazca perfectamente maduro y crecido.

Nos la pasamos advirtiéndole del peligro y preocupadas con el asunto hasta que ella nos promete, dolida por nuestra amenaza de chivatearla, que no va a haber sexo entre Manuel y ella a menos que consiga un anticonceptivo. Cosa bastante improbable. ¿Dónde puede buscarlo en esta isla que es como una pecera de cristal?

Pero su palabra no sirve de mucho luego de lo que sucede una noche.

ESTAMOS SENTADOS EN CAPRI'S ESA NOCHE, aburridos. Fifí y Manuel ya se largaron y tenemos un par de horas por delante antes de que regresen y podamos volver a casa. Empezamos a lanzar ideas de cosas que hacer: podemos ir hasta Embassy Beach y nadar desnudos. Podemos tratar de encontrar a Jorge, el primo de un primo, que a menudo tiene un par de porros y conoce a un brujo de vudú que nos puede leer el futuro tras sacrificar horriblemente a un animal. Nuestro escolta oficial, Mundín, veta ambas ideas. Tiene una mejor. Nos apiñamos en su carro, las tres primas americanas y su hermana Lucinda, fastidiándolo para que nos cuente qué tiene en mente. Él sonríe con malicia y nos lleva a las afueras de la ciudad, al motel Los Encantos. Entra sin vacilaciones, como quien conoce el lugar, hace sonar la bocina, le pide al portero una cabaña y luego avanza hacia la que le asignaron. Un muchacho abre la puerta del garaje. Una vez que nos bajamos del carro, el muchacho cierra la puerta y le entrega a Mundín la llave de la cabaña anexa.

"Así nadie puede saber quién está aquí", explica Mundín en inglés. "Éste es un motel de primera, para *la crème de la crème,* para no entrar en más detalles. Todos podrían reconocer los carros de cualquiera de los que están aquí". Mundín abre la puerta y se hace a un lado para dejar pasar a las señoritas. Una cama tamaño king, cubierta con una colcha floreada, está ubicada descaradamente en el centro de la habitación. Hay un par de cojines en forma de rollo con borlas en la cabecera de la cama. Las almohadas, forradas con la misma tela de flores desteñidas, evocan más a un ingeniero árabe que al amo y señor de un harén.

"¿Esto es todo?", preguntamos, decepcionadas.

"¿Y qué esperaban?" Mundín queda perplejo ante nuestra

falta de la esperada emoción. Al fin y al cabo, corre el riesgo de meterse en serios problemas al mostrarnos la cara picante y prohibida de la isla. ¡Unas niñas decentes en un motel! ¡Su madre lo mataría!

Sandi rodea a Mundín con el brazo y golpea el hueso de su cadera contra el de él. Está haciendo su imitación de Mae West cuando el muchacho entra con una bandeja con ron y Coca-Colas. Mantiene la vista fija en los mosaicos del piso mientras va de una a otra, ofreciendo bebidas, como si quisiera garantizarnos que no habrá testigos. Apenas sale, nos reímos. "Me pregunto qué pensará". Carla sacude la cabeza de sólo imaginarlo. Mundín sube y baja las cejas. "¿Cuántos tabúes podemos romper aquí? Veamos", y empieza a enumerar: "Incesto, sexo en grupo, relaciones entre lesbianas, desfloramiento…"

"¿Desfloramiento? ¿A quién te refieres?", su hermana Lucinda lo provoca, con una mano en la cadera.

"¿Ajá?", la respaldamos, con las manos en las caderas, enfrentándolo como un pelotón de feministas.

Los ojos de Mundín parpadean atónitos. A pesar de toda su educación tan liberal en los Estados Unidos, y de que se ha acostado con unas y otras, y de sus carcajadas ansiosas cuando sus primas americanizadas le relatan sus desventuras, su propia hermana sí debe mantenerse pura. "Vámonos", nos apresura luego de que nos terminamos el ron con Coca-Cola. Al salir en reversa del garaje, una camioneta pasa detrás de nosotros, en el camino interno del motel.

"¡Miren!", grita Yoyo. "¿No son Fifi y Manuel?"

Mundín se ríe. "¡Ey, ey! Déjenlos alejarse".

"¿Alejarse? Alcánzalos!", le espeta Sandi. "Ahí va nuestra hermana menor con un tipo que cree que los condones producen impotencia".

"¡Date la vuelta y síguelos!", Carla le ordena.

"Pero ella también tiene sus derechos", dice Mundín riéndose, aprovechando la ocasión para una indirecta, y sale por el portón, que el muchacho va cerrando detrás nuestro.

"¡NO ES GRACIOSO!", advierte Carla mientras conferenciamos en el baño de vuelta en Capri's. "No va a querer volver a casa por su propia voluntad. Le lavaron el cerebro".

Sandi está de acuerdo. "Quiero decir, no necesitarían un cuarto en un motel si no estuvieran acostándose, ¿cierto?"

"Después de que nos lo prometió", dice Carla, asintiendo dolida.

Allí, entre los adminículos de tocador rosados, con canastas de toallitas y polvo de talco y cepillos, armamos nuestra conspiración. Unimos las manos y sellamos nuestro pacto. Yoyo nos anima con un grito de "¡Que viva la revolución!" Además del ron con Coca-Cola del motel ya nos hemos tomado unos cuantos de los famosos daiquiris helados del Capri's. La camarera del baño, que nos ha estado oyendo hablar en inglés, nos ofrece una toalla rosada perfumada, que Sandi acepta y hace ondear como bandera de nuestro bando.

EL ÚLTIMO SÁBADO QUE PASAMOS en la isla, la gente del residencial se reúne en el patio de tía Carmen, a recordar. Cada tanto, alguien de la familia pasa a despedirse de nuestros padres y a entregarles paquetes de cartas y cuentas que quieren que ellos pongan al correo en los Estados Unidos. Ahora que tío Mundo trabaja en el gobierno, siempre hay otros miembros del gabinete y viejos amigos que aparecen a charlar de política y a pedir favores. En el patio hay segregación de sexos: los hombres se sientan a un lado, fumando cigarros y haciendo tintinear los vasos de ron. Las mujeres están en sillones de mimbre, junto a las lámparas de pared, intercambiando exclamaciones sobre cualquier cosa que las merezca.

Los jóvenes nos vamos a la Avenida, y prometemos volver temprano. Esta noche estamos los de costumbre, Lucinda, Mundín, Fifi, Manuel y, claro, nosotras tres. Carla hace su deber normal de chaperona en la camioneta y luego la dejan en Capri's. "Están de pelea", nos confiesa cuando se reúne con nosotros.

"¿Y ahora por qué?", pregunta Sandi.

"Lo mismo de siempre", suspira Carla. "Porque Fifi pasó demasiado tiempo hablando con Jorge y porque su falda es demasiado corta y su suéter muy ajustado, y más bla bla bla".

"Brrrrm, brrrrm", Sandi y Yoyo imitan el motor acelerado. Mundín se ríe. "Es lo que ustedes se merecen".

Lo miramos con los ojos entrecerrados por la ira. Cuando él está en los Estados Unidos, donde estudió el bachillerato y ahora la universidad, es uno de nosotros, nuestro compinche. Pero cuando vuelve a la isla, se pavonea como macho, y nos puya con la injusta ventaja que le da ser hombre allí.

Como siempre, vamos a esperar a los enamorados en Capri's. Veinte minutos antes de nuestro toque de queda deben pasar a recoger a Carla, y todos volvemos a casa de nuevo, como un grupo de felices vírgenes. Pero esta noche, según acordamos, vamos a dar un golpe en la misma Avenida donde hace una década el dictador fue arrinconado y herido mortalmente de camino a una cita con su amante. Fue una conspiración que nuestro padre ayudó a planear pero que no llegó a ejecutar, pues había tenido que huir a los Estados Unidos. Esta noche vamos a descubrir la mentira de los amantes. Lo primero es hacer que Mundín nos lleve a casa. La lealtad entre machos es lo que mantiene al sistema machista, así que Mundín querrá proteger a Manuel.

Lucinda comienza con una versión de su truco de la

aduana y el Kotex. Se queja ante Mundín de que acaba de llegarle la menstruación y que debe ir a casa. "Tengo unos dolores terribles", gime.

"¿Y no puedes tomarte algo para calmarlo?", le pregunta Mundín, incómodo y turbado por los misterios del cuerpo femenino.

Lucinda asiente. "Sí, pero está en casa".

Mundín sacude la cabeza. Pero él es el protector de su hermana. Desde su comentario en el motel, él la vigila con atención. "Está bien, está bien. Te llevo". Se vuelve hacia nosotras, sus primas. "Ustedes se quedan, para que así no descubran a Manuel".

"No podemos quedarnos aquí sin ti", le recordamos. Regla número uno: No se deja a las niñas solas en público. "Nos vamos a meter en problemas, Mundín".

Mundín frunce el ceño ante nuestros inesperados remilgos. "Bueno, les diré que las dejé con otros primos que aparecieron por aquí. Y luego volveré a recogerlas. Para ese momento, Fifi y Manuel ya habrán terminado".

"Ya habrán terminado". Un cañonazo en plena proa. No hay tiempo que perder. Le lanzamos tres groseras sonrisas a lo Che Guevara. "Nos vamos contigo".

"Pero, ¿y qué hay de Fifi y Manuel?" Mundín está abrumado. Si todos menos Fifi y Manuel nos aparecemos en el residencial, los enamorados van a tener graves problemas. Regla número dos: A las niñas no se las deja con sus novios y sin chaperona.

"Vinimos contigo, nos vamos contigo. No queremos meternos en problemas". Nuestras vocecitas de niñas buenas no acaban de convencer a nuestro primo.

"¡Eso no lo voy a hacer!" Mundín junta las manos sobre la mesa.

Le recordamos la salida de la última vez al motel. ¿Debemos contarle eso a su padre? Sabemos cuál es la espada de Damocles que pende sobre su cabeza: una afeitadora eléctrica para cortarle el pelo en la academia militar. Porque así como a nosotras, las primas de los Estados Unidos, nos amenazan con el encierro en la isla, si él se desvía del buen camino le espera la academia militar.

Nos mira directo a los ojos. "¿Qué se proponen?", nos dispara. Recibimos su mirada con sonrisas blindadas, con rostros de piedra en los que su mirada miope de macho no logra descifrar el desastre que se avecina.

EL CAMINO INTERIOR DEL RESIDENCIAL parece un estacionamiento de Mercedes Benz. Un Jeep y dos carros japoneses delatan a algunos de la generación más joven. Lucinda distingue el Mercedes color salmón pálido de tía Fidelina y tío Orlando. "Esto va a ser muy interesante", susurra.

El patio está repleto de parientes. Mundín se apresura al lado de los hombres, sabiendo que la primera bomba explotará en el sector de las mujeres. Las hermanas hacemos nuestra ronda para besar a todas las tías. Los ojos de tía Fidelina, oscuros y lechosos, están casi ciegos. "¿Y cuál es la novia?", pregunta, esforzándose por ver bien a sus sobrinas.

"Sí", interviene Mami para secundarla. "¿Dónde está Fifi?"

"Con Manuel", responde Sandi con calma. Su tono da a entender que no vemos ningún problema en el asunto.

"¿Y dónde están ellos?", pregunta Mami haciendo énfasis.

Carla se encoge de hombros. "¿Cómo vamos a saberlo?"

Hay un silencio embarazoso en el cual las palabras "su reputación" son tan palpables como si alguien hubiera colgado un vestido de novia en el aire. Tía Carmen suspira. Tía

Fidelina abre su abanico de rosas demasiado hermosas. Tía Flor nos sonríe desesperadamente y nos pregunta si nos divertimos. Mami mira a través de la multitud, buscando a Papi, que está en el otro lado intercambiando historias de la dictadura con otros hombres.

Con expresión dura y fija, se levanta y nos hace un gesto para que la sigamos. Las tres vamos tras ella en fila india, hacia la habitación de tía Carmen de nuevo, que es el escenario del tribunal de Mami. La tía viene con nosotros, recomendando tener paciencia.

Una vez que cerramos la puerta, Mami pierde los estribos. Primero reprocha a Carla, por ser la mayor, la que estaba a cargo y tenía órdenes de permanecer con Manuel y Fifi como chaperona en el vehículo. Luego nos echa en cara una y otra vez que somos malas hijas. Por último jura, frente a la tía, que Fifi se regresa con nosotros. "¡Si su padre llegara a enterarse!" Nuestra madre sacude la cabeza al pensar en las posibles consecuencias. De forma anticlimática añade: "Una deshonra para la familia".

"Ya, ya", tía Carmen levanta la mano para interrumpir a su cuñada. "Estas niñas han vivido tanto tiempo afuera que se acostumbraron a los usos de allá".

"¡Los usos de allá!", grita Mami. "Fifi lleva seis meses viviendo aquí. Ésa no es excusa".

"Debe haber una explicación", dice tía Carmen para cambiar el ángulo de la conversación. "No tratemos de anticipar dónde va a caer el coco antes de que el huracán llegue", aconseja.

Mami niega con la cabeza de manera tajante. "Si no puede comportarse aquí, se devuelve con nosotros, y punto. No voy a mandarlas más aquí para que vengan a dar problemas".

Tía Carmen nos rodea con los brazos. "No se te olvide que

éstas también son mis niñas. Y son buenas niñas, que no arman problemas. ¿Qué haría yo si no las tuviera conmigo todos los años?", dice mirándonos. Nos miramos una a otra y bajamos la vista para ocultar la confusión. Al fin somos libres, pero justo ahí, en el momento en que la puerta se abre ante nosotros y podemos volar, el cariño de tía Carmen revive nuestra antigua nostalgia de hogar. Es como el experimento aquel sobre el cual leyó Carla en su clase de psicología clínica. Mantenían a unos monos bebés en una jaula durante tanto tiempo que luego no salían cuando se les abría la puerta. Se quedaban dentro y sacaban los brazos por entre los barrotes para pedir que les dieran la comida que estaba fuera de su alcance.

ES CASI MEDIANOCHE CUANDO OÍMOS que la camioneta avanza por el camino. En el patio, los parientes que estaban de visita ya se han ido y sólo quedan los que viven en el residencial, conversando en voz baja, preocupada. En nuestro cuarto hemos estado defendiéndonos una de otra. Todas sabemos que Fifi se iba a meter en problemas con MG. "Si apenas tiene dieciséis años", nos decimos una y otra vez. Ella pensó que podía convertirse en una de las de la isla. Nosotras sabíamos que no.

Pero a pesar de eso, nos sentimos muy mal cuando una Fifi lívida entra a nuestro cuarto al rato, después de un agotador interrogatorio en la habitación de tía Carmen.

No nos dice nada sino que abre el clóset y empieza a empacar toda su ropa. Por un instante nos invade el pánico. ¿Irá a fugarse con Manuel?

"¿Qué haces, Fifi?", le pregunta Yoyo.

Fifi sigue empacando el reguero de prendas que volcó de las gavetas al piso. Silencio.

"¿Fifi?" Carla le toca el hombro. "¿Qué pasó?" Se refiere obviamente a lo que pasó en el patio, o incluso, debido a que la expresión ausente y desanimada de Fifi da a entender más, antes.

Fifi nos mira, con ojos rojos y llorosos. "Traidoras", dice. El sonido de su maleta al cerrarse le da a esa acusación una vehemencia aterradora. En la puerta levanta la barbilla con gesto de orgullo, y luego oímos sus pasos que resuenan por el pasillo hasta la habitación de nuestra prima Carmencita.

Nos miramos para darnos a entender que se le pasará. Y con eso nos referimos a Manuel, a la furia de Fifi con nosotras, al miedo que le produce su propia vida. Al igual que la nuestra, está ante ella como una tierra incógnita justo antes de que el primer explorador ponga pie en la arena virgen.

Hija de la invención

DURANTE UNA TEMPORADA LUEGO de su llegada a los Estados Unidos, Laura García estuvo tratando de inventar algo. Sus ideas siempre nacían al volver de las excursiones a tiendas por departamentos, a las cuales llevaba a sus hijas, para ver las maravillas de ese nuevo país. Cuando Carlos tenía un domingo libre, se llevaba a las niñas a la estatua de la Libertad o al puente de Brooklyn o al Rockefeller Center pero, desde el punto de vista de Laura, ésas eran maravillas para hombres. Los verdaderos tesoros que buscaban las mujeres se encontraban entre los aparatos y artilugios para el hogar.

Laura y sus hijas se subían a las escaleras mecánicas, maravilladas con su movimiento, y ella bromeaba diciendo que así debía ser la escala de Jacob, por la cual vio a los ángeles que subían y bajaban del cielo. En el momento en que se detenían ante un aparato, una animada vendedora se les acercaba, pensando que sin duda una madre joven con cuatro muchachitas era la clienta perfecta para el nuevo refrigerador con descongelado automático o la lavadora con el ciclo de remojado de ropa. Laura dedicaba su completa atención a las demostraciones de los vendedores y hacía preguntas inteligentes, pero al final decía que tenía que discutirlo con su marido. En el camino de regreso a casa, las hijas no lograban involucrar a su madre en la conversación, sin importar lo que hicieran, porque ella había quedado inspirada con lo que acababa de ver y estaba inventando.

Nunca ponía nada sobre el papel hasta la noche, luego de haber dejado todo en orden. Su marido podía llevar cosa de una hora bien dormido, en su lado de la cama, con el periódico en español doblado sobre el pecho, y los espejuelos en la mesita de noche, vigilando la habitación como una especie de guardaespaldas incorpóreo. En su propio lado, iluminado por la lámpara, Laura apoyaba la espalda sobre sus almohadas e inventaba. En el regazo tenía uno de los innumerables blocs de papel que su marido llevaba a la casa del consultorio, regalo de algún laboratorio farmacéutico, y que anunciaban tranquilizantes o antibióticos o crema facial. Allí trabajaba en un boceto de algún objeto común pero visto muy de cerca para permitirle añadir una boquilla especial o un asa más cómoda, lo cual le confería al objeto una apariencia extraña. Sus hijas se reían al ver esos garabatos que encontraban en las gavetas de la cocina o en el estante de atrás del baño de abajo. Una vez Yoyo estuvo segura de que su madre había dibujado el "tú sabes qué" de un hombre. Les mostró el hallazgo a sus hermanas, y con expresión tímida y evasiva le preguntaron a su madre qué andaría planeando. ¡Ay! Ella se quejó de que era uno de sus fracasos: un vaso para niños, con dos compartimientos para bebidas y un enorme sorbete incorporado.

Sus hijas la buscaban en las noches cuando les parecía que ella tendría un momento libre para hablar: podía ser que tuvieran problemas en el colegio o quisieran que convenciera a su padre de que las dejara ir a la ciudad o a un centro comercial o al cine, ¡en pleno día, Mami! Laura las sacaba de su cuarto. "El problema con ustedes, niñas, es que..." El problema se resumía en el hecho de que ellas querían comportarse como americanas y que su padre, y su madre también, al principio, no lo iban a aceptar.

"¡Me van a volver loca, niñas!", las amenazaba si insistían. "¡Cuando vaya a parar al manicomio de Bellevue, se van a arrepentir!"

Hablaba en inglés cuando discutía con ellas, en una mezcla de expresiones y dichos que mostraban que "todavía estaba en pañales", según decía.

Su esposo insistía en que les hablara en español, para que no olvidaran su lengua materna, pero ella le respondía: "Adonde fueres, aguanta lo que vieres".

Yoyo, que nunca temía abrir su bocota, se había convertido en la vocera de sus hermanas, y hacía valer su opinión en esa habitación. "¡No pensamos volver a esa escuela, Mami!"

"Tienen que ir". Abría los ojos con preocupación. "Aquí está prohibido no ir a la escuela. ¿Acaso quieren que nos expulsen del país?"

"¿Quieres que nos maten? ¡Esos niños nos tiraron piedras hoy!"

"A pedradas necias, oídos sordos", entonó. Sin embargo, Yoyo se daba cuenta por su expresión, de que una de esas piedras lanzadas contra sus hijas la había golpeado a ella. Pero su madre siempre daba a entender que ellas tenían la culpa. "¿Y qué hicieron ustedes para provocarlos? Porque se necesitan dos para que haya pelea, ¿no?

"¡Muchas gracias, Mom!" Yoyo salía apresurada del cuarto hacia el suyo. Las niñas nunca la llamaban *Mom*, mami en inglés, sino cuando querían hacerle sentir que las había decepcionado en ese país. Era una buena mami en cuanto a tener todo en orden, regañar y dar consejos, pero no le iba bien a la hora de ser amiga de sus hijas. En eso era un fracaso de mamá.

Laura volvía al lápiz y al papel, a garabatear y examinar sus dibujos y arrancar hojas, para luego darse por vencida y tomar su *New York Times*. Pero había noches en que consideraba que había tenido una buena idea, y entonces corría al cuarto de Yoyo, con expresión emocionada y el bloc en la mano, y golpeaba brevemente antes de abrir la puerta. "¡Tengo una cosa para mostrarte, Cuquita!"

Ésa era la hora que Yoyo reservaba para sus cosas, luego de terminar sus tareas, mientras sus hermanas veían TV en el sótano. Encorvada sobre su pequeño escritorio, con la luz principal apagada y la lámpara de leer apuntada directamente al papel, el resto de la habitación envuelto en una oscuridad cálida, mullida y difusa, escribía poemas secretos en su nueva lengua.

"¡Vas a dañarte los ojos!", empezaba Laura, encendiendo de un golpe la luz central y espantando cualquier rastro de tímida pasión que Yoyo estuviera empezando a sacar a la fuerza del laberinto de sentimientos y que fluía en el hilo azul de su escritura.

"Ay, Mami", se quejaba Yoyo, volteando a mirar a su madre. "Estaba escribiendo".

"Ay, Cuquita". Era el apodo cariñoso para cualquiera que fuera su preferida entre las cuatro. "Cuquita, cuando me gane un millón de dólares, te voy a comprar tu propia máquina de escribir". (Yoyo había empezado a insistirle en que quería una como la que su padre había comprado para llenar las recetas médicas en casa). "Endulzar el oído" era lo que ella decía cuando alguien la halagaba con evidente interés. Pero ella ponía dulce, y hasta chocolate. "Te contrataré una mecanógrafa".

Se dejaba caer en la cama y le presentaba el bloc. "Adivina, Cuquita, ¿qué es esto?" Yoyo estudiaba el boceto un momento. ¿Era jabón que salía por el cabezal de la ducha cuando uno giraba la llave en determinado sentido? ¿O acaso café instantáneo ya mezclado con la crema? ¿O cápsulas que liberaban agua cada tanto tiempo para así regar las plantas mientras uno estaba de viaje? ¿O un llavero con cronómetro que indicaba cuando el tiempo del parquímetro estaba por terminarse? (Además, el tic-tac serviría para encontrar fácilmente las llaves si uno las extraviaba). El más famoso de sus dibujos, famoso únicamente en retrospectiva, era el del mamarracho que tiraba de un cuadrado con una cuerda: ¿una maleta con ruedas? "Pues claro", decía Yoyo, para animar a su madre. "Lo que todo hogar necesita: una ducha que parece un lavacarros, llaves que hacen tic-tac como una bomba de tiempo, maletas con correa, ¡como los perros!" Para entonces, se había convertido en una especie de chiste familiar: su mamá inventora a lo Thomas Edison o Benjamin Franklin.

Laura ponía cara larga. "A ver, usa tu cabeza". Otro intento fallido de adivinar, y pasaba a mostrarle a Yoyo, señalando con su lápiz los diferentes aspectos de esta nueva maravilla. "¿Recuerdas aquella vez que nos fuimos en el carro a la Montaña del Oso, y allá nos dimos cuenta de que habíamos olvidado empacar un abrelatas con nuestro pic-a-nic?" (Sus hijas siempre la corregían, pero ella insistía en que ésa era la expresión original y por eso había que decirla de esa manera). "¿Y que cuando quisimos comer no tuvimos con qué abrir las latas de las bebidas?" (Claro, esto fue antes de que vinieran con las tapas que se abren al levantar un anillo, ésas que conocemos hoy en día, invento que ella insistía en que también se le había pasado por la mente). "¿Ahora ya sabes lo que es esto?" Yoyo negó con la cabeza. "Es el bumper de un carro, pero mira que aquí tiene una partecita desprendible, y es un abrelatas. Algo tan sencillo y tan necesario, ¿no?"

"Seguro, Mami. Deberías patentarlo como invento". Yoyo se encogía de hombros mientras su madre arrancaba la hoja y la doblaba con cuidado, juntando una esquina con la otra, como si fuera a guardarla. Pero luego, la tiraba en la papelera al salir del cuarto y soltaba una risita para sacarse la responsabilidad de encima. "No es ni una cosa ni la otra, sino todo lo contrario".

Ninguna de las hijas la alentaba mucho en ese campo, sino que más bien les dolía que le dedicara su tiempo a esas tontas invenciones. Allí estaban ellas, tratando de encajar en América y entre los americanos. Necesitaban ayuda para definir quiénes eran, y por qué los niños de ancestros irlandeses, cuyos abuelos habían recibido insultos al llegar a ese país, ahora las llamaban *spics*. ¿Por qué habían ido a parar ellas a ese país? Eran asuntos importantes, cruciales, definitivos, y allí estaba su madre, que no tenía un segundo libre para ayudarles a descifrar nada de esto, inventando artefactos para hacerles la vida más fácil a las mamás americanas.

A veces Yoyo la cuestionaba: "¿Por qué, Mami? ¿Para qué lo haces? Nunca vas a volverte rica con eso. Los americanos ya pensaron en todo, tú lo sabes".

"A lo mejor no. Quizás hay algo importante que han pasado por alto. Con paciencia y calma, hasta un burro se sube a una palma". Ése era uno de los muchos dichos dominicanos que había logrado importar a su revoloteado inglés.

"¿Pero de qué sirve?", insistía Yoyo.

"¿Y es que acaso todo tiene que servir para algo? ¿Para qué escribes tus poemas?"

Yoyo tenía que admitir que su madre tenía razón en eso. Sin embargo, en la jerarquía de las cosas, un poema parecía mucho más importante que una bacinilla que tocaba música cuando se sentaba en ella el bebé que estaba aprendiendo a ir al baño solo.

Las cuatro hablaban de eso, al igual que a menudo charlaban sobre las muchas cosas desconcertantes de ese nuevo país.

"Ella prefiere reinventar la rueda antes que ponerse en nuestros zapatos", observaba Carla, la mayor. En la restringida área de una familia nuclear en los Estados Unidos, la prodigiosa energía de su madre se estaba convirtiendo en un agujero por el cual se escapaba toda la determinación de las niñas. Dejémosla que tenga un proyecto. ¿Qué tiene eso de malo? Además, necesitaba ese reconocimiento. Era algo que le venía directamente de su patria, de ser una de la Torre. "García de la Torre", decía Laura, pronunciando cuidadosamente su apellido de soltera junto con el de casada, cuando llegaron a vivir a los Estados Unidos. Pero las sonrisas huecas jamás habían oído esos nombres. Ella les iba a mostrar. Les probaría a esos americanos lo que era capaz de hacer una mujer inteligente armada de lápiz y papel.

Una vez por poco lo logra. Le gustaba leer el *New York Times* todas las noches en la cama, antes de apagar la luz, para enterarse de en qué andaban los americanos. Una noche se le escapó un gritito y despertó a su marido, que dormía a su lado, y quedó sentado del susto. Al tratar de dar con sus espejuelos en la mesa de noche, los lanzó al otro lado de la habitación. "¿Qué pasa? ¿Qué pasa?" El terror se oía en su voz, el mismo tipo de miedo que ella le había oído en la República Dominicana antes de que dejaran la isla. Allá los habían vigilado; a él lo habían seguido. Claro, no podían hablar, pero de noche, asustados, se susurraban cosas en la oscuridad de la cama. Ahora en los Estados Unidos él estaba a salvo, e incluso tenía éxito. En su centro médico en el Bronx se agolpaban los enfermos y los nostálgicos por regresar a su país. Pero en sueños, él volvía a esos días horribles con sus largas noches, y los gritos de su mujer le confirmaban su miedo secreto: al fin y al cabo no habían logrado escapar. El SIM, como se conocía al Servicio de Inteligencia Militar, los había capturado después de todo.

"¡Ay, Cuco! ¿Te acuerdas que te mostré una maleta con rueditas para así no tener que cargar esos bultos tan pesados cuando viajamos? ¡Pues alguien me robó la idea y se volvió millonario!" Sacudió el periódico ante la cara de su marido. "¡Mira, mira! ¡Este hombre no fue ningún bobo! No puso todos los huevos en la misma canasta. Siempre te lo ando diciendo, ¡uno de estos días se me va a escapar la oportunidad de mi vida!" Meneó el dedo índice ante su marido y sus hijas mientras se reía, con esas carcajadas perturbadas de los locos en las películas. Las cuatro niñas habían llegado a la habitación. Miraron a su madre y luego intercambiaron miradas entre sí. Tal vez todas estaban pensando lo mismo: ¿No sería extraño y triste que Mami terminara internada por desequilibrada en Bellevue?

"¡Ya, ya!" Las hizo salir del cuarto. "De nada sirve tratar de beber la leche derramada, seguro que no".

Fue la maleta con ruedas la que detuvo la mano de Laura. Su veleta se había alterado con una pequeña tormenta de ideas. Y sin embargo, ese plagiario era quien se había llevado todo el crédito, y el dinero. ¿De qué servía tratar de competir con los americanos? Ellos siempre tendrían la ventaja pues, al fin y al cabo, estaban en su país. Era mejor mantenerse cerca de casa. Así que dirigió su mirada a su alrededor, sus hijas hicieron lo posible para esquivarla, y encontró que el consultorio de su marido estaba necesitado de una manita. Varios días a la semana, vestida de forma profesional con una bata blanca que llevaba un distintivo con su nombre prendido en la solapa, y cargando una bolsa de la compra llena de trapos y materiales de limpieza, iba con su esposo en el carro hasta el Bronx. Por el camino organizaba el contenido de la guantera o quitaba de las revistas que irían a parar a la sala de espera las etiquetas con la dirección de la casa, porque había leído en alguna parte que con ellas los pacientes drogadictos averiguaban dónde vivían los médicos y se metían a su casa para robar jeringas. En la noche llevaba los libros de contabilidad, llenando las columnas con el dinero que se había ganado durante el día. Con tanto por hacer, ¿quién tenía tiempo para andar inventando tonterías?

VOLVIÓ A EMPUÑAR EL LÁPIZ y el papel sólo una vez más, pero fue para ayudar a una de sus hijas. En noveno grado, Yoyo resultó escogida por su profesora de lengua inglesa, la hermana Mary Joseph, para pronunciar el discurso del día del maestro ante toda la escuela. Antes, en la República Dominicana, Yoyo había sido una pésima estudiante. Nadie había logrado tenerla quieta frente a un libro. Pero en Nueva York necesitaba encontrar un lugar propio, y como los nativos no eran muy amigables, y el país era inhóspito, se estableció en la lengua. Al final de la secundaria, las monjas leían sus cuentos y composiciones ante toda la clase.

Pero la perspectiva de leer un discurso teniendo que alabar a sus profesores le atascó la imaginación. Al principio no quería escribirlo, y luego pareció que no iba a poder hacerlo. Debía considerarlo "un gran honor", como había dicho su padre. Pero el asunto la mortificaba. Todavía tenía un ligero acento, y no le gustaba hablar en público y someterse al ridículo ante sus compañeras. Tampoco se necesitaba mucho genio para concluir que pronunciar una sarta de elogios a un convento lleno de monjas locas, viejas y obesas no era manera de ganarse el respeto de sus pares.

Pero no sabía cómo zafarse del asunto. Noche tras noche se sentó en su escritorio, tratando de producir un discursito breve y vago, sin lograr poner nada por escrito.

El fin de semana antes del acto escolar del lunes en la mañana, Yoyo entró en pánico. Su madre iba a tener que llamar ese día a decir que estaba hospitalizada, en coma.

Laura trató de tranquilizarla. "Acuérdate de lo que le pasó al presidente Lincoln, que no sabía qué decir en Gettysburg, y de repente, ¡bang!, le salieron esas palabras que hoy todo el mundo en este país se sabe de memoria: *Four score and once upon a time ago*[1]" empezó a recitar el famoso discurso. "Algo se te va a ocurrir si te calmas. Ya verás, como dicen los de aquí: 'La necesidad es la hija de la invención'. Yo te ayudo".

Ese fin de semana, su madre volcó toda su energía en ayudar a Yoyo a escribir su discurso. "Por favor, Mami, déjame sola, por favor", le suplicaba. Pero con eso lo único que conseguía era librarse de un obstáculo pequeño para toparse con uno mayor, pues si lograba sacarse a su madre de encima, era

---

[1] Como sucede con tantas otras cosas que cita, Laura García cita mal las primeras palabras del discurso que Abraham Lincoln pronunció en Gettysburg, lugar de una de las grandes batallas de la Guerra de Secesión, que dicen: *Four score and seven years ago* (Hace ochenta y siete años), refiriéndose al momento de la independencia de los Estados Unidos, y las mezcla con el comienzo tradicional de los cuentos de hadas "once upon a time" (érase una vez) para terminar con algo que en español podría traducirse como "Hace ochenta años, había una vez…", y que no tendría mucho sentido en boca de Lincoln. (NT)

su padre quien asomaba la cabeza por la puerta para averiguar si Yoyo ya había "cumplido con sus obligaciones", lo cual era una expresión que usaba cuando las niñas eran más pequeñas y de esa manera les preguntaba si ya habían ido al baño antes de un trayecto largo en carro. Varias veces durante ese fin de semana, en la mesa a la hora de comer, recitó el discurso que él había pronunciado en su ceremonia de graduación. Le dio a Yoyo orientaciones para ser una buena oradora, comentando los trucos de los grandes maestros en la materia (la humildad, las alabanzas y guardar silencio en actitud emocionada eran sus preferidos).

Laura estaba al otro lado de la mesa, y parecía ser la única que le ponía atención. Yoyo y sus hermanas iban olvidando su español, y la dicción formal y florida de su padre les resultaba difícil de entender. Pero Laura sonreía suavemente para sí, y empujaba la bandeja giratoria que había en el centro de la mesa, haciéndola dar vueltas y vueltas, como si fuera el primer motor, el primer mecanismo de su atención.

Ese domingo por la noche, Yoyo estaba leyendo poesía para inspirarse: eran poemas de Whitman en un viejo libro con las tapas grabadas que su padre había conseguido en una tienda de chucherías de segunda mano situada al lado de su consultorio. "Me celebro y me canto a mí mismo… Más honra a mi estilo quien aprenda con él a destruir a su maestro…" Las palabras del poeta la escandalizaban y la entusiasmaban. Se había acostumbrado a las monjas, a la literatura que hablaba de sentimientos apropiados, a poemas con mensaje, textos expurgados. Pero aquí estaba un hombre de carne y hueso, lanzando eructos y carcajadas, sudando en sus poemas. "Aquel que toca este libro, toca un hombre".

Esa noche, por fin, empezó a escribir, temerariamente, tres, cinco páginas, alzando la vista apenas una vez para ver a su padre pasando de puntillas por el pasillo. Cuando terminó, leyó todo de nuevo y la emoción le inundó los ojos. ¡Al fin tenía una voz propia en inglés!

Tan pronto como terminó el primer borrador, llamó a su madre para que fuera a su habitación. Laura escuchó atentamente la lectura que Yoyo hizo de su discurso y, al final, también sus ojos brillaban. Se le veía la cara radiante de emoción y orgullo. "Ay, Yoyo, ¡tú vas a ser la que ponga nuestro apellido bajo los reflectores de la fama en este país! Es un discurso precioso, bellísimo, y quiero que tu padre lo oiga antes de acostarse. Después te lo paso en limpio, ¿te parece?"

Madre e hija se encaminaron por el pasillo, sonrojadas de satisfacción, hacia la habitación principal, en la cual Carlos estaba echado sobre sus almohadas, aún despierto, leyendo los periódicos dominicanos, sin importar que fueran de varios días atrás. Tras la caída de la dictadura, se había vuelto a interesar por el destino de su país. El gobierno interino iba a organizar las primeras elecciones libres en treinta años. ¡La historia se estaba escribiendo y la esperanza y la libertad se sentían nuevamente en el aire! Aún le daba vueltas en la cabeza la idea de volver con su familia. Pero Laura se había acostumbrado a la vida en los Estados Unidos. No quería volver a su tierra donde, así fuera una de la Torre, se convertiría simplemente en esposa y madre (además, madre fracasada, pues no había conseguido tener un hijo varón). Era preferible ser una mujer común y corriente pero independiente, que una esclava doméstica de clase alta. No se oponía directamente a los planes de su marido; en lugar de eso, hacía escándalo por el hecho de que leyera los periódicos en la cama, ensuciando las sábanas con esos tabloides extranjeros mal impresos. "¡El *New York Times* no es tan terrible!", decía para defenderse cuando su marido trataba de divertirla diciendo que compartían el mismo sucio hábito.

En el momento en que vio a su mujer y a su hija entrando

en fila, dejó el periódico de lado y se le iluminó el rostro como si al fin su esposa hubiera dado a luz al varón anhelado, y que fuera ésa la noticia que le traía. Sus dientes sonreían desde el vaso de agua que tenía junto a la lámpara de la mesa de noche, así que ceceó al pedir que le leyeran el discurso.

"Es tan bello, Cuco", lo animó Laura, mientras bajaba el volumen de la TV. Se sentó a los pies de la cama. Yoyo se paró frente a ambos, impidiéndoles ver las imágenes de los soldados en helicópteros que aterrizaban entre explosiones y tiroteos silenciados. Unas semanas atrás había sido en las costas de la República Dominicana. Ahora el papel de salvadores lo desempeñaban en las selvas del sureste asiático. Su madre le hizo un gesto con la cabeza para que empezara a leer.

Yoyo no necesitaba que la alentaran más. Metió la nariz al fuego, como hubiera dicho su madre, y leyó de principio a fin sin mirar al frente. Al terminar, estaba un poco avergonzada por el orgullo que le producían sus propias palabras. Fingió no estar segura de una frase o dos, y luego miró a su madre, interrogadora. El rostro de Laura estaba radiante. Yoyo miró a su padre para compartir con él su orgullo.

La expresión que tenía pintada en la cara conmocionó a madre e hija. La boca desdentada de Carlos había colapsado en un cero oscuro. Su mirada perforó a Yoyo, y luego pasó a Laura. En un español que apenas se podía oír, como si hubiera micrófonos escondidos o espías en todas partes, le susurró a su esposa: "¿Vas a permitir que lea eso?"

Las cejas de Laura se dispararon hacia arriba, su boca se abrió. En la vieja isla, cualquier rumor de desafío a la autoridad podía atraer a la policía secreta en sus negros Volkswagen. Pero estaban en los Estados Unidos, donde la gente podía decir lo que pensaba. "¿Qué tiene de malo su discurso?", preguntó Laura en inglés.

"¿Que qué tiene de malo su discurso?", contestó él con su fuerte acento, meneando la cabeza. Su ira daba más miedo en inglés, con sus defectos de pronunciación y gramática. Era como si mutilara el idioma en su furia, y que luego no quedara nada para escudarse de su enojo puro y sordo. "¿Qué tiene de malo? Ya te lo voy a decir. Que no muestra ni una pizca de gratitud. Que suena fanfarrón. ¿Me celebro a mí misma? ¿El mejor estudiante aprende a destruir al maestro?", remedó las palabras que Yoyo había plagiado. "Eso es insubordinación, no es lo adecuado. Les falta el respeto a sus maestras…" En su furia se había olvidado de su temor a los espías: con cada nuevo defecto que enunciaba, su voz subía un decibel más. Al final, le gritó a Yoyo: "¡Soy tu padre y, como tal, te prohíbo leer ese discurso!"

Laura se puso de pie de un salto, lo cual era señal de que ella iba a pronunciar su propio discurso. Era una mujer de baja estatura, y siempre exponía su punto de vista poniéndose de pie, ya fuera para proyectarse mejor o como remanente de su niñez en colegios de monjas en los cuales uno pedía la palabra y se ponía de pie para hablar. Se plantó junto a Yoyo, hombro con hombro. Ambas miraron a Carlos. "Ésa no es forma de decirlo…", comenzó.

Pero ahora, Carlos estaba verdaderamente enfurecido. Ya era suficiente que su hija se mostrara rebelde, como para que además su esposa la respaldara. En poco tiempo estaría rodeado de un grupo de mujeres americanizadas e independientes. Se levantó rápidamente de la cama, haciendo a un lado los cobertores. Los periódicos en español volaron por el cuarto. Le arrebató el discurso a Yoyo, sostuvo los papeles ante los ojos de su hija, con una mirada vengativa y demente en los suyos, y rasgó las hojas una, dos, tres, cuatro veces, hasta cansarse y dejarlas destrozadas.

"¿Estás loco?", lo embistió Laura. "¿Acaso perdiste la razón? ¡Eso que rompiste era su discurso para mañana!"

"¿Te enloqueciste tú?", preguntó él, zafándosela de encima.

"¡Ibas a dejarla leer ese… ese insulto a sus profesoras!"

"¿Insulto a sus profesoras?" La expresión de Laura le había arrugado la cara, como si fuera una hoja de papel. En esa hoja había escrita una nota amorosa para su marido, un hombre infeliz y atormentado. "¡Estamos en los Estados Unidos, Papi, Estados Unidos! ¡Y no en nuestro atrasado país!"

Mientras tanto, Yoyo había caído de rodillas, llorando desesperada, para recoger las trizas de su discurso, con la esperanza de poderlas pegar nuevamente antes del acto escolar del día siguiente. Pero ni siquiera una sibila hubiera podido encontrarle el sentido a esos diminutos pedazos de papel. Las esperanzas se habían perdido. "Lo rompió, lo rompió", gimió al levantar un puñado de trocitos.

Si lo hubiera pensado mejor, tal vez no habría hecho lo que hizo después. Se habría dado cuenta de que su padre había perdido hermanos y amigos por orden de Trujillo. Durante el resto de su vida lo atormentarían la sangre en las calles y las desapariciones nocturnas. Incluso luego de tantos años, se estremecía si un Volkswagen negro lo adelantaba en la calle. Les temía a todos los uniformados: desde la muchacha que entregaba los tickets de los parqueos hasta el vigilante de un museo que se le acercaba para advertirle que no debía aproximarse tanto a su Goya preferido.

Arrodillada en el suelo, Yoyo pensaba en lo peor que podía decirle a su padre. Reunió un puñado de trozos de papel, se levantó, y se los lanzó a la cara. Con un susurro grave y horrísono, pronunció el temido apodo de Trujillo: "¡Chapita! ¡No eres más que otro Chapita!"

A su padre le tomó un momento registrar el odiado apodo

antes de salir a perseguirla. Corrieron por el pasillo, pero Yoyo fue más veloz y logró meterse a su cuarto justo a tiempo para cerrar la puerta antes de que su padre tratara de abrirla con la fuerza de todo su peso. Le lanzó todo tipo de maldiciones, y le exigió, como padre y figura de autoridad, que le abriera la puerta. Sacudió el pomo pero no sirvió de nada. El amor de su madre por los aparatos salvó a Yoyo en su escondite esa noche. Laura había contratado a un cerrajero para instalar buenas cerraduras en todas las puertas luego de que los ladrones entraron a la casa cuando la familia estaba de viaje. Si volvían a meterse y la familia estaba en casa, había un segundo juego de cerraduras con el cual tendrían que vérselas.

"Lolo", le dijo, tratando de calmarlo. "No dañes mis cerraduras nuevas".

Finalmente se calmó. Su ira se desaguó. Yoyo oyó las pisadas de ambos que se alejaban por el pasillo, y su puerta que se cerró. Luego, las voces amortiguadas, la de su madre que se hacía más aguda por la ira y en sus intentos de persuasión, los murmullos graves de su padre, explicando y defendiéndose. La casa quedó en silencio un instante antes de que Yoyo oyera, a lo lejos, los balazos y explosiones y las voces serias e importantes de los comentaristas del noticiero reportando su guerra de televisión.

Un rato después hubo un golpe quedo en la puerta de Yoyo, seguido de un tímido tanteo de la perilla. "¿Cuquita?", susurró su madre. "Ábreme, Cuquita".

"Déjame en paz", lloriqueó Yoyo, pero ambas sabían que se alegraba de que su madre estuviera ahí y que sólo era necesario un momento de protesta para guardar las apariencias.

Entre las dos compusieron un discurso: dos breves páginas de elogios de cajón y de los corteses lugares comunes dirigidos a los maestros, un texto determinado por la necesidad y con más bien poca invención de parte de madre e hija en esa noche, en uno de los blocs que Laura había usado antes para sus propios inventos. Cuando terminaron el borrador, Laura lo mecanografió mientras Yoyo seguía a su lado, corrigiendo los términos confusos y los dichos que su madre citaba al revés.

Yoyo volvió a casa el día siguiente con la buena noticia de su éxito en el colegio. Las monjas se habían sentido halagadas; el público se había puesto de pie para aplaudir y brindarles "una ovación a las dedicadas maestras", que era lo que Laura había sugerido que hicieran al terminar el discurso.

Ahora que Yoyo le narraba el momento, aplaudía de gozo. "¿Te acuerdas de eso? Lo tomé del discurso de tu padre. ¿Te acuerdas que lo decía al final?" Lo citaba en español, y luego lo traducía para Yoyo.

Esa noche, Yoyo lo observó desde la ventana de la sala de estar del segundo piso, adonde fue a refugiarse cuando oyó el carro de su padre llegar frente a la casa. Lo vio acercarse lentamente por el camino hasta la puerta, con una expresión sombría en el rostro y las manos ocupadas con una gran caja de cartón que pesaba mucho. En la puerta, puso la caja con cuidado en el suelo y se tanteó todos los bolsillos en busca de las llaves de la casa (¡ojalá hubiera tenido el llavero que hacía tic-tac inventado por Laura!). Yoyo distinguió el chasquido de las cerraduras al abrirse. Oyó a su padre luchar para meter la caja por la estrecha entrada. La llamó varias veces por su nombre, pero ella no le respondió.

"Hija mía, tu padre… él te quiere mucho mucho", le dijo en su inglés defectuoso desde el pie de las escaleras. "Sólo quería protegerte". Al final, su madre subió y le pidió a Yoyo que bajara e hiciera las paces con él. "Tu padre no quiso hacerte daño. Debes perdonarlo. Lo pasado, enterrado está, ¿no?"

Abajo, Yoyo encontró a su padre instalando una máquina de escribir eléctrica nuevecita en la mesa de la cocina. Era incluso mejor que la de su madre. Se había excedido con todos los accesorios extra: un estuche plástico para transportarla, con las iniciales de Yoyo en una calcomanía junto a la manija, un soporte metálico para mantener la hoja en posición vertical mientras mecanografiaba, un cartucho para borrar, un tabulador automático, una cubierta plástica para protegerla del polvo. ¡Ni siquiera su madre hubiera podido inventar semejante máquina!

Pero los días de inventora de Laura habían terminado, así como los de Yoyo estaban por empezar con su éxito en el colegio. Mientras todos recuerdan la maleta con ruedas como la última invención, Yoyo opina que fue su discurso. Era como si, luego de eso, su madre le hubiera entregado a Yoyo el lápiz y el bloc y le dijera: "Bueno, Cuquita, hasta aquí llegué yo; ahora es tu turno".

Intrusión

◖ *Carla*

EL DÍA QUE LOS GARCÍA CUMPLIERON un año en los Estados Unidos, hubo una celebración a la hora de la cena. Mami había preparado un apetitoso flan y le puso una velita en el centro. "¡A que no saben qué día es hoy!" Miró las sorprendidas caras de sus hijas. "Un año atrás", empezó Papi con tono de discurso, "un año atrás llegamos a las playas de este gran país". Y cuando terminó de citar mal el poema que hay inscrito al pie de la estatua de la Libertad, Fifi, la menor, preguntó si podía soplar la vela, y Mami dijo que sólo después de que cada uno pidiera un deseo.

¿Qué puede desear uno en la primera celebración del día que perdió todo?, se preguntó Carla. Todos los demás a su alrededor tenían los ojos cerrados, como si no fuera difícil decidir qué pedir. Carla cerró los ojos también. Debía hacer un esfuerzo para no desear lo que siempre había deseado en su nostalgia de su país. Pero esta vez decidió que se lo iba a permitir. "Dios mío", comenzó. No podía acostumbrarse a ese uso americano de pedir deseos sin traer a Dios a colación. "Permite que volvamos a casa, por favor", pensó, en una combinación de oración y deseo. Era algo que parecía una posibilidad cada vez más remota. De hecho, sus padres estaban echando raíces en el nuevo país. Hacía cosa de un mes, se habían mudado de la ciudad a un suburbio en Long Island, para que así las niñas tuvieran un jardín en el cual jugar, había dicho Mami. Los reducidos cuadrados verdes que había alrededor de las casas idénticas parecían más alfombras que había que mantener limpias que patios de juego. Los árboles no eran más altos que la pequeña Fifi. Carla pensó con nostalgia en la exuberante hierba y los gruesos árboles cargados de enredaderas que habían dejado en el residencial en su país natal. Bajo el árbol de amapola, su prima y mejor amiga Lucinda y ella se habían contado lo que sabían de cómo se hacían los bebés. ¿Qué estaría haciendo Lucinda en ese preciso momento?, se preguntó Carla.

Al final de la cuadra, el barrio terminaba abruptamente en un terreno baldío abandonado que, según había leído Mami en el periódico comunitario, los urbanizadores estaban tratando de adquirir. Detrás de la cerca coronada por alambres de púas crecían yerbas, árboles de verdad y arbustos de verdad, protegidos por el gran letrero que prohibía el paso diciendo: *Private. No trespassing.* El aviso sorprendió a Carla, porque *trespass* era una palabra que sólo había oído en el Padrenuestro en inglés, donde la oración dice *forgive us our trespasses,* que corresponde a "perdónanos nuestras ofensas". Le señaló el anuncio a Mami en una de sus primeras caminatas hasta la parada del autobús. "¿No es curioso, Mami? Es como un aviso para advertirnos que seamos buenos". Su madre no entendió al principio, hasta que Carla le explicó lo del Padrenuestro. Mami se rió. Las palabras a veces significaban dos cosas diferentes en inglés. Esa ofensa se refería a que estaba prohibido meterse a ese terreno porque no era público, como un parque, sino privado y quien lo hiciera sería considerado un intruso. Carla asintió, decepcionada. Nunca iba a llegar a entender este nuevo país.

Mami la acompañó hasta la parada durante el primer mes que asistió a la escuela en la parroquia vecina. La primera semana, incluso hizo todo el trayecto con ella, cambiando de autobuses, yendo y viniendo, dos veces cada día, hasta que Carla aprendió el camino. Sus hermanas se habían matriculado en el colegio católico del barrio, a una cuadra de la casa que los García habían alquilado a finales del verano. Pero, para ese entonces, el séptimo grado, el de Carla, ya estaba lleno. La monja directora sugirió que Carla se atrasara un año, y entrara a sexto grado, pues había dos cupos en ese curso. Sin embargo, con doce años, Carla sería al menos un año mayor que el resto de sus compañeras de sexto, y la mortificaba el hecho de tener que repetir otro año más. Todas habían tenido que atrasarse un curso al llegar a los Estados Unidos. Claro, Carla podía aprovechar ese año para practicar su inglés, pero eso también quería decir que estaría en el mismo grupo que su hermana menor Sandi, y era algo que no podía soportar. "Por favor", le suplicó a su madre. "Déjame ir al otro colegio". La escuela pública estaba dos cuadras más allá del colegio católico, pero Laura García no quería ni oír hablar de esa alternativa. Había escuchado de otros padres católicos que en las escuelas públicas estudiaban los delincuentes juveniles y los maestros les enseñaban esas nuevas ideas sin sentido como que todos descendíamos de los monos. Una hija suya no iba a olvidar su apellido y pensar que no era más que un pariente lejano de un orangután.

Al poco tiempo Carla se aprendió de memoria la ruta al colegio o, como se dice en inglés, *by heart,* de corazón. Fue una expresión que ella usó durante semanas luego de aprenderla. En el camino al colegio, primero caminaba *de corazón* por su cuadra, notando las diferencias infinitesimales entre las casas idénticas: cortinas de colores distintos, una azalea en el lado izquierdo de la puerta y no en el derecho, un buzón o una puerta con algún detalle peculiar. Luego, *de corazón* caminaba la larga milla a lo largo del terreno baldío con el aviso gracioso. Por último, un giro a la derecha la llevaba por el callejón de servicio a la avenida principal donde, *de corazón,* se montaba en el autobús. "Toda una señorita", le dijo su madre la primera mañana que Carla anduvo el camino sola, con el corazón golpeteándole en el pecho. Era una caminata larga y atemorizante, pero no se quejaba pues eso era preferible a la vergüenza de que la atrasaran un año. Y lo agradecía.

A medida que pasaban los meses, tampoco se quejó de otras cosas que le producían más miedo. Todos los días en el patio y los pasillos de su nuevo colegio, una pandilla de muchachos la perseguía y la insultaba, con algunas expresiones que ella ya había oído de boca de la señora mayor que vivía al lado del apartamento que habían alquilado en la ciudad. Cuando estaban fuera de la vista de las monjas, los muchachos le lanzaban piedras a Carla, apuntando a los pies para que no se le notaran los moretones. "¡Vuelve al lugar de donde viniste, sucia *spic*!" Uno de ellos, que estaba detrás de ella en una fila, tiró de su blusa, se la sacó de la falda donde la tenía metida, y la levantó. "No tiene tetas", se mofó. Otro le bajó las medias, descubriéndole las piernas en las cuales habían empezado a crecer vellos negros y suaves. "¡Patas de mono!", les gritó a sus compinches.

"¡Paren!", lloró Carla. "Por favor, ¡paren!"

Los muchachos la remedaron, burlándose de su acento hispano en inglés. Habían sacado a la luz su vergüenza más íntima: su cuerpo estaba cambiando. La niña que había sido en la isla, en español, estaba desapareciendo. En su lugar, casi como si las feas palabras de los muchachos y sus provocaciones tuvieran el poder de hechizos, quedaba una adulta velluda, con un asomo de senos, que nadie iba a amar jamás.

Cada día Carla emprendía su largo camino al colegio con una hueste de sentimientos encontrados. Ante todo estaba ese cuerpo cuyos cambios observaba día a día tras la puerta cerrada del baño, hasta que una de sus hermanas golpeaba para avisarle que su turno había terminado. Hubiera querido envolverse de pies a cabeza tal como había oído que hacían las chinas con sus pies, para evitar crecer. Así seguiría siendo ella misma: una muchachita delgada y rápida, de ojos castaños y una trenza que le caía por la espalda, una niña que apenas había empezado a darse cuenta de que podía lograr cosas en este mundo.

Pero también sentía cierto alivio de ir camino de su propio colegio y su propio curso, lejos de la multitud que era su familia de cuatro niñas de edades demasiado cercanas. Luego podía volver a casa y contar lo que había sucedido ese día sin tener un coro de tres contradictoras que la corrigiera todo el tiempo. Sin embargo, también sentía pavor. Allá en el patio del colegio la estarían esperando, la pandilla de cuatro o cinco muchachos, rubios, altaneros, de cara pecosa. Se veían insulsos e inescrutables, al igual que el resto de los americanos. Sus rostros no dejaban traslucir el menor indicio de calidez humana. Sus ojos eran demasiado claros para abrigar miradas afectuosas o cómplices. Sus cuerpos pálidos no parecían reales sino que eran como disfraces que estuvieran usando para hacer el papel de sus perseguidores.

Ella los observaba. En clase, se inclinaban sobre sus textos o ponían cara de susto cuando la hermana Beatrice, su maciza profesora que no aceptaba tonterías, los regañaba por no hacer sus tareas. A veces Carla los espiaba en el patio de recreo, cuando, a través de la reja formada por eslabones de cadena, miraban los carros estacionados en la acera. Para sorpresa de Carla, esos carros tenían nombres además de su color o de su tamaño. Todo lo que ella sabía del de su familia, por ejemplo, era que se trataba de un carro negro grande en el cual las cuatro hermanas cabían en el asiento de atrás, aunque Fifi siempre armaba un alboroto y terminaba sentada adelante. Carla también podía identificar los Volkswagen, siempre de color negro, porque eran los carros que usaba la policía secreta en la isla. Cada vez que Mami veía uno, se santiguaba y rezaba una oración por tío Mundo, que no había obtenido el permiso para salir de la República Dominicana. Fuera de los Volkswagen, o de los carros azules medianos o de los grandes y negros, Carla no podía distinguir unos de otros.

Pero los niños en la reja hablaban entusiasmados de los Ford y los Falcon y los Corvair y los Plymouth Valiant. Discutían cuáles eran los más veloces y cuáles modelos eran mejores que los otros. Carla a veces se imaginaba que la llevaban al colegio en un lujoso carro rojo que iba a producir la admiración de los muchachos, pero no había nadie que la pudiera llevar. Su padre, un inmigrante de grueso bigote, con su acento y su traje de tres piezas, sólo serviría para hacerla caer en un ridículo aun mayor. Su madre no sabía manejar. A pesar de que Carla podía llegar a pensar que la familia tuviera un carro muy costoso, no lograba imaginarse que sus padres fueran diferentes. Eran algo que le había sido dado y que, como ese nuevo cuerpo en el que se estaba convirtiendo, no podía cambiar.

Un día, cuando llevaba alrededor de un mes asistiendo al

Sagrado Corazón, un carro la siguió a lo largo del trecho de una milla entre la parada del autobús y su casa. Era un carro verde limón, mediano y con trompa larga. Si hubiera sido una persona, Carla lo habría descrito como narizón. Un carro narizón y verde limón. Se movía lentamente, siguiéndola. Carla se imaginó que el conductor iba buscando una dirección, así como cuando Papi andaba despacio y los demás le sonaban bocinazos, porque iba leyendo los letreros de las tiendas antes de detenerse ante una en particular.

Un quejido de la bocina hizo que Carla se estremeciera y se volviera a mirar el carro, que se había detenido del todo, un poco delante de ella. Podía ver al conductor con toda claridad, de los hombros para arriba. Era un hombre de camisa roja, más o menos de la edad de sus padres, aunque a Carla le costaba adivinar la edad de los americanos. A sus ojos, eran como los carros. Podía identificarlos por el color de la ropa y por ciertos parámetros de edad: niños menores que ella, niños de su edad, un joven de bachillerato, y luego venía el grupo indistinguible de adultos.

Este adulto americano de la edad de sus padres le hizo señas para que se acercara a la ventanilla del carro. A Carla le daba terror que le preguntaran cómo llegar a alguna parte, ya que se habían mudado a esa zona poco antes de que empezara el año escolar, y todo lo que sabía era la ruta de la casa a la parada del autobús. Además, su inglés era apenas el que había aprendido en las clases, una lengua extranjera. Sabía las frases sosas y neutras: cómo pedir un vaso de agua, cómo dar los buenos días, y decir buenas tardes y buenas noches. Cómo dar las gracias y responder de nada. Pero si un adulto americano de edad indeterminada le pedía indicaciones para llegar a alguna parte, hablando invariablemente rápido, ella no tenía más remedio que encogerse de hombros y sonreír a modo de disculpa. "No hablo mucho inglés", decía excusándose con una vocecita. Era algo que detestaba admitir pues tal confesión no hacía más que probar de manera incuestionable lo que decía la pandilla de muchachos: que ella era una intrusa y no pertenecía a ese lugar.

A medida que Carla se acercaba, el conductor bajó el vidrio de la ventanilla del pasajero. Ella se inclinó como si fuera a hablarle a un niño y miró hacia el interior. El hombre le sonreía amistosamente, pero había algo extraño en esa sonrisa que Carla no lograba determinar: tenía un matiz de vergüenza, de sonrisa herida, como si el hombre hubiera sido una víctima a lo largo de toda su vida, y por eso su gesto no era amigable sino que buscaba aplacar a los demás. Tenía la camisa roja desabotonada, lo cual podía considerarse normal en ese día excesivamente cálido. De hecho, si a ella no le hubieran empezado a salir vellos en las piernas, se habría quitado las medias verdes hasta la rodilla del uniforme del colegio para hacer el camino a casa sin ellas.

El hombre le habló. "¿Adónde vas?", le preguntó, uniendo las palabras de esa manera en que lo hacían todos sus compatriotas. Como siempre, Carla no estaba segura de haber entendido bien.

"¿Perdón?", preguntó cortésmente, apoyándose en el carro para oír mejor el murmullo del hombre. Algo le llamó la atención, miró hacia abajo y no pudo desviar la vista, horrorizada.

El desconocido se había amarrado los faldones de la camisa justo por encima de la cintura y de ahí para abajo estaba desnudo. Alrededor de la cintura tenía una cuerda, cuyos extremos se ataban al frente y luego bajaban para rodearle el pene. Mientras Carla miraba, su enorme cosa chata creció y se hinchó hasta llenar y tensar el lazo en el cual estaba atrapada.

"¿Adóndevas?" Su voz sonó más lenta esta vez, y Carla estuvo segura de haberle entendido. Clavó la mirada en los ojos del hombre.

"¿Perdón?", dijo ella otra vez, aturdida.

Él se inclinó hacia la puerta del pasajero y la abrió. "Venacá". Hizo un gesto para señalar el asiento a su lado. "Ven", gimió. Se cubrió la cosa con la mano como si fuera una llama que pudiera apagarse.

Carla agarró su bulto de libros con más fuerza. La boca se le abrió. No se le venía a la mente ni una palabra, ni en inglés ni en español. Retrocedió para alejarse del carro grande y verde, mientras seguía mirando fijamente al hombre, en cuya cara se fue dibujando en forma cada vez más evidente una expresión dolida, apremiante, como un ruego al cual Carla no supiera cómo responder. Su brazo hizo ademán de bombear algo que ella no alcanzaba a ver y luego, tras mucha agitación, quedó en silencio. Su rostro se relajó como si estuviera en paz. El hombre bajó la cabeza, como si rezara. Carla se dio vuelta y huyó calle abajo, con el bulto de libros que le golpeaba la pierna como un látigo que la impelía a correr más y más rápido.

SU MADRE LLAMÓ A LA POLICÍA luego de reunir todas las piezas de la historia entrecortada y frenética que Carla le relató. La enormidad de lo que había visto iba a ser superada por la aun mayor enormidad de involucrar a la policía. Carla y sus hermanas le temían a la policía de los Estados Unidos casi tanto como al SIM de la isla. Su padre también lucía incómodo cuando había policías cerca. Si había una patrulla tras él en medio del tráfico, no hacía más que mirarla por el espejo retrovisor e insistía en que guardaran silencio para poder pensar. Si había oficiales en la acera cuando iba a pie, les hacía una especie de venia obsequiosa al pasar. En su país, la policía secreta lo había seguido durante meses y la familia a duras penas había escapado de la captura el último día que pasaron en la isla. Claro está que Carla sabía que los policías de los Estados Unidos eran "buenos tipos", pero a pesar de todo se sentía incómoda en su cercanía.

El timbre de la puerta sonó apenas unos minutos después de que su madre hubiera llamado a la estación. Éste era un barrio de familias respetuosas de la ley, y nadie quería que un pervertido como ése anduviera suelto entre tantos niños, y la policía, menos aún. Como su madre fue la que abrió la puerta, Carla se quedó atrás, en la cocina, con el corazón desbocado escuchando la explicación que ésta daba. La voz de Mami se oía aguda, vacilante y con un tono de disculpa, una vocecita femenina con acento marcado entre las resonantes e impersonales voces masculinas que la interrogaban.

"Mi hija, volvía a casa…"

"¿Dónde, exactamente?", preguntó una voz masculina.

"Por esa calle, ¿sabe?" La madre de Carla debió haberla señalado. "La que sube desde la avenida, que no sé cómo se llama".

"Debe ser el callejón de servicio", dijo una voz masculina más afable, tratando de ayudar.

"Eso, el callejón". La jubilosa voz de su madre pareció dar por concluido el problema, cualquiera que éste fuera.

"Continúe, señora, por favor".

"Bueno, mi hija… Me dijo que este… este hombre loco en su carro…" Bajó la voz. Carla oyó nada más trozos de la conversación: algo, algo "que se subiera al carro…"

"¿Dónde está su hija ahora, señora?", preguntó la voz autoritaria.

Carla se encogió tras la puerta de la cocina. Su madre había prometido que no la iba a involucrar con la policía sino que ella se encargaría de todo.

"No es más que una niña", su madre la excusó.

"Pues señora, si quiere presentar cargos, tenemos que hablar con ella".

"¿Presentar cargos?" No conocía la expresión en inglés que el policía usó. "¿Qué quiere decir con eso de presentar cargos?"

Se oyó un suspiro exasperado. Una voz excesivamente paciente, que marcaba muy bien las pausas luego de cada palabra, le explicó los procedimientos legales como si estuviera repitiendo una lección de historia que la madre de Carla debía haber sabido antes de molestar a la policía o de mudarse a ese barrio.

"No quiero meterme en problemas", protestó su madre. "Nada más creo que este hombre es un loco que no debería andar por la calle".

"Tiene toda la razón, señora, pero no podemos hacer absolutamente nada a menos que usted, como ciudadana responsable, nos ayude".

No, no, gimió Carla, ahora sí le iba a tocar. Las palabras mágicas habían sido pronunciadas. Los García no eran más que residentes legales, no ciudadanos, pero el hecho de que la policía hubiera pensado que Mami era ciudadana era un cumplido demasiado grande como para ahorrarle a la niña la incomodidad. "¡Carla!", la llamó su madre desde la puerta.

"¿Cómo se llama la niña?", preguntó el oficial con la voz de mando.

Su madre repitió el nombre completo y se lo deletreó al agente, y luego volvió a llamarla con voz autoritaria. "¡Carla Antonia!"

Lentamente, a regañadientes, Carla asomó la cabeza hacia el pasillo, envolviendo con su cuerpo la puerta de la cocina. "¿Sí, Mami?", respondió en español, con voz cortés y respetuosa, para impresionar a los policías.

"Ven acá", le dijo su madre, haciendo el gesto de que se acercara. "Estos amables señores necesitan que les expliques lo que viste". En su cara se pintó una expresión de disculpa. "Ven, Cuca, no tengas miedo".

"No hay nada que temer", dijo el policía con su voz ruda y atemorizadora.

Carla mantuvo la cabeza baja mientras se acercaba a la puerta principal, y levantó la vista fugazmente cuando los policías se presentaron. Uno era vergonzosamente joven, con una cara no mucho mayor que la de los muchachos de la escuela, coronando un enorme cuerpo fornido de adulto. El otro, también grande y de piel clara, parecía de más edad por los rasgos de su cara, más afilados y malvados, como los de un animal en una fábula, que de sólo verlo en la ilustración el niño sabe que no es de fiar. Alrededor de las caderas tenían cinturones, con pistolas que salían de las cartucheras. Su mera masculinidad ofendía y amenazaba. Eran tan grandes, tan fuertes, tan varoniles, tan americanos.

Tras anotar algunos datos sobre ella, el agente del rostro malvado y la voz atronadora y la libreta le preguntó si podría responder unas cuantas preguntas. Carla asintió, sumisa y al borde de las lágrimas, sin saber que podía rehusarse a hablar.

"¿Podría describir el vehículo que el sospechoso conducía?"

Carla no entendió bien las palabras en inglés que correspondían a vehículo y a sospechoso. Su madre se las tradujo a términos más sencillos. "¿Cómo era el carro del hombre, Carla?"

"Era un carro grande, verde", murmuró ella.

Como si no hubiera contestado en inglés, su madre repitió la respuesta para los policías. "Era un carro grande, verde".

"¿De qué marca?", quiso saber el agente.

"¿Marca?", preguntó Carla sin entender la palabra en inglés.

"Marca: si era un Ford, un Chrysler, un Plymouth". El hombre concluyó su catálogo con un suspiro. Carla y su madre lo estaban haciendo perder el tiempo.

"¿Qué clase de carro?", dijo su madre en español, pero por supuesto que sabía que Carla no sabría de qué marca era. Carla negó con la cabeza, y su madre le explicó al oficial, ayudándole a guardar las apariencias. "No se acuerda".

"¿La niña no puede hablar?", dijo bruscamente el policía rudo. El que tenía pinta de niño le preguntó directamente. "Carla", dijo, pronunciando su nombre de manera que se sintió bañada en algo tibio y demasiado dulce. "Carla, ¿puedes describirnos al hombre que viste?", interrogó con voz persuasiva.

Toda imagen de la cara del hombre huyó de su memoria. Se acordaba únicamente de la sonrisa herida y de unos mechones de pelo rubio y sucio dispuestos con cuidado sobre un cráneo calvo. Pero no recordaba la palabra para decir "calvo", así que declaró: "No tenía casi nada en la cabeza".

"¿O sea que no tenía sombrero?", le sugirió el policía afable.

"Casi no tenía pelo", explicó, mirando hacia arriba como si estuviera adivinando y quisiera saber si estaba en lo cierto o no.

"¿Calvo?" El policía rudo señaló una franja peluda de su muñeca, más abajo del puño de su camisa de uniforme, y luego mostró la palma rosada y sin pelos.

"Calvo, sí", asintió Carla. La vista de los pocos pelos oscuros del hombre la había disgustado. Pensó en sus propias piernas de las cuales brotaban vellos negros, en los cambios que sucedían en secreto en su cuerpo, y que la iban convirtiendo en una de estas personas adultas. No era raro que los muchachos de voces agudas, con sus mejillas suaves y lampiñas la odiaran. Podían ver que su cuerpo ya la estaba traicionando.

El interrogatorio prosiguió con una descripción de la apariencia del hombre, y luego surgió la temida pregunta.

"¿Qué fue lo que viste?", inquirió el policía con cara de niño.

Carla bajó la vista hacia los pies de los oficiales. Las negras puntas de sus zapatos se asomaban por debajo de las perneras de los pantalones como hocicos de animales arteros. "El hombre estaba desnudo allí abajo", mostró con un ademán. "Y tenía un cordel en la cintura".

"¿Un cordel?" La voz del hombre era como una mano que trataba de tomarla por la barbilla para que mirara hacia arriba, que fue precisamente lo que su madre hizo cuando el hombre repitió su pregunta. "¿Un cordel?"

Carla tuvo que enfrentar a la fuerza el rostro del policía. Sin duda era una versión adulta de las caras paliduchas de los niños del patio. Así se verían ellos cuando crecieran. No había maldad en esta cara, pero tampoco ninguna amabilidad. No parecía notar la dificultad en la que ella se hallaba, al tratar de describir lo que había visto con su limitado vocabulario en inglés. Era como si el rostro de alguien en una película que Carla estuviera viendo le preguntara: "¿Qué hacía el hombre con la cuerda?"

Ella se encogió de hombros, y las lágrimas se asomaron a sus ojos.

Su madre intervino. "La cuerda le mantenía en alto el... su..."

"Por favor, señora", dijo el policía que estaba anotando. "Permita que sea su hija la que describa lo que vio".

Carla pensó bien cuál podía ser la palabra para designar los genitales de un hombre. Habían llegado a este país antes de alcanzar la pubertad en español, así que muchas de las palabras clave que hubiera podido aprender durante el último año le habían pasado desapercibidas. Ahora estaba aprendiendo inglés en un colegio católico, donde ninguna monja había mencionado jamás la palabra que ella necesitaba. "Tenía un cordel alrededor de la cintura", explicó. Por la facilidad con que el hombre tomaba notas, supo que lo que decía sonaba lógico.

"Y terminaba al frente", mostró con gestos sobre su cuerpo, "y estaba amarrado como un..." Con los dedos formó un cero.

"¿Una lazada?", tanteó el policía amable.

"Una lazada, y su cosa..." Carla apuntó a la entrepierna del oficial. El que estaba escribiendo frunció el ceño. "Su cosa estaba metida en la lazada y fue creciendo y creciendo", barruntó, con la voz temblorosa.

El policía amigable levantó las cejas y se empujó la gorra hacia atrás. Su enorme mano limpió las perlas de sudor que se le habían acumulado en la frente.

Carla rezó sin pensar en una oración determinada, pidiendo que esa entrevista se interrumpiera en ese momento. Lo que empezaba a temer era que su foto, a pesar de que no había nadie allí para tomársela, apareciera en el periódico al día siguiente y la pandilla de muchachos bellacos la atormentara con lo que había visto. Se preguntó si podría reportarlos a los policías. "A propósito...", podría comenzar, y el rudo empezaría a tomar nota. Tendría las palabras para describirlos: sus caras malvadas y burlonas que conocía de memoria, o *de corazón*. Sus cuerpos idénticos de palidez enfermiza. Sus voces agudas que chillaban de gusto cuando Carla pronunciaba mal una palabra que la habían obligado a repetir.

Pero poco después de su descripción del incidente, la entrevista terminó. El oficial cerró su libreta, y cada uno se despidió de Carla y de su madre. Se alejaron en su patrulla, y a lo largo de la cuadra las cortinas volvieron a su lugar y las persianas entreabiertas se cerraron, como ojos que no han visto el mal.

Durante los siguientes dos meses, antes de que la madre de Carla la pasara a la escuela pública que estaba cerca de la casa para que cursara allí la segunda mitad del séptimo grado, la acompañó hasta el colegio en el autobús, y a la salida la iba a buscar. Las burlas y persecuciones terminaron. Los muchachos debieron pensar que Carla se había quejado, y que por eso estaba allí su madre, para defenderla. Incluso durante las clases, cuando su madre no estaba con ella, la pasaban por alto con su mirada afilada y clara que recorría el salón en busca de otra víctima, alguien demasiado gordo, o demasiado feo, o muy pobre o muy diferente. Carla se había desvanecido en las paredes.

Pero sus rostros no se desvanecieron tan pronto de la vida de Carla. Se colaron como intrusos en sus sueños y en sus vigilias. A veces, cuando abría los ojos en la oscuridad, estaban posados a los pies de su cama, un triste coro de caras de pillos, niños sin cuerpo que canturreaban sin palabras: "¡Vete de aquí! ¡Vete de aquí!"

Para no verlos, Carla cerraba los ojos y formulaba el deseo ferviente de que se fueran. En la oscuridad que creaba con los ojos cerrados rezaba, empezando por los nombres de sus hermanas, por todos los que quería encomendarle especialmente a Dios, en los Estados Unidos y en la isla. La lista que parecía sin fin de nombres familiares la incitaba a quedarse dormida con la sensación de estar a salvo, en un mundo aún poblado por aquellos que la amaban.

Nieve

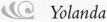 *Yolanda*

DURANTE NUESTRO PRIMER AÑO en Nueva York alquilamos
un apartamento pequeño, cerca del cual había una escuela
católica en la que enseñaban las Hermanas de la Caridad, cor-
pulentas mujeres vestidas con hábitos negros largos y tocas
que las hacían ver raras, como muñecas enlutadas. Me caían
muy bien, especialmente mi maestra de cuarto grado, la hermana Zoe, que siempre me hacía pensar en una especie de
abuela. Decía que mi nombre era muy lindo y me puso a que
le enseñara la pronunciación correcta a la clase entera. *Yo-lan-
da.* Como yo era la única inmigrante de mi clase, me asignaron un asiento especial, en la primera fila y al lado de la
ventana, aparte de los otros niños para que la hermana Zoe
pudiera dirigir mis estudios sin molestarlos. Con parsimonia
pronunciaba las nuevas palabras en inglés que yo debía repetir:
Laundromat, cornflakes, subway, snow.

Pronto entendí lo suficiente de inglés como para darme cuenta de que en el aire se respiraba el temor de un holocausto. La hermana Zoe le explicó a un salón boquiabierto lo que estaba pasando en Cuba. Allí se ensamblaban misiles soviéticos, que supuestamente se programarían para hacer impacto en Nueva York. El presidente Kennedy también se veía preocupado en la TV que teníamos en casa, mientras explicaba que era posible que tuviéramos que declararles la guerra a los comunistas. En la escuela teníamos simulacros de bombardeo aéreo: una campana de mal agüero empezaba a sonar y salíamos en fila hacia el pasillo, donde nos tendíamos en el piso y nos cubríamos la cabeza con el abrigo, e imaginábamos que se nos caía el pelo y los huesos de los brazos se nos ablandaban. En casa, Mami, mis hermanas y yo rezábamos un rosario por la paz mundial. Percibí todo un vocabulario nuevo: 'bomba atómica', 'lluvia radiactiva', 'refugio antibombas'. La hermana Zoe explicó cómo sucedería. Dibujó un hongo en el pizarrón y luego cubrió los alrededores con puntos, para representar el polvo de la lluvia radiactiva que nos iba a matar a todos.

Los meses se hicieron más fríos, noviembre, diciembre. Cuando me levantaba por la mañana todavía estaba oscuro, y cuando seguía mi aliento hacia la escuela todo tenía escarcha. Una mañana, mientras miraba por la ventana y soñaba despierta en mi pupitre, vi unas partículas en el aire como las que la hermana Zoe había dibujado: primero unas cuantas dispersas y luego un montón y luego más. Grité despavorida, "¡La bomba! ¡La bomba!" La hermana Zoe se volvió de repente, su amplia falda negra inflándose al girar, y corrió a mi lado. Algunas de las niñas empezaron a llorar.

Y entonces la expresión atónita de la hermana Zoe se desvaneció. "¡Yolanda, mi niña, pero si es nieve!" Se rió. "Nieve".

"Nieve," repetí. Con cautela miré por la ventana hacia afuera. Toda la vida había oído hablar de los cristales blancos que caían del cielo en invierno en los Estados Unidos. Desde mi pupitre, vi cómo el fino polvo recubría la acera y los carros estacionados abajo. Cada copo era diferente, había dicho la hermana Zoe, como una persona: irremplazable y hermosa.

Espectáculo

Sandi

"NADA DE CODOS, ni de Coca-Colas, sólo leche o…" Mami hizo una pausa. ¿Cuál de las cuatro niñas podía enumerar la siguiente cosa en la lista sobre lo que debían y no debían hacer para portarse bien en el restaurante con los Fanning?

"No poner los codos en la mesa", Sandi adivinó.

"Eso ya lo dijo", atacó Carla.

"¡Sin pelear, niñas!", las regañó Mami y continuó con el sermón. "Sólo leche o agua con hielo. Y yo pido por ustedes, ¿queda claro?"

Las cuatro cabezas con sus trenzas y cintas asintieron. En momentos como ése, en que todas, las cuatro niñas, parecían formar parte de un solo organismo, Sandi sentía ese anhelo de internarse sola en los Estados Unidos y no volver a ser nunca más la segunda de cuatro niñas de edades tan cercanas.

Sin embargo, esta vez asintió. El tono de voz de Mami no se prestaba para llevarle la contraria. Las reglas de esta importante salida a cenar con los Fanning les habían sido explicadas tantas veces durante los días pasados, y en especial ese mismo día, que no tenía sentido hacer payasadas para lograr que su madre fuera menos severa.

"Pero por favor, Mami, no pidas algo que no me vaya a gustar, ¿sí?", suplicó Sandi. Siempre había sido caprichosa para comer y, ahora que vivían en los Estados Unidos, parecía que hubiera el doble de cosas incomibles para amontonar en su plato.

"Pescado no, Mami", le recordó Carla. "Me da dolor de estómago".

"Y nada con mayonesa", añadió Yoyo. "No puedo comer..."

"¡Niñas!" Su madre levantó las manos como un policía de tránsito en la isla, que estuviera indicándoles que sus peticiones debían detenerse. En su rostro se pintó la expresión asustada que tenía desde que habían llegado a Nueva York tres meses atrás, luego de escapar por un pelo de la policía secreta. A la menor provocación, estallaba en llanto, o perdía el control, o amenazaba con ir a parar al hospital de Bellevue, que era adonde enviaban a los locos en este país.

"¿No pueden hacer un pequeño esfuerzo esta noche?" Su voz era tan triste que Fifi, la menor, empezó a llorar. "No quiero ir", gimió. "No quiero ir".

"¿Y por qué no?", preguntó Mami, y la cara se le iluminó. Parecía genuinamente perpleja, como si no llevara días aterrorizándolas con la idea de esta salida, que parecía el equivalente a ir adonde el médico a recibir los refuerzos de las vacunas. "Pero si va a ser muy divertido. Los Fanning nos van a llevar a un restaurante español muy especial, que salió en una revista. A ustedes les va a encantar, seguro que sí. Además, va a haber un espectáculo..."

"¿Qué es eso?" Sandi, que había perdido interés en asegurarse de que hubiera un menú razonable y que luego se había puesto a jugar con la cinta en su pelo, levantó la vista. "¿Qué es un espectáculo?"

Una expresión juguetona apareció en la cara de su madre. Levantó los hombros, arqueó los brazos por encima de su cabeza y batió palmas, para luego zapatear cada vez más rápido, rápido, rápido, como si estuviera apagando una hoguera. "¡Baile flamenco! ¡Olé! ¿Se acuerdan de aquellas bailarinas?" Sandi asintió. El año anterior habían quedado todos fascinados por las bailaoras de Madrid en la Feria del Mundo dominicana. Mientras Mami explicaba que este restaurante tenía espectáculos de bailarinas españolas y deliciosa comida de allá también, se oyó una serie de golpes desde el piso de abajo.

Las niñas se miraron entre sí y luego volvieron la vista hacia su madre, que miró hacia lo alto. "La Bruja", les explicó. "Se me olvidaba la Bruja". La anciana que vivía en el apartamento de abajo, que tenía una especie de casco de pelo azulado peinado en salón, se había estado quejando con el superintendente del edificio desde que la familia se había mudado allí hacía unos meses. Los García debían ser desalojados del lugar. Su comida olía mal. Hablaban muy alto y en un idioma que no era inglés. Las niñas parecían una manada de burros salvajes. Alfredo, el superintendente puertorriqueño, aparecía en su puerta casi todos los días. Que si la señora García podía bajarle el volumen a la radio. Que si podía hacer que las niñas se portaran mejor. Que la vecina de abajo se había despertado con el ruido de los zapatos de las niñas en el suelo.

"Si hago que las niñas se porten mejor…", comenzaba su madre… y luego Sandi oyó que se le quebraba la voz: "Pero es que no podemos dejar de caminar de un lado a otro. No podemos dejar de respirar".

Alfredo examinaba el vestíbulo del cuarto piso a sus espaldas, y luego murmuraba entre dientes. "Entiendo, entiendo". Se encogía de hombros, impotente. "Este país es un lugar difícil mientras uno se acostumbra. No se tome las cosas de manera personal". Al final ponía la voz más amable, pero la mamá de Sandi simplemente asentía en silencio.

"¿Y cómo están las pequeñas señoritas?", saludaba Alfredo por encima del hombro de la señora García. Las niñas sonreían a la fuerza, como les habían enseñado, pero Sandi, a modo de venganza, también bizqueaba. No le caía bien Alfredo. Había algo en su excesiva amabilidad y en que se dirigiera a ellas en inglés a pesar de que todos hablaban español que le producía desazón. La Bruja de abajo le parecía el mismo diablo, y que viviera debajo de ellos le daba aun más sentido a esa idea. A veces, cuando Sandi jugaba con Yoyo a torearla con una toalla, la primera gritaba "¡Olé!" luego de cada intento exitoso de escaparse de la muerte, y zapateaba de gozo, levantando el brazo derecho hacia la multitud imaginaria. Siempre sentía remordimiento luego de hacerlo, pero no lo podía evitar. Un día, poco después de haberse instalado allí, la Bruja detuvo a la madre y las niñas en la entrada y les escupió esa horrible palabra que los niños a veces usaban en el colegio: "¡*Spics*! ¡Lárguense al lugar del que vinieron!"

TAN PRONTO COMO PAPI LLEGÓ a casa de vuelta de su turno en el hospital, se dio una ducha, cantando una de sus canciones favoritas de la isla, que hizo que las niñas se rieran mientras se ponían sus vestidos de fiesta. Ya estaban de ánimo bullicioso tras descubrir, como cosa de inspiración, que el apellido de los Fanning sonaba muy semejante a una palabra que habían aprendido en el patio de la escuela para designar el trasero: *fanny*. Así que empezaron a decir frases jugando con las dos palabras, y a reírse: "Vamos a ir a cenar con los señores *Trasero*". Papi salió del baño peinándose los rizos mojados hasta alisarlos. Miró a las niñas y les hizo un guiño. "Su Papi es un hombre apuesto, ¿cierto?" Posó frente al espejo del pasillo, mirándose desde un lado y desde otro. "Qué hombre más buen mozo, su Papi".

Las niñas le respondieron con gritos de "Ay, Papi". Era la primera vez desde que estaban en Nueva York que veían a su padre de humor festivo. Casi siempre andaba preocupado por *la situación* en la isla. Algunos de los tíos andaban en problemas. Tío Mundo estaba en la cárcel, y tío Fidelio quizás estuviera muerto. Papi no había logrado sacar la licencia para ejercer como médico en los Estados Unidos, por algún impedimento debido a haber estudiado en otro país, y el dinero se les estaba terminando. El doctor Fanning trataba de ayudarle a conseguir oportunidades de trabajo, pero antes Papi debía aprobar el examen para obtener la licencia. Había sido el doctor Fanning quien organizó todo el asunto de la beca que les permitió salir de su patria. Y ahora, el buen señor y su esposa habían invitado a toda la familia a un restaurante caro en la ciudad a modo de obsequio, pues sabían que los García no podían permitirse un lujo semejante en esos momentos. Eran una pareja tan agradable, de verdad que sí, decía Mami, que lo dejaban a uno esperanzado con que a lo mejor, en el fondo, los americanos tenían buen corazón.

"Pero tienen que portarse bien", dijo Mami, volviendo al mismo sermón. "Deben mostrarles que vienen de buena familia".

Mientras Mami y Papi acababan de vestirse, las niñas los miraban, arreglándose las pantimedias, esa nueva prenda de vestir tan incómoda que ahora debían usar. Esas cosas formaban bolsas en los tobillos y se escurrían en la entrepierna, dando la sensación de que a uno se le estaban cayendo los pantis. La hacían sentir a una como esas momias todas vendadas en el museo. ¿Y si alguien las desenvolvía, había pensado Sandi opacando el vidrio de la vitrina con el vaho de su respiración, serían todavía egipcios morenos o su piel se habría vuelto blanca después de pasar tanto tiempo aprisionada, al igual que le sucedía a la piel de los americanos bajo todos los gruesos ropajes del invierno que apenas comenzaba?

Sandi apoyó los codos en el tocador y contempló a su madre que se peinaba el pelo oscuro frente al espejo. Esa noche volvía a ser la belleza que había sido en la isla. Su cara se veía pálida y dramática. Sus ojos brillaban como ámbar a contraluz. Llevaba un vestido negro con escote en la espalda y con los hombros descubiertos, que hacían que su largo cuello pareciera un cisne nadando en un lago. Alrededor del cuello brillaba su collar elegante, con diamantes de verdad. "Si las cosas empeoran de verdad", decía a modo de burla triste, "vendemos el collar y los aretes que Papito me regaló". Papi siempre la regañaba y le advertía que no dijera tales disparates.

Si las cosas llegaban a ponerse tan mal, pensaba Sandi, ella vendería su pulsera de dijes, la que tenía un molino que siempre se le enredaba en la ropa. Incluso se cortaría el pelo para venderlo, pues una sirvienta en la isla le había dicho que las niñas con pelo bonito siempre podían hacer eso. No tenía idea de quién lo compraría. No había visto pelo a la venta en las grandes tiendas por departamentos, cuando Mami las llevaba de paseo, "a ver este nuevo país". Pero Sandi haría los sacrificios necesarios. Esa noche, pensó, con los Fanning que eran tan ricos, les mostraría que era la hija dispuesta a hacer esos sacrificios. A lo mejor la adoptarían, y le darían una mesada, como la que recibían las niñas en los Estados Unidos, y ella luego se la entregaría a su familia verdadera. Siempre y cuando pudiera ver a sus padres y hermanas de vez en cuando, esa vida no parecía mala, pues sería la hija única de una familia americana elegante, rica y sin hijos.

Abajo, Ralph el portero, que había llegado desde un país llamado Irlanda cuando niño, se paró junto a la puerta para hacer una venia profunda al paso de cada damita. Siempre les coqueteaba, llamándolas las Misses Garcías como si fueran hijas de una familia acaudalada. Mami a menudo comentaba que era probable que Ralph ganara más dinero que Papi con su beca. Gracias a Dios que su abuelo les estaba ayudando. "Sin Papito", les confiaba Mami a sus niñas, tras haberles hecho jurar que jamás le dirían eso a su padre, "sin Papito tendríamos que vivir del *welfare*". Las niñas sabían que el *welfare* era un dinero que se le daba a la gente en ese país para que no se convirtieran en pordioseros como los que había a la entrada de la catedral en Santo Domingo. Era Papito el que pagaba la renta y quien les había comprado su ropa de invierno y que una vez las había llevado, por consentirlas, al Lincoln Center a ver las bailarinas que, como muñecas, danzaban en las puntas de los pies.

"¿Le busco un taxi, Doc?", le preguntó Ralph a su padre, igual que sucedía cada vez que la familia salía toda vestida y engalanada. Por lo general Papi decía, "No gracias, Ralph", y la familia iba hasta la esquina, daba la vuelta y se subía a un autobús. Sin embargo, esa noche, para sorpresa de Sandi, su padre decidió derrochar. "Sí, Ralph, por favor. Un taxi para todas mis niñas". Sandi no podía creer lo feliz que se veía su padre. Deslizó su manita en la de él, y él le dio un apretón antes de soltarla. No era un hombre a quien le gustara hacer demostraciones de cariño en tierras extrañas.

Mientras el taxi emprendía el camino, Mami tuvo que repetirle la dirección al chofer porque el hombre no entendía el acento de Papi. Sandi supo, con una punzada de dolor, cuál era una de esas cosas que había echado de menos en los últimos meses. Era precisamente este tipo de atención dedicada a ellos. En la isla siempre había un chofer que les abría la puerta o un jardinero que se llevaba la mano al sombrero y media docena de sirvientas y niñeras que se comportaban como si la salud y el bienestar de los niños de la Torre García fueran un asunto de interés público. Claro, por lo general eran los niños de la Torre, y no las niñas, quienes recibían un trato especial. Sin embargo, por llevar el apellido de la Torre, a las niñas también se las hacía sentir personas importantes.

El restaurante tenía un toldo blanco con el nombre escrito en letras rojas, *El Flamenco*. Un portero, vestido como algún tipo de dignatario, con una banda roja que le atravesaba la pechera de volantes blancos, les abrió la puerta del carro. Una alfombra sobre la acera llevaba hasta la entrada del restaurante, y desde el vestíbulo se alcanzaba a ver un gran salón de mesas cubiertas con manteles blancos y con servilletas dobladas en forma de mitras de obispo. La cubertería y los vasos brillaban como ornamentos. Alrededor de las mesas que estaban ocupadas se reunían unos cuantos camareros, con el pelo tirante recogido atrás para formar una coleta como la de los toreros. Llevaban faja y camisas blancas con volantes al frente, hombres atractivos como el que un día se casaría con Sandi. Lo mejor de todo eran los deliciosos olores conocidos a ajo y cebolla, y la cadencia melódica del español que hablaban los meseros de ojos negros, que a Sandi le recordaron a sus tíos.

A la entrada del salón comedor, el maitre explicó que Mrs. Fanning había llamado para decir que su marido y ella iban en camino, que los García debían pasar y sentarse, y pedir algo de beber. Los guió, en su procesión de seis, hasta una mesa cercana a una plataforma. Retiró la silla de cada uno para que se sentaran, les entregó un menú abierto, hizo una venia y se alejó. Tres mozos aparecieron para llenar los vasos de agua, acomodar los cubiertos y los platos. Sandi se quedó muy quieta y observó los hermosos dedos largos en su rápida labor.

"¿Puedo ofrecerle algo de tomar, señor?", dijo uno de ellos, dirigiéndose a Papi.

"¿Puedo pedir una Coca-Cola?", interrumpió Fifi, pero luego se dio cuenta de lo que había hecho cuando su madre y sus hermanas la miraron. "Yo quiero leche con chocolate".

Su padre se rió bonachonamente, consciente del mesero que aguardaba. "No creo que tengan leche con chocolate aquí. Pueden pedir Coca-Cola esta noche, ¿no es cierto, Mami?"

Los ojos de Mami miraron a lo alto con exasperación fingida. Estaba demasiado bella esa noche para ser su madre y para imponer las reglas de siempre. "¿Ya vieron?", le susurró a Papi cuando el mozo se retiró con la orden de las bebidas. Las niñas se acercaron para oír mejor. Ahora que vivían en los Estados Unidos, Mami era la líder, pues *había ido* al colegio en ese país. *Hablaba* inglés sin acento notorio. "Miren el menú. ¿Ya vieron que no hay precios? Apuesto que una Coca-Cola cuesta dos dólares aquí".

Sandi quedó boquiabierta. "¡Dos dólares!"

Su madre la hizo callar con una mirada disgustada. "No nos hagas pasar vergüenzas, Sandi, ¡por favor!", dijo, y luego se rió cuando Papi le recordó que el español no era un idioma que les sirviera para hablar en secreto en ese lugar.

"Ay, Mami", y le cubrió la mano fugazmente con la de él. "Ésta es una noche especial. Quiero que pasemos un buen rato. Necesitamos celebrar".

"Supongo que sí", dijo Mami suspirando. "Y los Fanning son los que pagan".

La expresión de Papi se tensó.

"No hay nada de qué avergonzarse", le recordó Mami. "Cuando ellos estuvieron en la isla, los tratamos como reyes".

Era cierto. Sandi se acordaba de cuando el famoso doctor Fanning había ido a la República Dominicana a enseñarles a los mejores médicos del país los nuevos procedimientos en cirugías del corazón. El alto y delgado señor, con su esposa tontarrona, habían sido convidados al residencial de la familia. Habían organizado muchas parrilladas que convertían el camino a las casas en una hilera de carros alineados y había un ejército de choferes intercambiando noticias y chismes bajo las palmas.

Cuando las bebidas llegaron, Papi hizo un brindis gracioso, en español, y en voz lo suficientemente alta como para que los meseros lo oyeran, pero eran demasiado profesionales y, si alcanzaron a oír, ninguno se rió. Cuando todos levantaron sus vasos, Mami se inclinó sobre la mesa. "Ya llegaron". Sandi se dio vuelta y vio al maitre que se acercaba con una mujer alta y muy emperifollada, y tras ella un hombre mucho más alto, que parecía preocupado. Le tomó un momento darse cuenta de que eran las mismas personas que, en la isla, habían pasado el tiempo alrededor de la piscina, con esa boba apariencia que les daban los lentes de sol, los grandes sombreros, la nariz untada de crema bronceadora, que se dirigían a los sirvientes en un español francamente deficiente.

Siguió un momento de saludos y disculpas. Papi se levantó, y Sandi, que no sabía qué debía hacer en esa situación, también se levantó, pero una mirada de su madre la hizo sentar de nuevo. El doctor y su esposa se detuvieron junto a cada niña, "para verlas bien" y recordando que cada una de ellas era apenas así de alta la última vez que se habían visto. "¡Qué mujercitas más lindas!", bromeó el doctor Fanning. "Carlos, ¡tiene todo un harén aquí!" Las cuatro niñas vieron la sonrisa pícara que se pintó en su cara.

En los primeros minutos, los adultos intercambiaron noticias. El doctor Fanning contó que había hablado con un amigo que era el gerente de un hotel importante que necesitaba un médico de planta. El trabajo era sencillísimo, explicó el doctor. Más que nada ocuparse de que las viudas millonarias tuvieran su dosis de Valium. Pero la paga sí que era buena, de verdad. El padre de Sandi bajó la vista a su plato, agradecido, pero también avergonzado por estar en apuros y en deuda con él.

Las bebidas de los Fanning llegaron a la mesa. La señora se tomó la suya en varios tragos ávidos, y luego pidió una segunda. Había estado callada durante la emoción de la llegada, pero ahora rebosaba de preguntas, y arqueaba las cejas y ponía cara triste cuando la señora García le explicaba que no habían podido saber nada más de la familia desde el bloqueo informativo de dos semanas atrás.

Sandi examinó cuidadosamente a la señora. ¿Por qué el doctor Fanning, que era alto y hasta cierto punto bien parecido, se había casado con esta mujer tan sosa y de grandes dientes? A lo mejor ella era de buena familia, que era la razón por la cual en la isla los hombres se casaban con mujeres sosas y con dientes de conejo. A lo mejor Mrs. Fanning venía junto con todas las joyas que llevaba encima, y el doctor había quedado atraído por el brillo, igual que los pececitos cuando uno envuelve papel de aluminio en una cuerda y la deja caer en los pozos poco profundos.

El doctor abrió su menú. "¿Qué van a querer? ¿Niñas?" Éste era el momento para el cual se habían preparado con tanto cuidado. Mami ordenaría por ellas, y no debían ser groseras o directas y decir qué plato querían o no. Además, a medida que Sandi intentaba leer el menú, con ayuda de su dedo índice, pronunciando las sílabas, no reconocía los nombres de los platos que figuraban allí.

Su madre le explicó al doctor Fanning que iba a pedir dos pastelones para que las niñas compartieran.

"Ya, pero los mariscos son tan buenos aquí", comentó el doctor en tono de petición, mirando a Mami por encima de sus anteojos, que se le habían escurrido nariz abajo como los de un maestro de escuela. "¿Qué tal una paella, niñas? ¿O camarones a la vinagreta?", preguntó diciendo los nombres de los platos en español.

"No les gustan los camarones", dijo su madre, y Sandi se sintió agradecida porque la defendiera de esa temida especie de gusanos. Por otro lado, a Sandi le hubiera gustado pedir algo diferente, para ella sola. Pero recordó las advertencias de su madre.

"Mami", susurró Fifi. "¿Qué son 'pastolones'?"

"Pastelón, Cuca". Mami explicó que eran algo parecido al pastel que Chucha preparaba en la isla, con arroz y carne molida. "Es muy sabroso. Sé que a ustedes les va a encantar, niñas". Y luego las miró enfáticamente, de manera que ellas interpretaron que más valía que la comida les gustara.

"Sí", contestaron amablemente cuando el doctor Fanning les preguntó si de verdad querían pastelón.

"¿Sí qué?", las alentó Mami.

"Sí, gracias", dijeron a coro. El doctor se rió y les hizo un guiño cómplice.

Una vez que ordenaron, y con bebidas renovadas en la mesa, los adultos cayeron en el ritmo monótono de la conversación de gente grande. De vez en cuando, la alteración en la cadencia de una historia que empezaba hacía que Sandi se enderezara para oír mejor. Si no, seguía sentada en silencio, jugando con los sobrecitos de azúcar hasta que su madre la hizo parar. Observó las distintas mesas alrededor de la suya. Todos los demás comensales eran blancos y hablaban en voz baja y fría. Americanos, con seguridad. Sandi pensó que todos ellos hubieran podido ir a cenar a otra parte, pero habían preferido un lugar español. Así que la Bruja estaba equivocada. La gente pagaba por estar cerca del español.

Su mirada cayó en un mesero joven cuya tarea parecía ser rellenar de agua las copas en cada mesa, a medida que se vaciaban. Cada vez que se cruzaban las miradas, ella desviaba la vista avergonzada, pero con el aburrimiento se fue haciendo más audaz. Inició una especie de coqueteo. Él le sonreía, y cada vez que ella le respondía la sonrisa, él se acercaba con su jarra de plata para llenarle nuevamente la copa de agua. Su madre se dio cuenta y la regañó con una indirecta: "Se les va a secar el pozo".

De hecho, Sandi había tomado tanta agua que, según le explicó en voz baja a Mami, iba a tener que ir al baño. Su madre le lanzó otra de sus miradas enojadas. Les había advertido que no debían hacer ninguna petición esa noche durante la cena. Sandi se removió en su asiento, sin querer levantarse a menos que le dieran una autorización sonriente.

Papi se ofreció a acompañarla. "Podría aprovechar para ir al baño yo también". Mrs. Fanning también se puso de pie, diciendo que ella podría ir y aligerarse un poco. El doctor le lanzó una mirada de advertencia, no muy diferente de la que Sandi se había ganado de su madre.

Los tres marcharon hacia el fondo del restaurante, hacia donde el maitre les indicó, y bajaron por unas escaleras estrechas, mal iluminadas por lamparitas que colgaban de los arcos. En el sótano medio en penumbras, Mrs. Fanning entrecerró los ojos esforzándose ante los letreros que había en las puertas, en español. "¿Damas? ¿Caballeros?" Sandi contuvo un impulso de corregir la pronunciación de la señora. "¡Oye, Carlos, vas a tener que traducirme para que no vaya a parar contigo al lugar equivocado!" La señora meneó las caderas graciosamente, como alguien que tratara de mantener un hula-hula en la cintura.

Papi bajó la vista. Sandi ya había notado antes que su padre era otra persona frente a las americanas. Encorvaba la espalda y se volvía de una cortesía estirada, como la de los sirvientes. "Sandi le mostrará", dijo, poniendo a su hija entre él y Mrs. Fanning, que se rió de su incomodidad. "Adelante, corazón de melón". Sandi abrió la puerta que decía *Damas* y la sostuvo para que pasara la señora. Al darse vuelta para seguirla, Mrs. Fanning se inclinó hacia el padre de Sandi y rozó sus labios con los de ella.

Sandi no supo si quedarse allí como una idiota o entrar al baño y dejar que la puerta se cerrara en ese instante tan incómodo. Al igual que su padre, bajó la vista hasta sus pies y aguardó a que la risueña señora pasara a su lado. Incluso en ese lugar tan mal iluminado, Sandi alcanzó a percibir que el rostro de su padre se ruborizaba.

Las dos se vieron en un bonito y pequeño salón, con un sofá y lámparas y una pila de toallas perfumadas. Sandi espió los cubículos en el área contigua y se metió rápidamente en uno para desahogar su vejiga. Una vez aliviada, sintió todo el chocante peso de lo que acaba de presenciar. ¡Una americana casada que había besado a su padre!

Mientras salía de su cubículo, oyó que Mrs. Fanning seguía ocupada en el suyo. Rápidamente terminó de subirse las estúpidas medias, luego se enjuagó las manos bajo la llave y cuando empezaba a secárselas con el vestido, se acordó de las toallas. Tomó una de la pila, se secó las manos, y luego se dio unos golpecitos en la cara, tal como había visto hacer a Mami con la mota de los polvos. Al mirarse en el espejo le sorprendió ver a una niña bonita que le devolvía la mirada. Era una niña que habría podido pasar por americana, con sus ojos azules y piel blanca, rasgos que en todas las reuniones familiares decían que se debía a una tatarabuela sueca. Se quitó el flequillo de la frente: su cara se veía delicada como la de una bailarina de ballet. Y de repente se dio cuenta, de manera impersonal, como si alguien americano e importante, alguien como el doctor Fanning, lo afirmara: era bonita. Lo había oído decir antes, pero el halago era siempre un cumplido grupal, dirigido a todas las hermanas, así que pensaba que era una cortesía de los amigos de sus padres hacia las niñas. Como hubieran podido decir "qué grandes son" o "qué listos son", de los hijos varones. Al ser bonita, no tendría que volver al lugar de donde venía. La belleza hablaba las dos lenguas. La belleza pertenecía a este nuevo país, así le pesara a la Bruja. Mientras se miraba detenidamente en el espejo, la puerta del cubículo que había tras ella se abrió. Sandi dejó caer su flequillo y salió corriendo del cuarto.

Su padre estaba en la antesala de los baños, caminando nervioso de un lado para otro, con las manos ocupadas con las monedas que traía en los bolsillos. "¿Dónde quedó ella?", murmuró.

Sandi apuntó hacia el baño con la barbilla.

"Esa mujer está borracha", susurró, agachándose al lado de Sandi. "Pero no puedo insultarla, imagínate, porque es nuestra única oportunidad en este país". Hablaba con el tono de voz grave y bajo que había usado con Mami en los últimos días en la isla. "Por favor, Sandi, ya eres una niña grande. No vayas a decirle una palabra a tu mamá. Ya sabes cómo está en estos días".

Sandi lo miró. Era la primera vez en su vida que su padre le pedía hacer algo a escondidas. Antes de poder responder, la puerta del baño se abrió. Su padre se enderezó. Mrs. Fanning dijo en voz alta: "¡Aquí estás, cariño!"

"¡Sí, aquí estamos!", dijo su padre en un tono excesivamente alegre. "¡Y es mejor que volvamos a la mesa antes de que manden a los *marines* a buscarnos!" Sonrió maliciosamente, como si se le acabara de ocurrir este comentario que había practicado durante varias semanas.

Mrs. Fanning echó la cabeza hacia atrás y se rió. "Ay, Carlos!"

Su padre se unió a la risa hueca de la americana, y luego se detuvo abruptamente al notar la mirada de Sandi puesta en él. "¿Qué estás esperando?", le dijo con voz severa, señalando las escaleras con un gesto de la cabeza. Sandi desvió la mirada, dolida. Mrs. Fanning se rió de nuevo e inició el ascenso por las angostas escaleras de caracol. Era como salir de un calabozo, decidió Sandi. Les contaría eso a sus hermanas y las haría desear haber ido también al baño, aunque en el fondo Sandi anhelaba no haberse despegado de la mesa. Así no habría visto lo que ahora no estaba segura de poder olvidar.

En la mesa, el joven mozo acercó su silla una vez que ella se sentó. Seguía siendo encantador, con la piel tan suave y de ese color aceituna intenso, sus manos largas y delgadas como las de los ángeles en las ilustraciones, sosteniendo sus libros de coro. Pero este hombre bien podía acercarse a ella, como Mrs. Fanning había hecho en el sótano. Podía hacer el intento de besarla, a ella, a Sandi, en los labios. Así que no permitió que su mirada fuera a dar cerca del muchacho una vez más.

En lugar de eso, estudió cuidadosamente a los Fanning, en busca de claves para explicar su misterioso comportamiento. Una cosa que notó fue que la señora bebía un montón de vino, y que cada vez que le hacía señas al camarero para que le rellenara la copa, el doctor Fanning le decía algo por lo bajo. En un momento determinado en que el mesero se inclinó ante la copa vacía, el doctor la cubrió con la mano. "Ya es suficiente", espetó, y el mozo se apartó al instante.

"Qué aguafiestas tan pedorro", exclamó Mrs. Fanning, lo suficientemente alto como para que toda la mesa se enterara. Por suerte las niñas no entendían esas palabras en inglés. Mami empezó a hacer algo de alboroto alrededor de Sandi y sus hermanas, para fingir que no había ningún malhumorado intercambio de murmullos entre los Fanning. Pero la pequeña Fifi no iba a perderse detalle de la escena que tenía lugar en el extremo de la mesa: los miraba con los ojos muy abiertos mientras peleaban, y luego se volteó hacia Mami con expresión de que iba a estallar en llanto. Mami le guiñó el ojo y le sonrió con alegría radiante para hacerle sentir a la niña que no había que tomar muy en serio a estos americanos.

Afortunadamente, llegaron los platos en manos de un cortejo de mozos encabezado por el maitre que siempre estaba en todo. La tensión se despejó a medida que las dos parejas probaban pequeñas porciones de los diversos servicios. Brotaron elogios y juicios por toda la mesa. Sandi encontró incomibles la mayor parte de las cosas que había en su plato. Pero había también una generosa hoja de lechuga decorativa, bajo la cual podría esconder buena parte de la carne empegotada y el arroz grasiento.

Esa noche se sentía por encima de sus padres: se daba cuenta con claridad de que eran gente insignificante comparada con los Fanning. Ella misma había presenciado un suceso cuya revelación podía traer problemas. ¿Qué le importaba que sus padres le exigieran comerse todo el pastelón? Les diría simplemente, como toda una niña americana, "No quiero. No pueden obligarme. Éste es un país libre".

"Sandi, ¡mira!" Era su padre tratando de reconciliarse con ella. Apuntaba al escenario donde las luces se estaban atenuando. Seis señoritas con vestidos largos ajustados con faldas de volantes y castañuelas en las manos salieron dando giros al escenario. El guitarrista apareció y rasgueó una melodía que atrajo la atención del público. Unos hombres guapos, en traje de torero, se unieron a las mujeres. Zapatearon para saludarlas, y ellas devolvieron el zapateo, ¡hola! Seis damas y seis caballeros comenzaron una complicada serie de pasos. Las castañuelas de las mujeres marcaban un compás seductor; los hombres respondían a los movimientos de ellas con pavoneos sensuales y zapateos. Éstos no eran los giros castos y los movimientos delicados de las bailarinas de Lincoln Center. Estas mujeres daban la sensación de… (Sandi no veía otra manera de decirlo) de quererse quitar toda la ropa frente a esos hombres.

Yoyo y Fifi eran las que estaban más próximas al escenario, y Mami permitió que Carla y Sandi acercaran sus sillas para formar un grupito de hermanas. Los bailaores batían palmas y daban grandes pasos, cabeceando osadamente como caballos. El corazón de Sandi flotaba de la felicidad. Este baile salvaje y hermoso venía de gente como ella, hispanos, que danzaban al son de la dicha extraña e inquietante que a veces la hacía apretarle la mano a Fifi hasta hacerla llorar o jugar a los toros con Yoyo, con una toalla por capote, hasta que ambas se desplomaban en el piso riendo y exhaustas, cosa que hacía que la Bruja golpeara el techo con el palo de una escoba.

"Las niñas se están divirtiendo tanto", oyó que su madre le decía a Mrs. Fanning.

"Yo también", observó la señora. "Estos hombres son algo increíble. Mira, Lori, mira qué apretados tiene los pantalones aquél".

"Muy bonito", dijo la madre de Sandi, con voz fría.

El doctor le dijo entre dientes a su esposa: "Sylvia, ya basta".

A medida que el espectáculo avanzaba, Sandi veía que las caras de los bailaores se perlaban de gotas de sudor. Parches húmedos se extendían bajo sus brazos, y las sonrisas se veían tensas. Sin embargo, seguían siendo bellos cuando cada pareja, una por una, se adelantó para ejecutar un solo de baile. Luego, los hombres retrocedieron y de alguna parte sacaron rosas, que les entregaron a sus parejas. Las mujeres iniciaron una danza en la que sostenían las rosas entre los dientes, y con las castañuelas tocaban un agradecimiento inclemente a los hombres.

Detrás de Sandi se oyó que una silla raspaba el suelo, que otra caía y dos figuras se movían. Era Mrs. Fanning, ¡perseguida por el doctor! La señora logró treparse a la tarima, batiendo palmas por encima de su cabeza, y el doctor trataba de alcanzarla pero no lo consiguió porque ella escapó hacia el centro del escenario. Los bailaores le abrieron paso, de buena gana. El doctor Fanning no la siguió sino que volvió a la mesa encogiéndose de hombros, enojado.

"Déjela que se divierta", dijo la madre de Sandi. Su voz estaba cargada de entusiasmo fingido. "Se la está pasando tan bien".

"Bebió más de la cuenta, eso es lo que pasa", le soltó el doctor.

El restaurante se avivó con las payasadas de la señora. Tenía su talento histriónico, al chocar sus caderas con los bailaores y poner los ojos en blanco. Los demás comensales del restaurante se reían y aplaudían. La administración del restaurante, al percibir que era un buen momento, la enfocó con un reflector y el guitarrista avanzó al frente, rasgueando una canción americana conocida pero con un toque español. Uno de los bailaores salió a servirle de pareja a Mrs. Fanning, que avanzó hacia él mientras éste retrocedía en una especie de persecución de dibujos animados. Los comensales rieron aprobando la pantomima.

Todos menos Sandi. Mrs. Fanning había roto el hechizo de los bailaores salvajes y bellos. Sandi no soportaba verla. Volvió su silla para quedar nuevamente frente a la mesa y se concentró en su copa de agua, haciendo girar el pie y dejando anillos húmedos en el mantel.

Con una ronda de aplausos, Mrs. Fanning volvió a la mesa escoltada por su pareja. El padre de Sandi se levantó y retiró una silla para que se sentara.

"Vámonos", dijo el doctor, buscando al camarero para pedirle la cuenta.

"Ay, anda, cariño, relájate, ¿sí?", trató de convencerlo su mujer. Una de las bailarinas le había dado su rosa, y la señora trató de meterla en la solapa de su marido. El doctor entrecerró los ojos al mirarla pero, antes de poder contestar, una botella de champaña llegó a la mesa, como obsequio de la administración. Con el ruido del descorche, unos cuantos de los comensales alrededor de la mesa aplaudieron y levantaron sus copas brindando por Mrs. Fanning.

"¡Un brindis por todos nosotros!", dijo la señora, con la copa en alto. "A ver, niñas", las animó. Las hermanas de Sandi levantaron sus copas de agua y las entrechocaron con la de la señora.

"¡Sandi!", dijo su madre. "Tú también".

A regañadientes, levantó su copa.

El doctor Fanning elevó la suya y trató de infundirle un carácter serio al asunto: "Por ustedes, los García. Bienvenidos a este país". Ahora sus padres alzaron sus copas, y en los ojos de su padre vio gratitud, y en los de su madre, una humedad que indicaba lágrimas a duras penas contenidas.

Mientras el doctor Fanning hablaba con uno de los camareros, una de las bailaoras se acercó a la mesa, cargando una gran canasta que sostenía con una tira que pendía de su cuello. Inclinó la canasta hacia las niñas y les sonrió con calidez a los dos señores. En la canasta había una docena de muñecas Barbie de pelo oscuro, vestidas como españolas. La bailaora sacó una de las muñecas y le esponjó la falda del vestido de manera que se abrió como una hermosa flor.

"¿Te gustaría una como ésta?", le preguntó a la pequeña Fifi. La mujer habló en inglés, pero su voz tenía un acento marcado, como la del doctor García.

Fifi asintió ansiosa, y luego miró a su madre, que tenía la vista clavada en ella. Lentamente, Fifi negó con la cabeza. "¿No?", preguntó la bailaora con voz sorprendida, arqueando las cejas. Miró a las otras niñas y su vista se topó con la de Sandi: "¿Quieres una?"

Por supuesto que Sandi se acordaba de la advertencia que su madre les repitió tanto a las niñas de no pedir comidas especiales ni ningún tipo de regalos. Los García no podían permitirse extras, y no querían poner a sus anfitriones en la incómoda situación de tener que pagar más de la cuenta. Sandi miró la muñeca. Era una réplica perfecta de las hermosas bailaoras, con su traje largo y brillante, una peineta de carey en el pelo, de la cual caía una diminuta mantilla de encaje. En los pies tenía zapatitos negros de tacón, como los de las bailaoras en la tarima. Sandi no hizo caso de la fiera mirada que le lanzaba su madre y alcanzó la muñeca.

Con la punta de su uña pintada, la bailaora-vendedora le mostró las castañuelas minúsculas que la muñeca llevaba en las manos. Sandi sintió una ternura semejante a la que experimentan las madres cuando abren por primera vez los pequeños puños de su recién nacido. Se volvió hacia su padre, haciendo caso omiso de la mirada furibunda de su madre.

"Papi, ¿me puedo quedar con ella?" Su padre miró a la linda vendedora y sonrió. Sandi supo que quería causar una buena impresión. "Claro", asintió antes de añadir: "Todo lo que mi niña quiera". La vendedora sonrió.

De inmediato se oyó el grito de las otras tres: "¡Yo también, Papi! ¡Yo también!"

Su madre se estiró y tomó la muñeca de manos de Sandi. "Bajo ningún concepto, niñas". Le hizo un gesto negativo a la bailaora, que trataba de sacar otras tres muñecas de su canasta.

Mientras tanto, había llegado la cuenta y el doctor Fanning estaba revisando el consumo y apilando billetes en la bandejita. Mientras lo hacía, Papi clavó la vista en el mantel. En su país, todos se disputaban el honor de pagar la cuenta. ¿Qué podía hacer él en este otro país, en donde no sabía si tenía suficiente efectivo en el bolsillo para pagar las cuatro muñecas que ahora se veía comprometido a comprar para sus hijas?

"Conocían las reglas", las riñó Mami.

"Por favor, Mami, por favor", suplicó Fifi, sin entender que el hecho de que la mujer le ofreciera una muñeca no quería decir que ésta fuera gratis.

"¡No!", dijo Mami tajante. "Y hasta aquí llegó la discusión, niñas". El tono cortante de su voz hizo que Mrs. Fanning levantara la vista, tras estar absorta recogiendo sus cosas. "¿Qué sucede?", le preguntó a la madre de las niñas. "Nada", respondió Mami, y sonrió tensa.

Sandi no iba a perder su oportunidad. Esta mujer había besado a su padre. Esta mujer había echado a perder el espectáculo de las bellas bailaoras. Desde su punto de vista, esta mujer estaba en deuda con ella. "Queremos una de esas muñecas", y señaló la canasta en la cual la bailaora estaba arreglando las muñecas rechazadas.

"¡Sandi!", le gritó su madre.

"¡Pero si es una idea estupenda! ¡Un souvenir!" Mrs. Fanning le hizo un gesto a la bailaora para que volviera a la mesa, y ésta se acercó con su canasta rebosante. "Dele una muñeca a cada niña y cárguelas a la cuenta. Cariño", se volvió hacia su marido, que acababa de cerrar la pequeña carpeta, "¡aguarda un momento!"

"Por ningún motivo…" Papi se enderezó, llevándose la mano a su billetera.

"¡No te molestes!" Mrs. Fanning lo hizo callar. Le tocó la mano para impedirle que abriera su billetera.

Papi se estremeció y luego trató de ocultar su reacción, tratando de zafarse de encima la mano de la señora. "Yo las pago".

"No le reciba dinero al señor", le ordenó Mrs. Fanning a la bailaora, que sonreía sin comprometerse.

"Pero claro", dijo el doctor Fanning, concordando con su esposa. "Queríamos darle algo a las niñas, pero no teníamos idea de qué. Esto es perfecto". Sacó otros cuatro billetes de diez de su fajo de dinero. Papi intercambió una mirada impotente con Mami.

Mientras las hermanas armaban alboroto al escoger sus muñecas, Sandi tomó la que estaba vestida exactamente igual que las bailaoras del espectáculo. Puso la muñeca de pie sobre la mesa y le levantó un brazo por encima de la cabeza y le extendió el otro hacia el frente, de manera que quedó inmóvil en la posición de las bailaoras españolas.

"Son ustedes demasiado amables", le dijo su madre a Mrs. Fanning, y luego, con un tono de voz duro que dejaba entrever el futuro castigo, se dirigió a las niñas. "¿Qué se dice?"

"Gracias", respondieron las hermanas de Sandi a coro, en inglés.

"¿Sandi?", preguntó su madre.

Sandi la miró. Los ojos de su madre eran oscuros y bellos como los de la diminuta bailaora que tenía en las manos. "¿Sí, Mami?", preguntó educadamente, como si no hubiera oído la orden.

"¿Qué le dices a Mrs. Fanning?"

Sandi se volvió hacia la mujer, cuya mirada vidriosa, alcohólica, y sonrisa irónica insinuaban las cosas que Sandi estaba empezando a aprender, cosas que los bailaores sabían a cabalidad, y era por eso que bailaban con semejante vehemencia y pasión. Hizo que su muñeca diera un salto hacia la señora, y luego una venia. Mrs. Fanning se rió y devolvió la venia con la cabeza. Sandi no se detuvo ahí. Acercó más la muñeca, de manera que la señora remedó una mirada sorprendida, bizca. Sostuvo su nueva muñeca contra la cara de la americana y la inclinó para que la cabeza tocara la mejilla sonrojada de la mujer, y Sandi imitó el sonido de un beso.

"Gracias", dijo en español, como si la muñeca Barbie tuviera que ser fiel a su traje de española.

Tercera Parte

1960—1956

La sangre de los conquistadores

◖ *Mami, Papi, las cuatro niñas*

I

CARLOS ESTÁ EN LA DESPENSA, sirviéndose un vaso de agua del filtro cuando ve a dos hombres que se acercan por el camino a la casa, vestidos de caqui almidonado. Cada uno lleva gafas de sol reflectoras, y el brillo de sus monturas hace juego con el de las hebillas de las fundas de sus pistolas. Si no fuera por las armas, podrían ser capataces que llegaban a cobrar una cuenta o a supervisar un trabajo en el cual los que ponen el sudor son otros hombres. Pero las pistolas los delatan.

Al lado de Carlos, Chucha, la vieja cocinera, se apresura a traer un platito para el vaso. Con un movimiento de cabeza hacia la ventana la alerta. Ella mira y ve a los dos hombres. Lentamente, para que al acercarse no vean movimiento por la

ventana, Carlos se lleva el dedo a los labios. Chucha asiente.
Paso a paso, con mucho cuidado, retrocede para salir de la despensa, y una vez que está en el pasillo en el cual no hay ventanas hacia el lado del camino, emprende una vertiginosa carrera hacia el dormitorio. Pasa por el patio, donde las cuatro niñas están jugando a las estatuas con sus primos.

Están totalmente absortos en el juego y no ven el celaje de su cuerpo que pasa a la carrera. Sólo Yoyo, congelada en medio de un giro, mira en su dirección y lo ve.

Nuevamente, se lleva el dedo a los labios. Yoyo baja la cabeza, intrigada.

"¡Yoyo!", grita uno de los primos. "¡Yoyo se movió!"

La discusión estalla justo cuando él llega a la puerta de su habitación. Espera que Yoyo no diga una palabra. Con seguridad los hombres la van a interrogar cuando inspeccionen la casa. Los niños y la servidumbre son los dos grupos a los que siempre interrogan.

En la habitación, abre el enorme clóset-vestidor y la luz interior se enciende. Cuando cierra la puerta, ésta se apaga. Alcanza la linterna y la prende. A lo lejos, oye a los niños peleando y luego el sonido del timbre de la puerta. El corazón le late tan de prisa que siente como si fuera algo atrapado en su pecho, y no su corazón. Calma, calma.

Va hacia el fondo del clóset, detrás de una fila de vestidos de Laura. Lo reconforta el olor a talco de sus vestidos de casa mezclado con el olor a sol de la piel de su mujer, y el perfumado de los trajes de fiesta. Se asegura de no desalinear la fila de zapatos en el suelo, y pasa sobre ellos para zafar el panel posterior. Allí dentro hay un cubículo con un ducto de ventilación que va a dar al baño, sobre la ducha. Eso proporciona aire y algo de luz. Allí hay dos toallas, una almohada, una sábana, una bacinilla, un recipiente con agua filtrada, aspirina, pastillas para dormir y hasta una imagen de San Judas, patrono de las causas imposibles, pegada a una pared. El pequeño revólver que Vic le dio en secreto (por si acaso) está envuelto en una camisa extra, de color oscuro, y pantalones del mismo tono para escapar en la noche. Carlos entra al cubículo, coloca la linterna en el suelo, y vuelve a poner el panel, encerrándose en el interior.

CUANDO VE A SU PADRE pasar corriendo, Yoyo piensa que está jugando uno de sus juegos que nadie celebra y que Mami dice que son de pésimo gusto. Como cuando dice "¿Quieres oír la voz de Dios?" y uno tiene que apretarle la nariz y él se tira un pedo. O cuando pregunta una y otra y otra vez luego de que uno contesta "blanco", "¿De qué color era el caballo blanco de Napoleón?" O cuando hace la prueba para saber si uno heredó la sangre de los conquistadores y lo alza por los pies, y lo sostiene así hasta que toda la sangre se va a la cabeza, mientras pregunta "¿Tienes la sangre de los conquistadores?" Yoyo siempre dice que no, hasta que no puede aguantar más porque siente como si la cabeza le fuera a estallar y dice que sí. Entonces, la vuelve a poner sobre sus pies y se ríe con sonoras carcajadas de conquistador que vienen desde las lejanas colinas de España, la Madre Patria.

Pero Papi no está jugando al escondite ahora porque poco después de que pasa corriendo, suena el timbre, y Chucha deja entrar a esos dos hombres de facha atemorizadora. Son de color café con leche y el caqui de su ropa es del mismo color que su piel, de manera que se ven crema de pies a cabeza, un color que nadie escogería como su preferido. Los hombres llevan gafas oscuras de espejo. Lo que llama la atención de Yoyo son los cinturones con las fundas para pistolas y el bulto negro y brillante de las armas que se asoman.

Ahora sabe que las armas son ilegales. Sólo los guardias uniformados pueden portarlas, así que estos hombres o bien son criminales o son algún tipo de policía secreta en traje de civil. Mami le ha contado que esos policías pueden estar en cualquier momento y lugar como ángeles de la guarda, sólo que éstos no están allí para impedir que uno haga algo malo sino para atraparlo haciéndolo. Mami ha bromeado con Yoyo diciendo que más vale que se porte bien porque si estos policías secretos la encuentran haciendo algo malo, la van a llevar a una cárcel para niños donde el menú es una lista de todo lo que a Yoyo no le gusta comer.

Chucha habla alto y repite todo lo que los hombres dicen, como si fuera sorda. Debe querer que Papi alcance a oír desde dondequiera que esté escondido. Esto tiene que ser algo serio como aquella vez que Yoyo le contó a su vecino, el viejo general, una historia inventada sobre que Papi tenía una pistola, cosa que resultó ser cierta porque Papi en realidad tenía un arma escondida por alguna razón. La niñera Milagros luego fue con el cuento de que Yoyo le había dicho todo eso al general y sus padres le pegaron con una correa en el baño, con la ducha abierta para que nadie oyera sus gritos. Luego Mami tuvo que verse con tío Vic en medio de la noche, con la pistola oculta bajo su capote para no tenerla en casa si la policía llegaba a hacer una requisa. Era una cosa grave. Ésa fue la vez de la cual Mami aún habla en términos de "cuando Yoyo casi hizo que mataran a su padre".

Una vez que los hombres se sientan en la sala que da al patio interior, tratan de hacer que los niños participen en una conversación. Yoyo no dice palabra. Está segura de que estos hombres vienen por esa historia de la pistola que ella contó cuando apenas tenía cinco años y antes de que le dijeran que las armas estaban prohibidas.

El hombre más alto con el diente de oro le pregunta a Mundín, el único niño varón, dónde está su padre. Mundín explica que probablemente está todavía en la oficina. Así que el hombre le pregunta dónde está su madre, y Mundín dice que cree que está en la casa.

"La muchacha dijo que no estaba", dice el más bajo con su cara ancha y con voz desafiante. Es un deleite verlo un momento después, cuando entiende que está equivocado, al oír a Mundín responder: "Ah, se refiere a tía Laura. Yo vivo en la casa de al lado".

"Aaaaah", dice el bajo, alargando la palabra, con la boca redonda como el cañón del revólver que les está mostrando luego de haberle sacado las balas, y que los niños se pasan de mano en mano para sostenerlo. Yoyo lo toma, y se asoma al agujero del cañón con un estremecimiento. A lo mejor está cargado; a lo mejor si se disparara a la cabeza, todos la perdonarían por haber inventado esa historia de la pistola.

"Entonces, ¿cuáles son las niñas que viven en esta casa?", pregunta el alto. Carla levanta la mano como si estuviera en el colegio. Sandi también la levanta, imitándola, y les dice a Yoyo y a Fifi que hagan lo mismo.

"Cuatro niñas", dice el gordo, poniendo los ojos en blanco. "¿Y ningún niño?" Niegan con la cabeza. "Más vale que su padre consiga buenos pestillos para las puertas".

Una expresión preocupada pasa por la cara de Fifi. Unos días atrás se le atascó la manija y luego no pudo recomponerla y abrir la puerta. Un trabajador de la fábrica de Papito tuvo que venir y desmontar la cerradura completa, haciendo un agujero en la puerta, para dejar salir a la histérica Fifi. "¿Pestillos? ¿Por qué?", pregunta con el labio inferior tembloroso.

"¿Que por qué?", se ríe el gordo. El rollo de grasa que rodea su cintura se sacude. "¿Por qué?", sigue repitiendo y soltando nuevas carcajadas. "Ven acá, cielito lindo, y déjame enseñarte por qué tu papi tiene que poner pestillo en la puerta". Le hace señas a Fifi con su chueco dedo índice para que se acerque. Fifi dice que no con la cabeza y empieza a llorar.

Yoyo también quiere llorar, pero está segura de que si lo hace, los hombres van a sospechar algo y se van a llevar a su padre y quizás a toda la familia. Yoyo se ve en una celda en la cárcel. Sería como Felicidad, el canario de Mami, en su jaula. Los guardias meterían sus rifles por entre los barrotes para hostigarla igual que le hace ella a Felicidad, con palitos, cuando nadie más de la casa grande se percata. La idea la atemoriza tanto que está al borde de las lágrimas cuando oye un carro en el camino y sabe que tiene que ser, tiene que ser. "¡Mami llegó!", grita, con la esperanza de que la buena noticia detenga las lágrimas de su hermanita.

Los dos hombres cruzan una mirada y devuelven los revólveres a sus fundas.

Chucha, con expresión sombría igual que siempre, entra y anuncia en voz muy alta: "Doña Laura llegó". Al salir deja caer un fino polvillo. Sus labios se mueven todo el tiempo como si estuviera mascullando entre dientes, cosa que hace habitualmente, pero Yoyo sabe que está haciendo un ensalmo para quitarles todo su poder a los hombres e inmovilizarlos.

CUANDO LAURA SE ACERCA por el camino, hace sonar la bocina dos veces para alertar al vigilante a que le abra el portón. Pero, para su sorpresa, ya está abierto. Chino está fuera de su garita hablando con un hombre vestido de caqui. Más adelante, Laura vislumbra el Volkswagen negro, y el corazón se le zambulle hasta los pies. A su lado, en el asiento del pasajero, va Inmaculada, una jovencita campesina a la que le ha tomado meses convencer de que se monte al carro, quien le dice: "Doña, hay visita".

Laura le sigue el juego, controlando el temblor en su voz: "Sí, tenemos compañía". Se detiene y le hace señas a Chino para que se acerque. "¿Qué hay, Chino?"

"Buscan a don Carlos", dice Chino tenso. Baja la voz y mira a Inmaculada quien baja la vista hacia sus manos. "Llevan un rato aquí. Hay dos más esperando en la casa".

"Ya voy a hablar con ellos", le contesta Laura, y luego le dice, mirándolo a los ojos rasgados que le hicieron ganar su apodo: "Y tú ve adonde doña Carmen y dile que llame a don Víctor y que le diga que venga acá a recoger sus tenis. Sus tenis, ¿me oíste?" Chino asiente. Se sabe que va a entender, pues ha estado con la familia desde siempre, bueno, quizás un poco menos que Chucha, que llegó a la casa cuando la madre de Laura estaba embarazada de ella. Chino llama al hombre de caqui, que tira su cigarrillo a la hierba que hay tras él y se acerca al carro. Mientras lo saluda, Laura ve a Chino que atraviesa la grama hacia la casa de don Mundo.

"Doña, disculpe que le caigamos así", dice el hombre con falsa cortesía, como si se la estuvieran exprimiendo y saliera a borbotones. "Necesitamos hacerle unas cuantas preguntas al doctor García, y en la clínica nos dijeron que estaba en casa. Su muchacho (¿Chino, un muchacho? Si pasa de los cincuenta) dice que el doctor no está en casa todavía, así que esperaremos a que llegue. Seguro que viene en camino…" El guardia mira al cielo, cubriéndose los ojos: el sol está en pleno centro del firmamento, sobre su cabeza. Es mediodía, hora de comer, hora de que todo hombre se siente a su mesa a partir el pan y a dar gracias a Dios y a Trujillo por la abundancia de la cual disfruta el país.

"Por supuesto, espérelo, pero no bajo este sol". Laura cambia de tono de voz al de gran dama. Sabe que eso por lo general desarma a estos pobres lacayos campesinos que se han unido al SIM, la mayoría de ellos con la intención de llevarse dinero a los bolsillos, comida y ron al estómago, y una pistola a la cadera. Pero en el fondo siguen siendo los muchachitos harapientos que le tumban cocos al patrón cuando visita las fincas con su familia los domingos.

"Pase y se toma algo frío".

El hombre hace una inclinación de cabeza para agradecer. Pero no, debe quedarse afuera, son órdenes. Laura promete mandarle una cerveza fría y sigue hacia la casa. Se pregunta si Carmen habrá podido localizar a Víctor. Al primer indicio de problemas, había dicho Víctor, búsquenme, la clave es *tenis, zapatos tenis.* Y él cumple su palabra. No fue su culpa que el Departamento de Estado se acobardara a la hora de llevar a cabo la conspiración que le encargaron planificar. Y había prometido sacar a los hombres sanos y salvos. A todos menos Fernando, claro. Pobrecito, terminar como terminó, ahorcándose con su propio cinturón en su celda para así evitar revelar los nombres de los demás bajo la tortura que los esbirros de Trujillo le infligían. Fernando, que ya llevaba un mes en su tumba, ¡San Judas, protégenos!

Ya en la puerta, le indica a Inmaculada que saque la compra del carro y que se asegure de llevarle al hombre del portón una botella de Presidente, la cerveza corriente que todos toman. Luego se persigna y entra a la casa. En la sala, los dos hombres se levantan para saludarla; Fifi corre hacia ella bañada en lágrimas; Yoyo viene detrás, con los ojos muy abiertos, asustada. Laura ha criado a sus hijas al estilo americano, luego de leer todas las novedades sobre el tema, así que sabe que no ha debido pegarle a Yoyo esa vez que la niña les metió semejante susto. Pero en este infierno dislocado uno pierde la cabeza, de verdad que sí, y se aplican reglas diferentes. Ahora, por ejemplo, está pensando en hacer algo desquiciado y descabellado, como fingir un desmayo tal como solían hacerlo las mujeres en las películas viejas cuando querían desviar la atención de algún asunto candente, desabotonarse la blusa y ofrecerles a los hombres satisfacer sus caprichos si permiten que su marido y sus niñas escapen a salvo.

"Señores, por favor", dice Laura, invitándolos a sentarse, y luego con una mirada les da a entender a los niños que salgan de la habitación. Todos la obedecen, salvo Yoyo y Fifi, que se quedan una a cada lado de su madre, sin pronunciar palabra.

"¿Hay algún problema?", comienza Laura.

"Simplemente tenemos unas cuantas preguntas para hacerle a don Carlos. ¿Lo está esperando para almorzar?"

En ese instante se le ocurre una manera de retrasar a estos hombres. Vic debe venir en camino, espera ella, y él sabrá cómo manejar todo este lío.

"Mi marido iba a jugar tenis con Víctor Hubbard hoy". Dice el nombre despacio, para que lo registren. "Probablemente el juego se alargó. Siéntanse como en su casa, por favor. Mi casa es su casa", dice ella, recitando la tradicional bienvenida dominicana.

Se disculpa un momento para ir a preparar una bandeja de picadera que ellos le piden que no se moleste en traerles. En la despensa, Chucha está sola pues Inmaculada ha ido a llevarle al guardia su cerveza. La anciana negra y la joven señora intercambian una mirada. "Don Carlos", susurra Chucha, "en el cuarto". Laura asiente. Sabe dónde está, y aunque la espanta el hecho de que apenas lo separen unos pasos de estos hombres, en el compartimiento secreto sellado, también da gracias porque esté tan cerca donde ella casi podría extender el brazo y tocarlo.

De vuelta en la sala le ofrece a los hombres una bandeja con platanitos caseros y maní y cazabe, y le sirve a cada uno una Presidente en los vasos ordinarios que destina a la servidumbre. Al ver que los hombres miran los platos con curiosidad, recuerda lo que cuentan de que Trujillo obliga a sus cocineros a probar la comida antes de él comerla. Laura parte un pedazo de cazabe para Fifi, que está a un lado suyo, y otro para Yoyo. Luego ella toma un puñado de maníes y se los va llevando a la boca uno por uno, como una colegiala. Los hombres alargan la mano y comen.

CUANDO SUENA EL TELÉFONO donde doña Tatica, ella siente el timbre en el fondo de su estómago irritado. Malas noticias, piensa. Candelario, no me abandones. Levanta el auricular como si éste tuviera garras para atacarla, y anuncia con una vocecita tímida, muy poco típica de ella, "Buenos días, El Paraíso, para servirle".

La voz al otro lado de la línea es la de la secretaria americana, una voz que no se anda con rodeos, de una mujer con demasiada preparación, que no se molesta en devolver el saludo. "Asuntos de la embajada", espeta la voz. "Por favor, ponga a don Víctor al teléfono." Tatica hace eco de la insolencia de la secretaria: "No lo puedo molestar ahora". Pero la voz replica: "Urgente", y Tatica debe obedecer.

Se dirige hacia la Casita 6, atravesando el patio. Tatica, ya de por sí grande en su macizo cuerpo color caramelo, se esfuerza por verse de tamaño aun mayor al vestirse siempre de rojo. Es una promesa que le hizo a su santo, Candelario, para que la cure del terrible ardor que siente en las entrañas. El médico hizo su incursión y le cortó parte del estómago y toda su maquinaria femenina, pero Candelario se quedó con ella, llenando ese vacío con espíritu. Ahora, cuando percibe que se acercan los problemas, siente un reflejo de ese antiguo ardor en la huella de ciempiés que le quedó en la barriga. Algo muy malo se avecina porque a cada paso que da, el dolor se agita en sus tripas y el problema se muestra a cabalidad. Bajo el árbol de amapola, el muchacho del jardín está holgazaneando con el chofer del americano. Cuando la divisa, rápidamente se apresura a podar un seto que se ve descuidado. El chofer dice: "Buenos días, doña Tatica" y se lleva la mano a la gorra, y ella levanta la cabeza para mostrarse superior al empleado del funcionario. La Casita 6, que es la de costumbre de don Víctor, está justo al frente. El aire acondicionado está funcionando. Tatica tendrá que golpear con la fuerza que no tiene para hacerse oír.

En la puerta se detiene. Candelario, ruega mientras levanta el puño para golpear, porque el ardor se ha extendido. "Urgente", grita, refiriéndose ahora a su propia circunstancia, pues todo su cuerpo se siente bañado en un dolor ardiente como si su vestido color de fuego se hubiera encendido.

UN MALDITO GOLPE SUENA contra la maldita puerta. "Teléfono, urgente, señor Hubbard". Vic no pierde el ritmo, pero responde: "Un minuto" y termina primero. Sacude la cabeza al ver a la criatura dulce y risueña y dice: *"Excusez,* por favor". La mitad del tiempo él no sabe si se está expresando gracias al curso intensivo de español que recibió en la CIA o al latín que aprendió en el bachillerato o al francés de la universidad. Pero los güevos y los dólares son los que hablan en El Paraíso, así que da igual.

Cuando llegó a ese nuevo destino, no sabía qué tan caliente iba a resultar. De inmediato buscó a Mundo, su antiguo compañero de clase, quien provenía de una de esas familias acaudaladas que mandaban a sus hijos a estudiar la secundaria a los

Estados Unidos, y los varones se quedaban allí para cursar también la universidad. Este viejo amigo lo introdujo a la sociedad dominicana y así llegó a conocer a todos los activistas de clase alta que el Departamento de Estado quería que reclutara para una revolución. Estos hombres lo llevaron adonde Tatica, que ha sabido ofrecerle las muchachitas como le gustan, numeritos candentes, oscuras y dulces como tazas de cafecito, tan llenas de maldita cafeína y azúcar de la isla que luego uno queda tembloroso el resto del día.

Vic se viste rápidamente y, una vez con el traje puesto, es un hombre de negocios. "Hasta luego", dice, despidiéndose de la niña que está sentada y haciendo pucheros encantadores. "Pórtate bien", le dice en broma. Ella, traviesa, levanta la barbilla. Francamente, estas niñitas son una ricura.

Abre la puerta para encontrarse con una Tatica que se le derrumba encima, doscientas libras que caen de repente en sus brazos. Mira alrededor y ve por encima del hombro de la mujer a su chofer y al joven jardinero que se apresuran a ayudarle. Tras él, sobre el rugido del aire acondicionado, alcanza a oír el grito de la niña que llama a doña Tatica y ésta, como si la hicieran salir del infierno de su dolor, pone los ojos en blanco y entreabre la boca. "Teléfono, urgente, embajada", le susurra a don Vic, y él sale corriendo, dejándola que colapse en brazos de su chusma.

Vic va primero a casa de Mundo, porque la llamada que recibió era de Carmen, y la encuentra a ella en el patio con un sinfín de niños almorzando en la gran mesa. Carmen lo recibe apresurada. "Gracias a Dios, Vic", le dice a modo de saludo. Un encanto esta menuda señora, y con buenas piernas también. Desafortunadamente, las monjas la reclutaron pronto, y Vic ha tenido que hacer esfuerzos para no dormirse varias veces en que ha recibido lecciones de catecismo disfrazadas de conversaciones de sobremesa. Se pregunta si se le notará de donde viene, y sonríe disimulado, pensando en el dulce numerito que acaba de dejar, no mucho mayor que algunas de las sirenitas alrededor de la mesa. "Tío Vic, tío Vic", lo llaman. Francamente, amárrenme a un poste, piensa él. Una mirada rápida alrededor de la mesa. No hay señales de Mundo. A lo mejor tuvo que refugiarse en el escondite temporal que Vic les aconsejó a él y a los demás que construyeran en el clóset. Le sonríe a Carmen para animarla, y la respuesta suya es una mueca de miedo. "En el estudio", dice para orientarlo.

Los niños lo siguen llamando para que se acerque a la mesa de la cual no tienen permitido levantarse. Él les hace un gesto con la mano, "Adelante, mis soldados", al pasar. Por encima de su hombro oye que Carmen le pregunta: "¿Ya almorzaste, Víctor?" Estas mujeres latinas, que incluso mientras las balas pasan silbando y las bombas llueven de lo alto, quieren asegurarse de que uno tenga el estómago lleno, la camisa bien planchada y un pañuelo limpio. Eso es lo que hace que las niñas bonitas de la buena sociedad se conviertan en excelentes anfitrionas, y que las chicas de donde Tatica sean amantes tan complacientes.

Golpea a la puerta, dice su nombre, espera, lo dice de nuevo, un poco más alto esta vez pues está funcionando el aire acondicionado. La puerta se abre como por arte de magia, sola, ya que no hay nadie para hacerlo entrar. Ingresa, la puerta se cierra tras él, y el seguro de una pistola se desactiva. "¡Uao, señores!", grita, alzando las manos para mostrar que es su amigo de siempre, desarmado. Las celosías están cerradas y los hombres están dispersos por el cuarto, como si se hubieran asignado puestos de observación. Mundo sale de detrás de la puerta, y Fidelio, el más nervioso, está de pie junto a los estantes sacando y metiendo libros como si fueran palancas que pudieran abrir una vía de escape de este momento angustiante. Mateo está en cuclillas, como si encendiera una fogata. Al lado de cada una de las demás ventanas están los demás hombres. Dios, se ven como un montón de conejos asustados.

"Pensamos que era el SIM", dice Mundo, explicando su pistola alerta. Alcanza una silla para su compañero. Todas las sillas del estudio llevan el escudo de su alma máter Yale, que Vic ha notado que la familia pronuncia igual a la palabra *jail,* cárcel, en inglés.

"¿Qué sucede?", pregunta Vic en su español cargado de acento.

"Problemas", dice Mundo. "Problemas con *P* mayúscula".

Vic asiente. "Entonces, en marcha", le dice al grupo. "Operación Zapatos Tenis". Y luego hace lo que siempre ha hecho desde que de niño, en Indiana, la mierda lo empezó a salpicar: se suena los nudillos y sonríe sarcástico.

CARLA Y SANDI ESTÁN ALMORZANDO en casa de tía Carmen, cosa que no implica romper las reglas, porque, número uno, Mami les dijo con la mirada que SE LARGARAN, y número dos, la regla es que, a menos que estén castigadas, pueden comer en la casa de cualquiera de las tías si antes le avisan a Mami, lo cual las devuelve al número uno, que Mami les dio a entender que SE LARGARAN, y ya hace más de una hora que han debido almorzar en su casa.

Algo huele mal, como cuando Mami llega y salen todas a esconder lo que no quieren que ella vea, y ella se lleva los dedos a la nariz como formando una pinza y dice: "Algo me huele mal". Eso de que tío Mundo llegue a almorzar, pero que ni siquiera se siente a la mesa sino que vaya derecho al estudio, y que luego *todos* los tíos lleguen como si fuera a haber una fiesta o como si hubiera que tomar una decisión familiar importante sobre el hábito de beber de Mamita o los negocios de Papito mientras él está fuera, son cosas que huelen mal. Tía Carmen da un brinco cada vez que suena el timbre, y cuando vuelve con los niños, repite la misma pregunta que acaba de hacerles: "Entonces, ¿estaban jugando a las estatuas cuando los dos hombres llegaron?" Mundín está parloteando sobre la pistola que lo dejaron sostener. Cada vez que menciona el asunto, Carla ve que la tía se estremece como cuando sopla una brisa en la casa de las montañas y todas las tías se ponen unos chales preciosos. Hoy, en cambio, hace tanto calor que los niños pudieron meterse a la piscina en la mañana, antes de ir a jugar a las estatuas, y la tía dice que si se portan bien, podrán meterse de nuevo una vez que terminen de hacer la digestión. Dos veces en la piscina en el mismo día y los escalofríos de la tía en este calor. Hay algo que huele muy mal aquí.

La tía hace sonar la campanita de plata, y viene Adela y recoge todos los platos, y trae el postre que siempre incluye la caja de chocolates Russell Stover con el lazo de cinta pintado. Cuando la caja circula de mano en mano, uno tiene que adivinar por la apariencia cuál chocolate cree que tendrá la nuez dentro o el relleno de coco o de caramelo, y esperar no llevarse la sorpresa cuando muerda uno cuyo esponjoso centro quiera escupir de inmediato.

La caja está casi vacía porque nadie ha ido a los Estados Unidos a comprar chocolates en bastante tiempo. Papito y Mamita se fueron después de Navidad, como es costumbre, pero aún no han regresado. Y ya es agosto. Mami dice que es por causa de la salud de Mamita, que tiene que ver especialistas, pero Carla oyó susurros de que Papito renunció a su puesto en las Naciones Unidas y que el gobierno ya no lo tiene en mucha estima. Cada tanto tiempo los guardias se aparecen con sus jeeps ruidosos, saltan fuera de ellos y rodean la casa de Papito, y luego Chino llega corriendo y le cuenta a Mami, que llama al tío Vic para que vaya a recoger sus tenis. Carla jamás ha visto que tío Vic lleve más zapatos a la casa que los de hoyitos que siempre usa. Siempre llega en una de esas limusinas que Carla sólo ha visto en las bodas y cuando Trujillo sale en un desfile. Tío Vic habla con el guardia superior y le da dinero, y todos se suben en sus jeeps y abandonan el lugar. En realidad todo resulta muy bien, como en una película. Pero Mami dice que no deben contarles a sus amigas ni una palabra de eso. "En boca cerrada no entran moscas", le explica a Carla cuando ésta pregunta: "¿Y por qué no podemos decir nada?"

La caja de Russell Stover ya dio la vuelta y llega de nuevo a manos de la tía, que saca una de las canastitas de papel, y suspira cuando los niños discuten por quién se la quedará. Tío Vic aparece, con una sonrisa irónica, y le alborota el pelo a Mundín, pone la mano sobre el hombro de la tía y le pregunta a toda la mesa, "¿Quién quiere ir a Nueva York? ¿Quién quiere ver el Empire State Building?" Siempre les habla en inglés, para que así practiquen. "¿Y qué tal ver la estatua de la Libertad?"

Al principio, los primos se miran unos a otros, pues no quieren pasar la vergüenza de gritar "¡Yo, yo!", y que luego el tío les responda que era broma, una inocentada. Pero luego Carla muy lentamente, y después Sandi, y por último Lucinda levantan la mano. Como una reacción en cadena, las manos se van levantando una tras otra, algunas aún con su chocolate Russell Stover. "¡Yo, yo, yo quiero, yo quiero!" Tío Vic levanta las manos, con las palmas hacia los niños para tratar de hacerlos que bajen la voz. Cuando ya están otra vez en silencio, a la espera de que escoja al ganador, mira a tía Carmen a su lado y le dice: "¿Qué opinas, Carmen? ¿Quieres venir?", y todos los niños canturrean: "¡Sí, tía, sí!" Carla también, hasta que se da cuenta de que las manos de su tía tiemblan al cerrar la tapa de la caja vacía de chocolates.

LAURA SIENTE TERROR de llegar a decir algo que no debería. Estos dos matones la han estado interrogando durante media hora. Gracias a Dios que Yoyo y Fifi se quedaron allí, gimoteando. Ha hecho gran alboroto para averiguar qué les pasa, para que les reciten a los señores, y para tratar de que la huraña Fifi le sonría al gordo detestable.

Finalmente, ¡qué alivio!, ve a Vic que llega por el jardín con Carla y Sandi aferradas a cada una de sus manos. Los dos hombres se vuelven y casi por reflejo se llevan la mano a las fundas de sus armas. Su gesto le recuerda el de un hombre que se acaricia los genitales. Puede ser que esta vaga sexualidad que hay tras la violencia que la rodea sea lo que la ha llevado a rechazar hacer el amor durante todos estos meses.

"¡Víctor!", lo llama, y luego en voz más baja les explica a los hombres, como si no quisiera avergonzarlos por no saber quién es este personaje tan importante. "Es Víctor Hubbard, el cónsul de la Embajada Americana. Con su permiso, señores". Sale al patio y le da a Vic un besito en la mejilla, a la vez que le susurra: "Les dije que estaba jugando tenis contigo". Vic le responde con un movimiento imperceptible de cabeza, y no deja de sonreír como si sus dientes estuvieran en exhibición.

Laura saluda efusivamente a Carla y a Sandi. "Mis niñas, mis dulces Cuquitas, ¿ya comieron?" Las dos asienten, y la observan con atención, y ella nota con una punzada de dolor que rápidamente están aprendiendo el lenguaje nacional de un estado policial: cada palabra, cada gesto es un posible campo minado, así que hay que cuidar lo que uno dice y pensar bien adónde va.

Con los hombres, Víctor es jovial. Les da palmaditas en la

espalda, les pregunta dos veces sus nombres, como si tuviera la intención de transmitir un cumplido o una queja. Los hombres se remueven en sus asientos, nerviosos por vez primera, según nota Laura con alegría. "El doctor, vinimos a hacerle unas preguntas, pero parece que ha desaparecido". "De ninguna forma", los corrige Víctor. "Nada más estábamos jugando tenis. Va a llegar en cualquier momento". Los hombres se enderezan, alertas. Vic pasa a decir que si hay algún problema, quizás él pueda resolverlo. Al fin y al cabo, el doctor es su amigo personal. Laura observa las reacciones de los dos mientras Vic les cuenta noticias que también son novedad para ella. El doctor se ganó una beca de un hospital en los Estados Unidos, y él, Vic, acaba de enterarse de que los documentos de la familia recibieron el visto bueno del director de Inmigración. Así que, ¿para qué iba el buen doctor a meterse en problemas?

Ya, piensa Laura. Entonces los papeles están en regla y nos vamos. Ahora todo lo mira con más nitidez, como si fuera a través del lente de la distancia: las orquídeas que cuelgan en sus canastas de fibra natural, la hilera de frascos de botica que Carlos le consiguió en viejas farmacias del campo, los intensos rayos de sol surcados por polen dorado. Va a echar de menos esta luz gloriosa que la calienta más allá de la piel y que cuaja los árboles de joyas, la hierba, el estanque con nenúfares más allá del seto. Piensa en sus ancestros, esos conquistadores de piel blanca que llegaron a este Nuevo Mundo, sin saber que el oro que buscaban era esta luz deslumbrante. Y hay que ver lo que iniciaron, piensa Laura, al levantar la vista y detectar el destello de oro en la boca de uno de los guardias, que se abre en una sonrisa asustada.

ESA MAÑANA, CUANDO EL MARICÓN de la esquina les vendió los billetes de lotería, les dijo: "Tengan cuidado, que la candela de sus santos arde justo por encima de sus cabezas. La mano de Dios desciende y algunos son llevados a lo alto, pero otros", miró a Pupo y a Checo, "otros quedan abandonados a su suerte". Pupo le hizo caso y se persignó, pero Checo le torció el brazo por la espalda y lo amenazó con entregarle su hombría a la mano de Dios. A Pupo le asusta la maldad que brota de labios de Checo, como si no fueran los dos primos campesinos, que habían ido a la iglesia los domingos obligados por madres que los criaron a punta de fe y de lo que se diera en su pequeño conuco polvoriento.

Pero el maricón de la lotería tenía razón. El día empezó a traerles sorpresas. Primero, don Fabio los llama. Misión especial: deben vigilar las idas y venidas de un tal doctor García. Lo siguiente que Pupo sabe es que Checo va manejando el jeep que lo lleva hasta la casa de los García y arma todo este número de la requisa, que no está dentro de las órdenes. Sin embargo, el asunto es que si sale algo de esa operación, su labor será alabada y recibirán una condecoración y un ascenso. Si no resulta nada y la familia tiene relaciones, ellos dos vuelven a la rutina de la prisión, a limpiar las salas de interrogatorio y a lavar las celdas que esos pobres diablos asustados ensucian al perder el control de sus esfínteres.

Desde el momento en que entran a la casa, Pupo se da cuenta por la manera en que actúa la vieja haitiana que están en un bastión de algo, ya sea de armas, de espíritu o de dinero. Cuando aparece la mujer, luce nerviosa e inquieta, con su sonrisa fingida, y soltando nombres de personajes para formar una especie de camino de migajas hacia los poderosos. Más que nada, menciona al gringo pelirrojo de la embajada. Al principio Pupo cree que está alardeando y empieza a felicitarse, también a Checo, por haber descubierto algo bueno. Pero luego, como era de esperar, el gringo pelirrojo hace su aparición con otras dos muñecas tomadas de la mano.

"¿Quién es su jefe?" La voz del americano es cortante.

Cuando Checo se lo dice, el americano echa la cabeza hacia atrás. "¡Ah, Fabio, pero claro!" Pupo ve que la boca de Checo se estira en una sonrisa, como un elástico a punto de reventar. Han retenido a una señora de una familia prestante. Puede ser que hayan estado ladrando al árbol equivocado. Lo único que Pupo sabe es que don Fabio va a caerles encima, sobre sus espaldas ya surcadas de cicatrices.

"Ya sé qué podemos hacer", les ofrece el cónsul americano. "Voy a llamar al viejo Fabio ahora mismo". Pupo levanta los hombros y hunde la cabeza como si la sola mención del nombre de su superior pudiera hacerla rodar. Checo asiente, "A sus órdenes".

El americano llama desde el teléfono que hay en el pasillo, donde Pupo puede oírlo hablar su español pedregoso. Hay un silencio mientras aguarda a que lo comuniquen, pero luego su voz se entusiasma. "Fabio, con respecto a este pequeño malentendido, lo que puedo hacer es hablar yo mismo con Migración, y así sacaré al doctor del país en cuarenta y ocho horas". Al otro lado, don Fabio debió hacer un chiste porque el americano empieza a reírse, y luego pasa a Checo al teléfono para que su jefe le hable. Pupo oye el poco frecuente tono de disculpa de su compañero. "Sí, sí, cómo no, don Fabio, inmediatamente".

Pupo se sienta entre estos desconocidos blancos, avergonzado y arrinconado. Ya alcanza a sentir el látigo que cae como un juicio en su espalda desnuda. Todos están extrañamente callados, atentos al tono de voz de Checo que trata de rehuir su responsabilidad, y cuando queda en silencio, sólo oye la respiración de todos mientras la mano de Dios se acerca. Pupo no sabe bien si esa mano irá a escoger a los que se salvan o a lanzar lejos a los condenados, y por eso toma su vaso vacío y juguetea con el hielo para consolarse.

———

MIENTRAS LOS HOMBRES se despedían en la puerta, Sandi se quedó en el sofá, sentada sobre sus manos. Fifi y Yoyo seguían pegadas a Mami, arrugándole la falda para mantenerse aferrada a ella, y Fifi rompía en llanto cada vez que el guardia gordo se agachaba para que ella le diera un beso de adiós. Carla, que por ser la mayor sabía más de la vida, les dio la mano e hizo una pequeña reverencia, tal como les habían enseñado que debían hacer con los invitados. Luego, todos volvieron a la sala, y Mami miró al tío Vic y puso los ojos en blanco como hacía cuando hablaba por teléfono con alguien con quien no quería hablar. Al momento, tenía a todo el mundo en movimiento: las niñas debían ir a sus cuartos y hacer una pila con sus mejores ropas y escoger un solo juguete que quisieran llevarse en este viaje a los Estados Unidos. Nivea y Milagros y Mami los empacarían más tarde. Luego, Mami desapareció en su habitación con tío Vic.

Sandi siguió a sus hermanas hacia las habitaciones, todas contiguas. Formaron un grupito asustado, y tuvieron buen cuidado de no molestarse una a otra. Yoyo se volvió hacia ella. "¿Qué te vas a llevar?" Fifi ya había decidido que sería su muñeca y Carla estaba revisando en su cofre de prendas y recuerdos. Yoyo había tomado su revólver.

Fue raro sentir que al pensar en esa frase, "el juguete que más quiero", y pasar revista entre todo lo que tenía, nada llenaba el hueco que se estaba abriendo en el interior de Sandi. Ni la muñeca cuyo largo pelo podía convertirse en complicados peinados, ni el telar para hacer agarraollas por los que luego Mami le agradecía tanto, ni la esfera de vidrio a la que se le daba la vuelta y los copos de nieve caían sobre una casita roja en el bosque. Nada alcanzaba a llenar ese vacío, ni siquiera años después, no la bonita mujer en la que se convertiría, para su sorpresa, ni los premios escolares o las becas para estudiar una cosa o la otra que ella no se decidía a aprovechar, ni los hombres que la abrazaban y casi la convencían, cuando sus bocas se acercaban a los labios de ella y la besaban con fuerza, nada la convencía de que eso era lo que ella había echado de menos.

DESDE LA OSCURIDAD DEL CLÓSET, Carlos ha oído las voces, pero no lo que dicen; ha sentido presencias, pero no ha distinguido a las personas. Se pregunta si así se siente un niño pequeño antes de que las impresiones y las entonaciones y las presencias se recubran con recuerdos, recuerdos que son más que nada las historias que otros cuentan de su pasado. Es el menor de los treinta y cinco hijos de su padre, de los cuales veinticinco son legítimos, quince de su madre, la segunda esposa; él no tiene un pasado propio. No es sólo un legado, un futuro, lo que no se recibe por ser el menor. La primogenitura es también una tabula rasa en la que el mayor construye el pasado a partir de nada más que murmullos, presencias y voces lejanas. Esos tenues recuerdos más antiguos se han dispersado como los reflejos en un estanque bajo el influjo de una mano que agita la superficie, la mano de un hermano o una hermana mayor que le dice, me acuerdo del día en que comiste veneno para ratones, Carlos, o me acuerdo de cuando te caíste por las escaleras…

Ha oído a Laura en la sala, hablando con dos hombres, uno de ellos con una voz finita, engañosa, y el otro con una voz más gruesa, una risa resonante, sin duda un hombre de gran tamaño. Fifi está ahí y Yoyo también. Las otras dos niñas desaparecieron en el alboroto de primos poco antes. Fifi lloriquea periódicamente, y Yoyo les recitó algo a los hombres, porque reconoció el sonsonete característico. La voz de Laura se oye tensa y clara como un cuchillo acabado de afilar, que cada vez que ella abre la boca le corta una delgada tajada a su dominio de sí. Carlos piensa, No va a aguantar, no va a aguantar. San Judas, no permitas que se derrumbe.

Luego, en esa oscuridad sofocante, teniendo que orinar, pero sin atreverse a hacerlo en la bacinilla, por temor a que los hombres alcancen a oír un goteo en las paredes, y eso que Dios sabe que Mundo y él aislaron ese compartimiento hasta el punto de que no tiene ventilación, en medio de esa creciente claustrofobia, oye claramente que ella dice: "¡Víctor!" Y sí, al momento se acerca la voz monótona y confusa del cónsul americano a la sala. A estas alturas, claro, ya todos saben que su cargo como cónsul no es más que una fachada. De hecho, Vic es un agente de la CIA cuyas órdenes se modificaron a medio camino, pasando de "organice un movimiento clandestino que saque del poder a ese hijo de puta" a "mejor esperemos; vamos a ver qué nos conviene más".

Cuando oye que se abre la puerta del dormitorio, Carlos pone la oreja contra el panel frontal. Entran pasos al baño, se abre la ducha, y luego el abanico, para impedir que se oiga la conversación. El efecto inmediato es que empieza a circular aire fresco en el reducido compartimiento. La puerta del clóset se abre, y luego Carlos distingue la respiración de su mujer muy cerca, al otro lado de la pared.

II

SOY LA ÚNICA QUE NO RECUERDA nada de ese último día en la isla porque soy la menor, y las otras tres siempre me han estado contando lo que pasó ese último día. Dicen que casi hice matar a Papi porque fui muy mala con uno de los policías secretos que vinieron a buscarlo. Era un tipo raro que iba a sentarme sobre la erección que escondía entre sus piernas, y a fingir que jugábamos a montar el caballito sobre su muslo. Y entonces, cuando empezamos a hablar de los recuerdos del último día en la isla, y alguien dice, "Fifi, casi haces que maten a Papi por ser tan grosera con ese tipo de la Gestapo", Yoyo empieza a decir que fue ella la que casi hizo matar a Papi cuando contó esa historia de la pistola, años antes de nuestro último día en la isla. Es como si todas estuviéramos compitiendo, ¿verdad? A ver cuál es la que tiene el pasado más lleno de recuerdos que la obsesionan.

Pero sí puedo contarles una cosa que recuerdo de antes de irnos. Estaba esta vieja señora, Chucha, que había trabajado para la familia de Mami desde siempre y que tenía una cara como si alguien la hubiera retorcido luego de lavarla para tratar de sacarle un poco de su negrura. Lo que quiero decir es que Chucha era superarrugada y de color negro azulado como los haitianos, y no negro café con leche, como los dominicanos. Chucha era haitiana de verdad, y por eso era que no podía pronunciar ciertas palabras como 'perejil' o cualquier nombre que tuviera una *j,* lo cual quería decir que la familia tenía que adaptarse y todos acabamos con apodos que Chucha podía pronunciar. Siempre estaba de mal humor, no exactamente malo, pero era imposible hacerla sonreír o llorar o gritar. Era como si todas sus emociones se hubieran gastado ya, por cuenta de todo lo que pasó de joven. Mucho antes de que Mami naciera, Chucha había aparecido en la puerta de mi abuelo una noche, suplicando que la acogieran. Resultó que ésa era la noche de la masacre, cuando Trujillo decretó que todos los haitianos que hubiera en nuestro lado de la isla debían ser ejecutados al amanecer. Hay un río al que después fueron lanzados los cuerpos y se supone que aún hoy sus aguas son rojas, cincuenta años después. Chucha había escapado de un batey en una plantación de caña y pedía refugio. Papito la recibió, pobre muchachita escuálida, y supongo que Mamita le enseñó a cocinar, planchar y limpiar. Chucha era como una monja que se hubiera metido al convento del clan de la Torre. Jamás se casó ni salía a ninguna parte, ni siquiera en sus días libres. En lugar de eso, se encerraba en su cuarto y rezaba por el alma de cualquier de la Torre que pudiera estar varada en el purgatorio.

De cualquier modo, ese último día en la isla, estábamos en nuestros cuartos contiguos, las cuatro niñas, sacando la ropa para irnos a los Estados Unidos. Los dos espías horribles ya se habían ido, y Mami y tío Vic estaban en el dormitorio. Le estaban contando a Papi, que se había escondido en el clóset secreto, que nos iríamos todos en la limusina del tío Vic hacia el aeropuerto para tomar un vuelo que nos iba a conseguir. Ya sé, ya sé que suena como algo que uno puede haber visto en *Miami Vice;* sin embargo no hago más que repetir lo que he oído contar.

Pero aquí está lo que sí recuerdo de mi último día en la isla. Chucha vino a nuestros cuartos con un envoltorio entre sus manos, y Nivea, que nos ayudaba a empacar, le dijo con voz hostil, "¿Qué quiere, vieja?" A ninguna de las muchachas del servicio le gustaba Chucha porque pensaban que era un ser inferior a ellas, por ser tan negra y haitiana y demás. Sin embargo, Chucha simplemente le lanzó a Nivea una de sus miradas de brujería y, de repente, ella se acordó de que tenía que planchar la ropa que nos pondríamos para el viaje.

Chucha empezó a deshacer su bulto, y todas supusimos que iba a hacernos una ceremonia vudú de despedida. Chucha siempre tenía algún trabajo de vudú en marcha, algún hechizo que estaba haciendo o un espíritu al que trataba de atraer o un castigo para un enemigo. Lo que quiero decir es que podía ser que al abrir un clóset nos encontráramos, en una esquina tras la fila de zapatos, un jarro de algo malvado que no debíamos tocar. O podía ser que hubiera una vela encendida en su cuarto, frente a la foto de alguien, y un platito con un tabaco, y guirnaldas blancas y rojas que festoneaban su cuarto en determinados días. Mami tuvo que darle un cuarto para ella sola, porque ninguna de las demás muchachas quería dormir con Chucha. Y puedo entender por qué le tenían miedo. Decían que los espíritus se le montaban. Que las embrujaba. Y además, dormía en su ataúd. Y no es broma. Teníamos prohibido entrar a su cuarto y verlo, pero siempre nos escabullíamos para echar un vistazo. Tenía un mosquitero echado sobre el ataúd, así que no se veía tan mal como una caja abierta con un cadáver dentro.

Al principio, Mami no se lo permitió, dormir en su ataúd, quiero decir. Le dijo a Chucha que las personas civilizadas dormían en camas y que los ataúdes eran para los cadáveres. Pero ella le respondió que quería prepararse para su muerte, y que si no sería posible que uno de los carpinteros de la fábrica de Papito la midiera y le hiciera una caja de madera que le sirviera de cama en vida y luego de ataúd. Mami siguió repitiendo que eran disparates y que Chucha no debía ser tan dramática.

El caso es que era imposible detener a Chucha; ni siquiera Mami lo lograba. Al poco tiempo había jarros en el clóset de Mami, y su foto de cuando era bebé, en brazos de Chucha, estaba en su altar personal con un platito de aluminio con mentas al frente, y un velón encendido constantemente. En cosa de una semana, Mami cedió. Dijo que la pobre Chucha jamás le había pedido nada de nada a la familia, y que siempre había sido tan buena y leal, así que, qué importaba, si dormir en su ataúd alegraba a la pobre vieja, Mami le mandaría hacer una bonita caja, y así fue. Era de madera de pino, como Chucha lo quería, pero adentro Mami lo mandó forrar con una tela púrpura acolchada, el color preferido de Chucha, y lo ribeteó con ojalillo blanco.

Y esto es lo que recuerdo de ese último día. Una vez que Nivea salió del cuarto, Chucha nos puso a todas frente a ella. "Chachas". Siempre nos llamaba así, por "muchachas", y fue por eso que terminamos poniéndole ese apodo, Chucha, como una especie de eco del que ella nos dio.

"Se van a una tierra extranjera". Algo así, aunque no recuerdo las palabras exactas. Pero sí recuerdo la mirada penetrante que me lanzó, como si de verdad fuera a meterse dentro de mi cabeza. "Cuando era niña, también dejé mi país y jamás volví. Jamás vi a mi padre o a mi madre o a mis hermanos. Sólo traje esto conmigo". Levantó el envoltorio y terminó de sacarlo de su sábana blanca. Era una estatua de madera, como las que luego vi en los libros de antropología que solía devorar, como si ver esas figuras de madera que servían de talismanes fuera mi magdalena para despertar mi propio pasado, al igual que le sucedió a Proust con el bollo de ese nombre. Pero los dioses de los libros jamás evocaron siete volúmenes de recuerdos en mi memoria. Sólo este momento que narro aquí.

Chucha instaló la figura marrón en el tocador de Carla. Tenía una cara con un gesto triste, con profundas ranuras a modo de ojos y nariz y labios, como si estuviera haciendo un gran esfuerzo obligado por el estreñimiento. Sobre la cabeza de la figura había una pequeña plataforma, y en ella Chucha puso una tacita de agua. Al poco tiempo, supongo que a causa del calor, esa agua empezó a evaporarse y salieron gotas de las ranuras talladas en la cara de madera, de forma que la estatua parecía llorar. Chucha sostuvo la cabeza de cada una de nosotras entre sus manos y gimió un rezo sobre todas. Estábamos acostumbradas a estas cosas extrañas por el contacto cotidiano con ella, pero quizás porque ese día sentíamos que había una especie de final en el aire, empezamos a llorar, como si Chucha finalmente hubiera liberado sus propias lágrimas en las de cada una de nosotras.

SE FUERON, EN CARROS que vinieron a buscarlas, conducidos por pálidos americanos de uniformes blancos con trenzas doradas en los hombros y en las gorras. Demasiado pálidos para estar vivos. Del color de los zombis, un país de zombis. Me preocupan las niñas, doña Laura, entre hombres del color de los muertos vivientes.

Todas las niñas lloraron, especialmente la chiquita, que se aferraba a mi falda. Doña Laura lloraba tanto, con el pañuelo en la mano, que insistí en volver a su gavetero a traerle uno nuevo. No quería que llegara a su nuevo país con un pañuelo sucio porque yo sé de las lágrimas que la esperan allí. Pero evitémosle eso ahora, que todo vendrá a su debido tiempo. Sus nervios jamás han sido muy resistentes.

Se fueron y sólo queda el silencio, el silencio profundo y vacío en el cual puedo oír las voces de mis santos instalándose en los cuartos, de mi loa que me cuenta lo que está por venir.

Después de que doña Laura y las niñas se han ido con los blancos zombis americanos oí que una puerta se abría en el dormitorio principal, y salí al pasillo para asegurarme de que no había nadie. Vestido todo de negro, vi al loa de don Carlos que se llevaba el dedo a los labios imitando el último gesto que él me hizo esa mañana. Le respondí con una señal y caí de rodillas para verlo salir por la puerta trasera a través del guayabal. Poco después, oí que un carro se encendía. Y luego, el silencio profundo y vacío de la casa deshabitada.

Debo cerrar la casa e ir a ayudar adonde doña Carmen, hasta que ellos también se vayan, y luego adonde don Arturo, que se marcha también. Más que nada, debo ocuparme de esta casa. De sacudir el polvo y airear los cuartos. Todos menos

Chino fueron despedidos, y a mí me confiaron las llaves. De vez en cuando vendrá don Víctor, cuando pueda zafarse de sus muchachitas, para ver cómo va todo y pagarme el salario mensual.

Ahora oigo las voces que me dicen que la hierba va a crecer en los jardines descuidados, que las orquídeas colgantes de doña Laura van a reventar sus canastas de alambre, y sus frágiles retoños serán devorados por los insectos; que las jaulas quedarán vacías luego de haber guardado en su interior las tórtolas y las guineas que don Carlos tanto se empeñó en criar; que las piscinas se van a llenar de basura y hojas y cosas muertas. Chino y yo nos quedaremos en estas casas que se van a ir deteriorando, hasta ese día que veo ahora, una vez que cierro los ojos, en que los guardias las allanen, y rompan ventanas y se lleven la platería y las vajillas, los cuadros y el espejo con los bebés alados que disparan flechas, y las sillas con medallones pintados en los espaldares, la caja que hace música y la otra, la mágica que muestra imágenes. Van a despojar los estantes de las niñas de todos los juguetes que su abuela les trajo desde ese lugar del cual siempre me contaban, donde caen flores de polvo de talco de las nubes y los edificios tocan el cielo de Dambala, un lugar embrujado e incierto en el que ahora deben construir su vida.

Les he rezado a todos los santos, a los loas, y al Gran Poder de Dios, deteniéndome en cada cuarto, regando humo purificador para sacar a los malos espíritus que llenaron la casa en este día, y fijando en mi mente los distintos objetos y su lugar, de manera que si cualquier trabajador se mete en la casa y se roba algo, sabré lo que falta. En los cuartos de las niñas las recuerdo a cada una como un cierto peso, bien sea en mi corazón, o en mis hombros, o en mi cabeza o en mis pies. Siento sus ausencias que se apilan como la tierra sobre una caja que ha sido puesta en su sepultura. Veo su futuro, la complicada vida que les espera. Las va a perseguir lo que recuerdan, y también lo que no. Pero tienen espíritu, e inventarán lo que necesiten para sobrevivir.

Se fueron, y la casa queda cerrada y el aire bendecido. Cierro la puerta trasera y paso frente al cuarto de las muchachas, donde veo a Nivea, a Inmaculada y a Milagros empacando para irse al amanecer. No necesitan mis adioses. Me meto a mi cuarto, ése que doña Laura hizo especialmente para mí, para que pudiera estar en paz con mis santos sin tener que soportar la insolencia y la molestia de las jóvenes que no tienen fe en los espíritus. Purifico el aire con incienso y enciendo seis velas, una por cada una de las niñas, una por doña Laura, a quien le cambié los pañales, y una por don Carlos. Y luego hago lo que siempre hago luego de un día agitado: me lavo la cara y los brazos con agua florida. Tiro el agua, entonando una oración al loa de la noche que mira con ojos brillantes desde el cielo oscuro. Abro el mosquitero y me meto a mi caja, y me acomodo para quedar bocarriba, con las manos plegadas sobre la cintura.

Durante unos minutos antes de dormirme, trato de acostumbrar mi carne al entierro que se avecina. Alcanzo la tapa y la bajo, encerrándome dentro. En esa oscuridad caliente y estrecha que se produce antes de que levante nuevamente la tapa para dejar entrar el aire, cierro los ojos y me quedo tan inmóvil que la sangre que escucho circular y el corazón que oigo latir podrían ser algo que me olvidé de apagar en la casa desierta.

El cuerpo humano

Yoyo

EN ESE ENTONCES vivíamos todos en el mismo lugar, en casas vecinas en un terreno propiedad de mis abuelos. Cada niño de la familia tenía un primo que era su mejor amigo. Mi hermana mayor, Carla, y mi prima Lucinda, las dos primas mayores, tenían una amistad de risas y secreteos que hacía sentir a todos los demás como extraños. Sandi tenía a Gisela, cuyo hermoso nombre de bailarina envidiábamos todas. Mi hermanita Fifi y mi dulce prima Carmencita eran las preferidas de todos, una parejita muy bien dispuesta, buena para hacer mandados, para saltar la cuerda, y para dejarse capturar cuando el vaquero Mundín y la vaquera Yoyo transformábamos el gran jardín común en un Viejo Oeste. Éramos la única pareja de niño y niña y, a medida que fuimos creciendo, Mami y la mamá de Mundín, tía Carmen, alentaron una separación entre nosotros.

Pero eso era difícil de lograr. En el residencial familiar no había manera de mantener a dos personas alejadas. Cuando un primo contraía sarampión o paperas, nos ponían en cuarentena a todos, para que así se nos contagiara también y saliéramos de una vez de las enfermedades de la infancia. Vivíamos en las casas ajenas, nos quedábamos a comer en la mesa que nos quedara más cerca al momento de la cena, y sólo nos íbamos a nuestra casa para bañarnos e irnos a acostar (o recibir un castigo, como la vez que llegó a oídos de nuestras madres que Mundín y Yoyo habían roto la decoración de bolas de cristal que tenía tía Mimí en el jardín con sus tirapiedras. "No es cierto", nos defendimos. "Las rompimos con el rastrillo, ¡cuando tratábamos de tumbar unas guayabas!" O como la vez en que Yoyo y Mundín usaron el esmalte de uñas de Carla para pintarse sangre en las heridas. O esa vez que Yoyo y Mundín amarraron a Fifi y a la pequeña Carmencita a la torre de agua que había en el fondo del terreno y se olvidaron de ellas allí).

Más allá de esa torre, atravesando un guayabal que tía Mimí había sembrado, vivían mis abuelos, en una enorme casa a la que íbamos a cenar los domingos, cuando ellos estaban allí. La mayor parte del tiempo se encontraban lejos, en Nueva York, donde mi abuelo trabajaba en algún puesto en las Naciones Unidas. Era un señor gentil y educado, que usaba siempre un gran sombrero de Panamá y se preocupaba más que nada por su digestión, y que no alimentaba ambiciones políticas. Pero el tirano que había tomado el poder sentía celos de cualquiera que tuviera educación y dinero, y por eso a Papito lo enviaban fuera del país a menudo bajo la fachada de algún puesto diplomático falso. Cuando volvía a casa, toda su propiedad era allanada por la guardia, en "requisas rutinarias para su propia protección". Siempre sucedía que, luego de esas requisas, la familia notaba la desaparición de objetos de plata, cigarrillos, monedas, gemelos y aretes que hubieran quedado al alcance. "Preferible eso y no nuestras vidas", decía mi abuelo para consolar a la abuela, que nuevamente quería salir del país de inmediato.

¿Pero qué sabíamos los niños de todo eso en aquellos días? El colmo de la violencia para nosotros estaba en la película de vaqueros importada desde Hollywood que veíamos cada semana en la televisión, mal doblada al español. Rin Tin Tin ladraba en sincronía con quien lo doblaba, pero los vaqueros seguían hablando a pesar de que sus bocas hacía rato se veían cerradas. Cuando se oían los disparos de las armas, los villanos hacía rato yacían en un charco de sangre. Mundín y yo alargábamos el cuello todo lo que podíamos, para así asegurarnos de que los malos realmente estaban muertos. En cuanto a la violencia que nos rodeaba, las incursiones periódicas de los guardias, los tíos cuyas caras no se volvían a ver en las fiestas familiares de cada año, creíamos en lo que afirmaba un eslogan de una estación de radio: "Dios y Trujillo cuidan de usted".

Cuando lo nombraron por primera vez para el puesto de las Naciones Unidas, mi abuelo se mostró reacio: no quería participar en el régimen corrupto. Pero la constitución tiránica de mi abuela lo presionó también a su manera. A medida que envejecía, siempre estaba enferma: dolores, migrañas, cambios de ánimo que sólo los costosos especialistas de los Estados Unidos sabrían cómo curar. Los males, al menos eso decían los rumores de la familia, eran provocados por el hecho de que Mamita había sido muy hermosa de joven, y nunca se había recuperado del todo por perder su apariencia. Mi abuelo, a quien todo el mundo consideraba un santo, le daba gusto en todo y toleraba su terquedad, así que en la familia se decía que Papito era tan bueno que "orinaba agua bendita". Mamita, furiosa al oír que su marido era canonizado a costa suya, planeó su venganza. Trajo a casa un enorme envase con agua bendita de la catedral. Un domingo, durante la cena familiar de cada semana, mi madre la encontró preparando el whisky de mi abuelo con el agua del envase. "¡Carajo!", protestó. "Todos ustedes dicen que orina agua bendita. ¡Pues eso es exactamente lo que ha estado haciendo hoy!"

En Nueva York a mi abuelo le empezaron los problemas estomacales, y desde entonces todos los alimentos del mundo se dividieron en los que Papito podía comer y los que no. Mi abuela supervisaba sus menús religiosamente, quizás con remordimiento debido a cosas que en otros tiempos lo había hecho tragar.

Cuando volvían de sus viajes a Nueva York, Mamita traía una enorme bolsa repleta de juguetes para sus nietos. Una vez me trajo un ruidoso tambor y otra un juego de acuarelas y pinceles de diversos grosores para plasmar las cosas grandes y las delicadas del mundo. Mi traje de vaquera del Oeste era un duplicado exacto del de Mundín, salvo por la falda.

A mi madre no le gustó la idea. El traje no haría más que estimular mis juegos con Mundín y los primos varones. Ya era más que hora de que superara mi fase de niña marimacho y empezara a comportarme como toda una señorita. "Pero es que éste es para niñas", señalé. "Los niños no se ponen falda". Mamita inclinó la cabeza hacia atrás y se rió. "Ésta no es ninguna tonta. Es tan lista como Mimí, aunque no lo saque de los libros".

En su último viaje a Nueva York, mi abuela se había llevado consigo a su hija soltera, Mimí. Mimí era conocida como "el genio de la familia" porque leía libros y sabía latín y había asistido a una universidad en los Estados Unidos durante dos años, hasta que mis abuelos la sacaron porque el exceso de educación podía dañar sus posibilidades de casarse. Pero al parecer esos dos años hicieron suficiente mal, porque a los veintiocho, Mimí era una jamona.

"El día que tía Mimí se case, las vacas van a volar", decíamos en broma los primos. A mí no me parecía que mi tía fuera menos por el hecho de seguir soltera. En realidad, como niña marimacho que era yo, tenía todas las intenciones de seguir sus pasos. Pero la tía desaprovechaba de tal manera su tiempo libre que igual le hubiera dado estar casada. Leía y leía, y en los recesos de su lectura cuidaba un paraíso increíble de jardín, para luego seguir leyendo.

"¡Lee toneladas y toneladas de libros!", decía mi madre con expresión incrédula, porque los logros de su hermana no podían medirse sino por peso. Pobre tía Mimí, jamona. Yo esperaba que pronto lograra echarle el guante a alguien para casarse. No me interesaba para nada tener un nuevo tío o tenerme que poner un vestido para la ocasión, pero valdría la pena sufrir ambos inconvenientes con tal de ver una vaca volar.

Como nos lo temíamos los primos, Mamita volvió del último viaje impregnada con la idea de diversión de tía Mimí. En lugar de los enormes juguetes baratos que solía traer, de colores chillones, ruidosos, que no enriquecían la mente y sí podían dañarnos la ropa, la bolsa venía llena de útiles escolares, tarjetas de ayuda para cada asignatura y libros de ejercicios y cajas como de rompecabezas que anunciaban en la tapa: "Cómo dominar los números", "Maravillas de la naturaleza", "El ABC de la lectura", "Más sonidos para repetir". Mundín y yo cruzamos una mirada triste, haciendo de tripas corazón, cuando nos entregaron nuestros regalos.

A mí me correspondió un libro de cuentos en inglés que a duras penas podía leer, pero que tenía llamativas ilustraciones de una joven en brasier y unos calzones largos, con una gorrita en la cabeza de la cual colgaba una borla. Mundín salió mucho mejor librado, desde mi punto de vista, con un muñeco transparente, cuya mitad superior podía desprenderse. Adentro había toda una serie de tubos y resortes azules, rosados y marrón claros y piezas de forma extraña que encajaban unos en otros como un rompecabezas. Tía Mimí explicó que el juguete se llamaba "El cuerpo humano". Lo había escogido para Mundín porque, en una de esas sobremesas después de la cena en la que tíos y tías interrogaban a los niños sobre qué querían ser cuando fueran grandes, él había expresado interés por ser médico. Todos pensaron que eso estaba muy bien y que demostraba que en el fondo tenía buen corazón, pero él me confesó más tarde que lo que le interesaba era poner inyecciones y abrir y cortar a las personas en la mesa de operaciones.

Examinamos el muñeco del cuerpo humano mientras tía Mimí nos leía en voz alta el folleto que traía el juguete, sobre los diversos órganos y para qué servía cada uno. Una vez que aprendimos a armarlo de manera que el corazón no se enredara en los intestinos y que los pulmones no quedaran debajo de la columna vertebral, Mundín empezó a renegar. "Un muñeco. ¿Por qué me trajeron un estúpido muñeco?"

A mí tampoco me gustaban las muñecas, pero éste en particular era mejor que un libro como el mío, y uno podía tenerlo sin perder nada de dignidad, ya que en realidad era un niño con órganos. Pero me sorprendía que junto a los demás órganos, este niño no tuviera lo que en esa época yo llamaba un "orinador". Los había visto en los niñitos que mendigaban desnudos en el mercado y una vez se lo vi a mi abuelo, que orinaba agua bendita, cuando entré al baño y sin querer me lo encontré haciendo sus necesidades. Pero este muñeco tenía la entrepierna tan lisa como una niña recién nacida.

Mamita, que anhelaba volver a su juventud, debía recordar

lo que era ser niño y tonto y adorar la diversión. Había traído a escondidas de Mimí otras chucherías más de nuestro gusto. A mí me tocó una paleta de madera que traía atada con un elástico una bolita, que yo golpeaba y golpeaba como si fuera mi libro, y a Mundín le tocó un enorme bloque de masilla rosada para modelar.

Al principio, ninguno de los dos supo lo que era el bloque rosado. Los ojos de mi primo brillaron como monedas nuevecitas. "¡Chicle!", gritó. Pero mi abuela le explicó que no, que era un nuevo tipo de masilla que era más fácil de moldear, y procedió a mostrarnos. Tomó una buena cantidad, hizo una bola, formó una oreja a cada lado, dibujó un par de ojos con un pincho que se sacó del pelo y lo terminó poniéndole una bolita más chiquita por cola. Lo puso en su mano y me lo presentó.

"Ah", exclamé, porque en la palma de su mano tenía una especie de conejito. Pero Mundín no se dejaba impresionar. Con conejo o sin conejo, no iba a poder hacer bombas de chicle con esa masilla.

Me pasé toda la mañana detrás de él, suplicándole que me cambiara su bloque de masilla. Pero a él no le interesaba en lo más mínimo mi libro de cuentos, aunque sí se detuvo ante las láminas de la joven en ropa interior antes de devolvérmelo. Mi paleta de madera tampoco le parecía gran cosa. Podía ser que con ella dañara su *swing* para batear en béisbol, y todo por pegarle a una pelotita de jugar *jacks*. "Una pelota para niñas", la llamó.

Al oír eso, me retiré con el orgullo herido y me fui hacia nuestro lado de la propiedad. Mundín me siguió a través de un sendero que atravesaba los setos y luego se quedó conmigo cuando me senté en una de las sillas del jardín, fingiendo mucho interés en mi libro. Dio varias vueltas a mi alrededor, pasándose la bola de masilla de una mano a otra como si fuera una pelota de béisbol. "Qué masilla más bonita", decía. "Muy bonita". Mantuve los ojos metidos en el libro.

Y empezó a suceder algo muy extraño. Me fui interesando en esos párrafos de letra impresa oscuros y densos. La historia no era nada mala: había una vez un sultán que estaba matando a todas las jóvenes de su reino, decapitándolas, degollándolas con una espada, ahorcándolas. Pero luego, la que aparecía en las ilustraciones con brasier y calzón, cuyo nombre me parecía un error de mecanografía (She-re-zada, leí con dificultad en voz alta), esta joven y su hermana fueron apresadas por el sultán. Se inventaron una manera de engañarlo. Cuando iba a cortarles la cabeza, la hermana le preguntó si no podían al menos escuchar uno más de los maravillosos cuentos de Sherezada antes de morir. El sultán aceptó y aplazó la muerte hasta el amanecer. Pero cuando el sol salió, Sherezada no había terminado su fascinante historia. "Supongo que llegó la hora de morir", dijo interrumpiendo su relato. "Lástima, porque el final es muy bueno".

"Por Alá", exclamó el sultán. "No morirás hasta que yo oiga el final de la historia".

Una sombra se dibujó sobre la página que estaba leyendo. Levanté la vista, señalando el lugar en el que iba en el texto con el dedo índice. Le habría lanzado una mirada desagradable a mi primo para seguir con la lectura si no hubiera sido por la magnífica criatura que él había creado. Debió hacer una sola espiral con toda la masilla, que luego se enrolló una y dos veces en los hombros, como la boa de un encantador de serpientes de circo. Levantó la barbilla, pasó a mi lado casi rozándome, a través de los setos y regresó a su lado del patio. Sabía que ya estaba en ánimo de negociar. Puse el libro bocabajo sobre la silla y lo seguí.

Pero al otro lado del seto, Mundín se había encontrado

con un público cautivo. Fifi y Carmencita lo miraban desenrollarse la culebra del cuello, y luego le acercó uno de los extremos a su hermana chiquita, que chilló y huyó hacia la casa. Al momento oímos a la mamá de Mundín que lo llamaba con voz de castigo: "¡Edmundo Alejandro de la Torre Rodríguez!"

Entonces Fifi, que no podía vivir sin su otra mitad, se dirigió a la casa. "Te voy a acusar", anunció. Mundín se le atravesó en el camino. Trató de sobornarla con un puñado de masilla.

"¡No es justo!" Corrí hacia él, haciendo a un lado a la pequeña Fifi. No quería hacer trueques conmigo, su mejor amiga, pero sí le iba a dar un trozo a una de las hermanitas a cambio de nada.

"Está bien, está bien". Me dio a entender con gestos que bajara la voz. Me tendió la culebra. "Te la cambio".

El corazón se me hinchó en el pecho. Ahí estaba mi mayor deseo, al alcance de mis manos. Hice una oferta desesperada. "Te doy lo que quieras".

Mundín lo pensó un rato. Una sonrisa traviesa se le pintó en los labios. Era como un líquido derramado que se fuera extendiendo y manchando algo que no debía. Bajó la voz. "Muéstrame que eres una niña".

Atónita, miré a mi alrededor. Mis ojos cayeron en Fifi, que no perdía detalle de la transacción. "¿Aquí?"

Hizo un movimiento de cabeza para señalar la vieja carbonera en el fondo del terreno, donde el jardinero de Mamita, Florentino, guardaba sus herramientas. Como esa parte de nuestra propiedad colindaba con el palacio de la hija del dictador y su yerno, mi abuelo no había querido construir un muro alto, por temor a que lo consideraran un desaire. El cerco de tía Mimí, con sus flores de jengibre de un rojo anaranjado brillante, nos protegía algo de tener que ver el adefesio de palacio y de las caminatas del dictador, algún domingo en la tarde, con su nieto de tres años vestido con un minúsculo uniforme de general. A los niños nos tenían prohibido andar por la zona de la carbonera desde aquella vez que Mundín y yo detonamos un petardo justo cuando el general en miniatura desfilaba con su cortejo de niñeras. Papito tuvo que pasarse la noche en el cuartel del SIM, explicando que su nieto de siete años no lo había hecho con mala intención. Tal vez por estar fuera de los límites, la carbonera era el lugar preferido de Mundín y mío para vigilar a los indios. Detrás de un saco de fertilizante, encontramos una vez una revista con fotos de mujeres desnudas y expresión maliciosa, como si acabaran de pillarlas robando esmalte de uñas o amarrando personas a torres de agua.

Seguí a Mundín al depósito volviéndome de vez en cuando y fulminando a Fifi con la mirada, en vista de que nos seguía. En la puerta le di un empujoncito para que se marchara.

"Déjala entrar", me dijo Mundín, "porque si no, nos chivatea".

"Sí, los voy a chivatear", admitió Fifi.

Adentro estaba oscuro y húmedo. Una luz desvaída se colaba por las ventanas cubiertas de tela metálica sucia. El aire olía a la tierra negra que traían desde las montañas para que los helechos gigantes de tía Mimí crecieran más. En un rincón había mangueras enrolladas, como una familia de serpientes dormidas.

Fifi y yo nos paramos en fila contra la pared más lejana. Mundín nos miró, y con las manos fue convirtiendo la culebra de masilla en una bola cada vez más redonda, con movimientos nerviosos.

Inmediatamente, Fifi se bajó los pantalones y los pantis

formando un solo bulto, hasta la cadera, dejando ver lo que creyó que era el centro de la discusión: su ombligo.

Pero yo era mayor y sabía cómo eran las cosas. En las clases de religión, sor Juana nos había contado que Dios había vestido a Adán y Eva en el Jardín del Edén luego de que pecaron. "Su cuerpo es un templo del Espíritu Santo". En casa, las tías se habían llevado aparte a las niñas mayores y nos habían advertido que pronto nos convertiríamos en señoritas, y que debíamos guardar nuestro cuerpo como un tesoro escondido y no dejar que nadie se aprovechara. Fue más o menos en ese entonces que empezaron a ejercer más presión para que dejara de jugar con Mundín y me uniera a las primas señoritas en sus juegos adultos de salón de belleza y los chismorreos sobre muchachos, dentro de la casa.

"Dale", ordenó Mundín impaciente. Fifi había entendido y se había bajado los pantalones y los pantis hasta los tobillos. Le lancé a mi primo una mirada desafiante mientras me levantaba la falda de vaquera, la agarraba con la barbilla, y me bajaba los pantis. Me armé de valor para resistir sus miradas intrusas. Pero todo lo que hizo Mundín fue encogerse de hombros decepcionado. "Son como muñecas, las dos", comentó, y dividió su bola de masilla por la mitad, entre Fifi y yo.

En segundos me vestí y me enfurecí con él. "¡Me prometiste la masilla!", le grité. "La dejaste que viniera, pero no dijiste que iba a ser parte del trato".

"¡Edmundo Alejandro de la Torre Rodríguez!", oímos que llamaba la mamá de Mundín desde el patio trasero de su casa. Él trató de acallar mis gritos furibundos. Estiró la mano para quitarle a Fifi su mitad, pero ella también berreó. "¡Mundo Alejandro!" La voz se oía más fuerte y definitivamente se acercaba a nosotros. Ahora era la cara de Mundín la que se veía cargada de preocupación. "Anda", trató de convencerme. "Por favor. Te doy mi muñeco del cuerpo humano, ¿sí?"

Lo torturé con un largo instante de meditación, y luego asentí. Él salió de la carbonera en busca del juguete.

Fifi se sorbió los mocos mientras convertía su mitad de la masilla en una bolita. Miró la mitad que yo tenía en las manos y preguntó: "¿Cuánto te tocó a ti?"

Yo estaba más que furiosa con esa criatura que había echado a perder mis posibilidades de amasar una fortuna de masilla rosada. La miré fijamente. Todavía estaba de pie en un charco de tela que salía de sus tobillos. Tenía una mancha de huevo del desayuno en la barbilla y los ojos empañados de alguien que acaba de dejar de llorar. Fui hasta ella y tiré de sus pantalones hacia arriba. Se meció con la fuerza de mi jalón. "¿Cuánto te tocó a ti?", insistió ella. En sus ojos vi un brillo de interés materialista que no había detectado antes.

Puse mi mitad junto a la suya. "Lo mismo que a ti, boba".

Cuando la puerta se abrió con un crujido, estábamos seguras de que sería Mundín que volvía con el cuerpo humano. Pero dos siluetas de adulto se cernieron sobre nosotras: la figura delgada y huesuda del jardinero, cuya cara morena iba coronada por un sombrero estropeado, y a su lado, la madre de Mundín, una mujer baja, de hombros anchos, miraban en la oscuridad de la carbonera.

"Me pareció que los había oído aquí, doña", dijo Florentino, el jardinero. "Les he dicho que no se metan aquí, que pueden hacerse daño. ¡Pero no me hacen caso!" Qué mentiroso, pensé. Mundín y yo le mostramos la revista que habíamos encontrado y él nos hizo prometer que no contaríamos nada y que él mismo se encargaría de botar esa "basura". Pero siempre nos echaba una mirada desconfiada cuando uno de los adultos de la familia lo mandaba llamar.

Mi tía se acercó a nosotras. Sus anchos hombros le daban

una apariencia oficial, como si llevara charreteras y fuera la representante de los padres de todos. "¿Fifi?", preguntó con la voz conmocionada al ver a una de las preferidas de la familia. Luego, más convencida, pronunció mi nombre. Ella era la favorita entre nuestras tías, y nunca la había visto tan enojada. "Por Dios, ¿qué están haciendo ustedes aquí?"

Al instante, Fifi empezó a llorar, y así las sospechas de mi tía se confirmaron: yo había arrastrado a mi hermanita hasta ese feo lugar en contra de su voluntad. El regaño de mi tía ahora se dirigía únicamente a mí. "¿Qué creías que estabas…?"

Y entonces, la puerta se abrió del todo, y mi primo apareció en ella, con el muñeco en alto como si fuera un trofeo que se había ganado. Fue doloroso ver la transformación de la cara de mi primo, que pasó de su usual sonrisa desafiante a una expresión asustada, encogida, impotente.

"¡Edmundo Alejandro!" Tía Carmen lo alcanzó y lo sacudió por un brazo. El cuerpo humano cayó al suelo, se abrió, y las vísceras se dispersaron por el suelo de tierra. Mi tía tambaleó sobre las piezas al arrastrar a Mundín del brazo, camino de la puerta. "¿Qué estás haciendo aquí, jovencito?", le gritó.

"Nos escondíamos", intervine en su defensa, tras disponer de un instante para pensarlo bien. Los ojos de Mundín parpadearon sorprendidos, con la esperanza de que aún quedara una salida de ese embrollo. "La guardia…", empecé. Sabía que en nuestra familia la sola mención de la guardia recibía atención total e inmediata. Debí presentir que era el momento adecuado, porque mis abuelos acababan de regresar de su viaje y las requisas del dictador estaban por empezar.

Mi tía soltó el brazo de mi primo. "¿La guardia?", preguntó con la voz en un hilo. "¿La guardia estuvo aquí?"

Asentí. "Por eso nos escondimos".

Mi tía miró a Florentino. El jardinero estaba arrodillado, recogiendo las piecitas del cuerpo humano. Me miró, y sus ojos me taladraron la cara mientras trataba de imaginarse qué era lo que yo me proponía. A lo mejor se acordó de la revista, porque decidió ponerse de nuestro lado. "Esos guardias", dijo, y luego los insultó. "Se han metido tantas veces por el cerco de matas de jengibre, que la señorita Mimí ya se dio por vencida".

Sonriendo débilmente, Mundín guardó silencio justo cuando yo necesitaba que atacara con la caballería y rescatara mi historia sitiada. Su madre lo conocía bien y presintió que no teníamos buenas intenciones, pero la guardia en nuestros terrenos quería decir que era mejor olvidarse de infracciones insignificantes: lo que había que hacer era mandar a todos a sus casas, y limpiar la parte superior de gaveteros y mesas de noche, para ocultar los objetos fáciles de llevar. Mi tía nos escoltó fuera de la carbonera, hacia la casa grande.

Caminamos en fila india, rápidamente, con mi primo a la cabeza y su madre detrás, para "tenerlo bien vigilado", luego Fifi, luego yo, y por último, Florentino en la retaguardia. En cada una de sus grandes manos gastadas llevaba una mitad transparente del cuerpo humano que se había roto. Ahora no podíamos perder el tiempo en buscar todas las piececitas en la oscuridad, dijo la tía. Más tarde, cuando Florentino trajo a la casa grande en el hueco de su sombrero lo que había encontrado, la mayor parte de los órganos estaban mordisqueados por los perros, o deformados por los tacones de mi tía cuando los pisó. No podíamos diferenciar entre los riñones azules y los trocitos de pulmón o entre el corazón y un lóbulo cerebral rosado y, a pesar de que Mundín y yo lo intentamos siguiendo el diagrama, no hubo manera de volver a encajar todo dentro del hombrecito.

Naturalezas muertas

Sandi

DOÑA CHARITO NOS ACOGÍA A TODAS, ese grupo de niñas criollas, los sábados de nueve a doce, para tomarnos de la mano y llenarnos de arte, como hizo Jesús al despertar la fe en los paganos. Era isleña nada más por el hecho de haberse casado con don José. Era una mujer culta, proveniente de algún lugar de Alemania, y había visitado todos los grandes museos de Europa para conocer el arte cara a cara. Había tocado las frías extremidades de los niños de mármol con las mismas manos que luego alargaba para saludarnos, y esos dedos cortos estaban imbuidos de talento artístico. No tenía caso discutir con doña Charito sobre el color bermellón del coral en las umbrosas profundidades del océano aguamarina. Tomaba el pincel de nuestra mano y nos mostraba cómo sostenerlo, mientras ladraba instrucciones en su español gutural, que nos hacía sentir como si no pronunciáramos bien nuestra lengua materna porque no la hablábamos con su marcado acento alemán.

Había conocido a don José en Madrid durante una visita al Museo del Prado. Él era un hombre joven que había salido al extranjero aprovechando una beca para la escuela de medicina, a pesar de que no tenía la menor intención de llegar a ser médico. Todos los años, el gobierno otorgaba becas para ir a Europa, cada una asignada a determinada profesión necesaria para el país, y si uno se la ganaba, y era pobre, la aceptaba por la posibilidad de hacer tres comidas al día, una de ellas caliente.

Entre comidas, don José se dedicaba a hacer bocetos en lugar de disecar cadáveres, y reponía sueño en una banca debajo de un Gauguin y cerca de varios Van Gogh en El Prado. El dinero que recibía para alojamiento se lo gastaba en materiales de pintura.

Tres años de dormir entre girasoles y despliegues de estrellas y exóticas tahitianas lograron lo que una década de prácticas académicas no hubiera conseguido. Don José construyó su propio y elaborado "estilo de escultura rococó-primitivista sacro", como lo proclamaba un crítico de arte de nuestra isla. Grandes ángeles morenos con aureolas de flores de cayena descendían del cielo, lastrados por sus enormes senos de higüero y sus nalgas de melón maduro. Don José también descubrió a doña Charito al final de una tarde en El Prado, mientras ella copiaba los pliegues de la túnica de un mártir de Grünewald. Él quedó impresionado por el cuerpo de ella, un bloque enorme y blanco como una escultura inconclusa, y ella con el rápido boceto que él hizo de ella como Madona que ascendiera a los cielos entre discretos pliegues de tela. Se casaron y regresaron a la isla donde, decía doña Charito con su gutural voz, no había nada más que hacer, que hacer cada quien su propio trabajo.

En las afueras de la capital construyeron una casita de libro de cuentos, de dos pisos, con aleros y porches y jardineras en las ventanas, una apariencia alpina que se veía incongruente en el trópico. Allí vivieron más de veinte años, alejados de la vida social de la isla. Hubieran pasado completamente desapercibidos si no fuera por su extraña casa, que hacía que los padres se la señalaran a sus hijos en los paseos dominicales por el campo. "Allí está la casa de Hansel y Gretel". Si las cortinas estaban abiertas y una figura se asomaba por una de las innumerables ventanitas, como un ojo tratando de encajar en su órbita, los niños chillaban: "¡La bruja, la bruja, ahí está!"

Se imaginarán mi sorpresa cuando un sábado en la mañana, a mis ocho años, fui depositada en la puerta de esa casa en compañía, afortunadamente, de trece de mis primas. En realidad era culpa mía, o de mis dibujos, que hubiéramos llegado a ese punto. Hasta ese momento, yo había sido una anónima niña de la Torre, hija segunda de la hija segunda de mis abuelos, don Edmundo Antonio de la Torre y doña Yolanda Laura María Rochet de la Torre. Nací para convertirme en una de las innumerables y atractivas muchachas de la Torre, que sólo se distinguía en el momento en que alguna de las tías u otra persona me tomaba por la barbilla y me miraba atentamente la cara, para luego decir que mis ojos eran los de mi tía abuela Graciela, y que mi boca era exactamente igual a la de Mamita. Así que, ya ven, hasta esas diferencias insignificantes se sentían como un robo menor. Así que yo, Sandra Isabel García de la Torre, no era más que una muñeca con ruedas que transportaba el ilustre apellido de la Torre de una reunión social a otra. Y entonces, un día de Reyes, se distribuyeron cajas de crayones y libretas entre los niños, y se descubrió que una manita anónima era capaz de plasmar semejanzas, de conferir la vista a los ojos y poner pelo en una cabeza de manera que uno sentía el deseo de acariciarlo.

"¿Quién dibujó ese bebé? ¿Quién hizo ese gato?", se

maravillaban. La artista fue descubierta en el fondo del jardín, pintando al niñito de Milagros, la niñera, con un crayón marrón, con uno dorado y otro púrpura. "Tiene talento" fue la expresión que cayó como una capa multicolor sobre mis hasta entonces anodinos hombros.

Pocos días después de que mi talento fuera descubierto, Milagros me lanzó una mirada preocupada durante la cena. Inventó el pretexto de cortarme la carne y, mientras lo hacía, susurró en frases del tamaño de un bocado. "Por favor... señorita... Sandi... necesito... que venga... a mi casa". Después de comer fui a hurtadillas hacia la zona prohibida de nuestra propiedad, donde las familias de la servidumbre tenían sus pequeñas casitas. Su niño estaba acostado en una cuna, llorando. Había velones que parpadeaban en un estante. Milagros había bañado al niño en agua bendita luego de llevarlo a misa mayor en la catedral, pero seguía con fiebre y lloraba, como si estuviera lamentando su propia muerte antes de que ocurriera.

"Por favor, por favor, señorita Sandi, libérelo", me suplicó Milagros, tomando mi dibujo de la pared donde lo había colgado junto a un crucifijo.

Contemplé la carita de crayón marrón que tenía en la mano, y luego la arrugué y formé una bola. El bebé se agitó. Puse el desperdicio en la estufa que tenían, y luego Milagros y yo vimos prenderse con llamas amarillas que parecían virutas producidas por sacarle punta a un lápiz color mamey.

"Polvo eres y en polvo te convertirás", murmuró ella, dándose un golpe de pecho. El humo hizo que el bebé tosiera. Me miró con los ojos vidriosos, como un espíritu. Al día siguiente, durante el desayuno, Milagros me hizo una señal. El bebé se había curado.

Tuve menos suerte con mis gatos. Los pinté en la pared

delantera de nuestra casa, que era blanca, y tuve que pasar horas restregando el estuco, y luego recibí cena de castigo: un minúsculo pan de agua, sin mantequilla, y un vaso grande de leche tibia, verdoso por las verduras machacadas que le habían mezclado. Después de eso, me enviaron a mi cama temprano para que reflexionara sobre mi mal comportamiento. Esa noche, hubo una invasión de ratas que asolaron la despensa. Eso dejó las cosas en claro. La familia decidió que debían darme formación artística.

Se hicieron llamadas telefónicas. ¿Alguien sabía de una persona que diera clases de pintura? Surgió el nombre de doña Charito. La señora alemana, que vivía en ese chalet de dos pisos donde terminaba la ciudad. La esposa de don José, esa pobre mujer. Nadie lo había visto ni oído en los últimos tiempos. Varios años antes, le habían encargado las esculturas para la nueva catedral nacional, pero la inauguración y la dedicatoria se había producido en una iglesia vacía. Corrieron los rumores. Don José había perdido la razón y no podría terminar su proyecto colosal. Su esposa había tenido que dar clases para poder pagar las cuentas.

Tal como lo entiendo, al principio doña Charito se sintió ofendida por la petición de los de la Torre: ella era toda una artista, y recibía aprendices, no niños. Pero ante el ofrecimiento de un pago por adelantado en dólares, hizo una excepción con nosotras, y al decir nosotras hago énfasis en el plural, porque esa gran democracia femenina de nuestra sangre azul dictaminaba que todas las niñas de la Torre recibirían las mismas destrezas artísticas. Así que todas las primas que pudieran controlar su vejiga durante varias horas y que no fueran a tratar de beberse la trementina quedaron inscritas en las clases de pintura de los sábados.

Éramos catorce en total ese primer sábado en que llegamos

a esa casa, caminando nerviosas por la gravilla del camino de entrada y luego tratando de arrancar el pomo de la puerta para ver si era de verdad una almendra cubierta con chocolate. Pero nos quedamos simplemente con el sabor de la realidad en la lengua. Luego, Milagros descubrió una cuerda que colgaba, tiró de ella, y un cencerro sonó por encima de nuestras cabezas. Todas quisimos hacer lo mismo.

La campana había sonado más de una docena de veces, y yo ya me empinaba para tocarla en mi segundo turno, cuando la puerta se abrió con fuerza tal que la campana sonó sola. Ante nosotras apareció una mujer del tamaño de una montaña, que parecía aun más imponente debido al estridente vestido hawaiano que llevaba puesto. Exóticas flores carmesíes y aves erguían sus pistilos, estambres y picos en todas las direcciones posibles por el torso de la mujer. Su cara era como una fracción de nube blanca coronada por una mata de pelo rojo incandescente. Parecía como pintada por un niño que jamás hubiera tomado clases de pintura.

"¡Qué horrrible mala educación!", dijo gruñendo las palabras. "¡Tú!", me señaló. "¡Tú errres la culpable!"

Asentí e hice una rápida reverencia. Todas hicimos una reverencia, pero ante ella parecía más prudente una genuflexión. Rápidamente, Milagros nos presentó, le entregó a doña Charito una nota, y huyó hacia uno de los tres carros negros que aguardaban en el camino como enormes caballos piafantes e impacientes. Los tres desaparecieron camino abajo, dejando una estela de guijarros, y las niñas nos quedamos solas con doña Charito, para aprender los "rrrudimentos del dibujo".

Abrió la nota que tenía en la mano, suspirando con impaciencia al enfrentarse a cada doblez del papel. Esperamos en silencio a que leyera y cuando todas tomamos aire a la vez en el momento en que ella al fin levantó la vista, estalló en carcajadas. Había ranuras amplias entre todos sus dientes; nada se atravesaba en el camino de esa mujer ni siquiera cuando sonreía. "Ya, ya", dijo en tono consolador. "En el fondo tengo muy buen corrrazón para todo esto". Movió la mano por encima de nuestras cabezas, y me pareció que quería dar a entender que se refería al mundo entero.

"Y ahora, ¿cuál de ustedes es la del talento?" Pronunció un nombre. Lo repitió varias veces antes de que yo levantara la mano cautelosa. "¡Ja! Lo he debido suponer". Sonrió, o más bien las comisuras de su boca parecieron engancharse hacia arriba. Era más como si estuviera tanteando para simular una sonrisa y no como si tuviera una en realidad.

"Entrrren, entrrren", dijo de repente, sin ningún preámbulo, "perrro antes se quitan los zapatos, porrr supuesto". Por supuesto, nos quitamos los zapatos y entramos. Tuve la esperanza de que fuera la costra de lodo en mis zapatos lo que hizo que me mirara con enojo cuando pasé junto a ella.

Nuestra visita comenzó con un recorrido de la casa, que era más un museo que una casa. Las obras completas de doña Charito poblaban todas las paredes: más que nada jarras y fruteros, y violines o guitarras, no supe bien porque aún no habíamos recibido clases de música. En su habitación había dos o tres garañones en estampida, con las crines al viento, junto a playas sobre las cuales se cernían las tormentas. Y eso era todo; no vimos tarántulas, ni mangos ni lagartijas ni espíritus, ni personas de carne y hueso.

Cuando terminamos el recorrido de toda la casa, las primas mayores, que tenían más experiencia en mentir, dijeron que les habían gustado mucho los cuadros. El resto de nosotras asintió.

"¡Bien! ¡Bien!" Nuevamente se rió. Yo anhelaba que empezara la clase para así poder pintar esos dientes de marfil y luego colorearlos, junto con el músculo púrpura de la lengua que se asomaba entre ellos como una gruesa bestia enjaulada en su boca. En lugar de eso, nos condujo como un rebaño hacia un patio descubierto en el centro de la casa. Nos invitó a sentarnos, pero sólo había dos sillas y ninguna de nosotras se atrevió a considerarse privilegiada de ocuparlas.

Una mujer muy vieja, cuya cara tenía tantas arrugas que parecía que la hubieran usado para trazar esbozos rápidos, se acercó a nosotros con una bandeja de vasos de limonada tibia y ácida, sin hielo y con todo el azúcar sedimentado en el fondo, y sin cucharas para removerla. Bebimos e hicimos gestos tratando de disimular y aguardamos que empezara la clase. Pero doña Charito había desaparecido en la cocina, donde la oíamos ladrándole órdenes a la vieja, sobre la mejor manera de cocinarnos, creí yo. Nos miramos una a otra, conscientes de repente de que no éramos más que carne tierna y perecedera, catorce bocados aglomerados en el patio de doña Charito, tomando su limonada.

Al fin nos hizo entrar a su estudio. Era una habitación grande y luminosa en un ala de la casa, con todas las ventanas abiertas para despejar el olor persistente del óleo y la trementina. Habían dispuesto asientos de mimbre en filas, cada cual con su correspondiente tabla de dibujo, un cajón entre cada par de asientos con una enorme jarra de agua y varios retazos de toalla vieja encima. (Eso debía ser a lo que se refería el trato con lo de "algunos materiales incluidos").

"Tomen un lugar", ordenó doña Charito. Hubo alboroto para apropiarse de los asientos de las filas de atrás, y yo no me conté entre las afortunadas. Me había quedado rezagada, en la entrada, por cautela según pensé, esperando a ver qué les sucedía a las demás antes de avanzar. Terminé en un asiento del frente justo bajo las cavernosas fosas azul cobalto de la nariz de doña Charito.

La clase empezó con ejercicio físico. *"Mens sana in corpore sano"*, proclamó doña Charito. "Amén", respondimos las niñas, porque el sonido del latín nos inspiró una respuesta litúrgica. Doña Charito frunció el ceño. "Uno, dos. Uno, dos", ordenó. Saltamos en nuestro lugar, haciendo marineros. Nos tocamos la punta de los pies. Flexionamos los dedos "para la circulación" y quedamos en una especie de estado de calistenia frenética.

Al fin, la verdadera clase de pintura empezó. Doña Charito tomó su pincel para mostrarnos. "El primer paso es revisar que las fibras del pincel estén alineadas". Metió el pincel en la jarra de agua e hizo toda una serie de movimientos exagerados y dio golpecitos en el borde para poner todo en orden, como una niñera dándole de comer bocado a bocado a un bebé caprichoso.

La imitamos, obedientes.

Siguió en su español enredado que a duras penas lográbamos entender. "El segundo paso es la manera correcta de tomar el implemento. Así no, ni tampoco así…" Nos inspeccionó, asiento por asiento, imitándonos a todas.

Me parecía un exceso de protocolo, y así nunca iba a llegar a pintar el mundo indómito, luminoso y exuberante que estaba a punto de desbordarse de mi interior. Traté de concentrarme en la demostración que nos hacía, pero algo empezó a jugar con su zarpa dentro de mi brazo de pintar. Arañó las puertas de mi voluntad, y tuve que dejarlo salir. Tomé mi pincel húmedo en la mano, toqué la pastilla de acuarela dorada, y un gato quedó plasmado en mi papel, de un solo trazo, con bigotes, cola, maullido y todo.

Respiré con más calma, luego de haber recuperado un

gato de espacio en mi interior. Doña Charito me daba la espalda. El colibrí de su vestido hawaiano hundía la espada de su pico entre las dos moles de su trasero. Había más tiempo. Enjuagué el pincel en la jarra de agua. El líquido tomó el color de mi orina a primera hora de la mañana. Acaricié la pastilla de color morado, y un gato del color de un moretón y luego otro marrón surgieron como flechas.

Estaba tan absorta mientras pintaba que no oí el grito de advertencia de la señora, ni la resonancia de sus sandalias criollas de cuero en el piso de linóleo cuando se abatió sobre mí. Sus uñas rojas arrancaron mi hoja de papel, y la convirtieron en una bola. "¡Tú, tú te atrrreves a desafiarme!", gritó. Su cara se había puesto del mismo color rojo terroso que mi jarra de agua. Me levantó, tomándome por el antebrazo, y me arrastró a través de la habitación hasta una puerta que conducía a una sala a oscuras, y me dejó caer en una silla de palo tiesa.

Sus ojos verdes destellaban furiosos, como los de un gato. Estaban salpicados de café, como si algún ser vivo hubiera quedado atrapado en sus iris para fosilizarse allí. "No puedes moverrrte de ahí hasta que te autorrrice. ¿Me entiendes bien?" Bajé la cabeza sumisa. Por el rabillo del ojo vi a mis asustadas primas que empezaron a practicar dócilmente sus primeros trazos con el pincel. Durante un momento, doña Charito llenó el umbral con su enorme cuerpo, y luego cerró tras de sí con un fuerte portazo.

Me quedé tan quieta como cualquiera de sus naturalezas muertas, que colgaban de las paredes a mi alrededor. Sentía su presencia en esa habitación oscura, silenciosa y sofocada. Su pincel pendía sobre mi cabeza. Podía pintarme el pelo, borrar los rasgos de mi cara, convertirla en nada menos que un platón con manzanas, uvas, ciruelas, peras, limones. No me atreví a moverme.

Pero al poco tiempo empecé a desesperarme. Me daba cuenta de que estas clases de pintura no iban a ser nada divertidas. Me parecía como si todo lo que disfrutaba en el mundo resultara ser malo. No hacía mucho había comenzado las clases de catecismo para prepararme para la Primera Comunión. Las monjas del colegio de Nuestra Señora del Perpetuo Socorro me estaban enseñando a separar las cosas de la vida mundana entre malas y buenas, como si fueran la ropa para lavar, a distinguir entre lo que era venial y lo que, si me moría en el preciso momento de estarlo disfrutando, me llevaría directamente al infierno. Antes de que pudiera tener mi propia vida, la conciencia ya me la estaba disponiendo con el orden de una naturaleza muerta o de un bodegón. Pero esa mañana, en casa de doña Charito, yo no me sentía preparada para posar como una de las niñas modelo en este mundo.

Me levanté de la incómoda silla y encontré el camino al vestíbulo, donde nuestros zapatos estaban alineados en una ordenada hilera como si fueran a fusilarlos, en castigo por tener lodo en las suelas. Justo cuando encontré el par que me pertenecía, oí la voz de un hombre que vociferaba y gritaba insultos desde la parte trasera de la casa. Normalmente hubiera huido en dirección opuesta, pero los insultos que gritaba eran los mismos que yo pronunciaba entre dientes contra doña Charito. No pude evitar ir a investigar más.

El patio estaba desierto. El cielo se veía encapotado, un lienzo de nubes con remolinos de púrpura oscuro y grises de tempestad. Crucé un cerco de cayenas a través de una puertecita que estaba sin pestillo y me encontré en un solar enfangado, en el cual había troncos y maderos dispersos, como si fuera una carpintería. Al frente había un barracón sin pintar con una ventana alta y una puerta trancada por fuera con un enorme candado. Los gritos del hombre provenían de dentro, pero lo que me atraía en ese momento era otro sonido, un golpeteo como el que hacíamos nosotras, las primas, bailando. Quería averiguar algún secreto sobre doña Charito. A mi edad, ésa era la idea de una venganza. Lo que una persona guardaba en el cajón de su mesa de noche. El color de su ropa interior. Cómo se veía cuando estaba torpemente acuclillada sobre una bacinilla pequeña. Y luego, cuando esa persona ejerciera sobre mí una disciplina violenta, podía desquitarme con una mirada: te conozco, te conozco.

La única ventana quedaba bastante más alta que mi cabeza. Hice rodar un tronco no muy grande hasta quedar bajo el vidrio, me trepé sobre él y me asomé dentro. Al principio sólo pude ver mi propia cara reflejada. Me hice sombra con las manos alrededor de los ojos y sentí que el cristal vibraba con los martillazos, como si estuviera vivo.

Lentamente empecé a distinguir los objetos dentro del barracón. De troncos semejantes a los que había dispersos en el solar detrás de mí, surgían criaturas gigantes a medio formar. Algunos de los maderos tenían pezuñas o garras, colas o cuernos; unos tenían el esbozo de un rostro, una boca o un ojo, otros tenían manos con uñas. El vellón de una oveja se encrespaba en el lomo desnudo de un tocón claro, de color nuez, pero la pobre criatura no podía balar sin nariz ni boca. Me llevé la mano a la cara, para asegurarme de que la mía sí estaba intacta.

En medio del piso, una figura de mujer estaba reclinada sobre dos caballetes, uno a la altura de los pies y otro en el cuello, como mi abuela cuando tuvieron que colgarla de las vigas del techo mientras se recuperaba de haberse roto la espalda. De la cabeza de la figura salían agudas puntas, los rayos de la aureola de la Virgen, aunque también hubieran podido ser los cuernos de una mujer demonio. Tenía el pelo tallado en completas ondas que le caían por los hombros, como serpientes. La cabeza estaba totalmente formada, pero la cara seguía lisa.

Tap-tap-tap, el golpeteo venía de debajo de la figura. En el suelo se iban acumulando virutas de madera y aserrín, donde en ese preciso momento le nacían los pies. Ante mis ojos, la madera clara tomó la forma de talones y dedos, los arcos trazaron una S en la parte inferior de los pies. En esas plantas, la figura se hubiera podido poner de pie y andar todo el camino hasta Belén.

Cuando la oscura cabeza del hombre emergió de entre las piernas de la figura, pensé en un principio que era una de sus propias creaciones. Tenía el mismo matiz caoba brilloso de sus criaturas a medio formar. Alrededor del cuello tenía un collar del cual se desprendía una cadena que remataba en un anillo de hierro junto a la puerta. ¡Y eso era todo lo que llevaba puesto! Era un hombre menudito, de la misma altura que yo parada sobre el tronco, perfectamente proporcionado, excepto por una cosa. Había visto a los toros sementales en la finca de mi abuelo durante la temporada de celo y también los espectáculos que hacían entre las vacas. Una vez, una niñera descarada me había informado que, entre sábanas bordadas, con las luces apagadas y el ventilador encendido, mi estirada madre de la Torre me había tenido de semejante manera. El hombrecito se hizo grande como esos toros en la finca, a medida que progresaba con los pies de la Virgen. Cuando terminó esa parte, se trepó en ella, la montó, y su cadena cascabeleó detrás suyo como una larga cola. Tocó la cara lisa, me pareció que con delicadeza, plantó el formón en la frente y estaba a punto de penetrar la madera. Grité para alertar a la mujer que tenía debajo de sí.

Pero fue su cara de elfo lo que se levantó hacia mí. Miró el cuarto a su alrededor, detectó mi cara contra la ventana y trató de alcanzarme. La cadena se templó. Antes de que pudiera llegar a la ventana, abrirla y meterme dentro de un tirón, salté de mi pedestal y caí al suelo pesadamente. Estaba demasiado asustada para sentir el dolor, pero oí que uno de los huesitos de mi brazo crujía al golpear la tierra.

Su cara se asomó por la ventana. Me observó, y una sonrisa vacía se extendió por sus labios como una mancha. Tap-tap-tap, su mano golpeó el cristal como para llamar mi atención y así examinarme un poco más, tap-tap-tap. No era necesario que lo hiciera, porque yo no le podía quitar los ojos de encima, y mi boca se abrió en un grito sin voz. Al fin, el sonido surgió de mi terror. Grité y grité incluso después de que su cara desapareció de la ventana.

Momentos después, la clase de pintura llegó corriendo desde la casa hacia la zona enlodada del patio trasero, con doña Charito a la cabeza; luego, las primas en medias; la vieja detrás. Jamás pensé que llegaría un día en que me diera gusto verla.

"¿Qué trrranscurrió aquí?", gritó, pero su voz dejó traslucir verdadera preocupación. "¿Por qué no la estaba vigilando?", preguntó, acusando a la vieja y luego, volviéndose a mí, me acusó. "¿Qué te hiciste?" Lanzó una mirada inquieta hacia el fondo del solar. Del taller venía el golpeteo, tap-tap-tap.

Levanté el brazo que me palpitaba de dolor, una ofrenda de hueso roto. Podía quedarse con mi cara bañada en lágrimas, con mi cuerpo sucio de barro como el de una criatura, con los sollozos húmedos que me salían de la boca. "Me lo rompí", lloré. Pero supe que era mejor no confesar lo que había visto en el taller de su patio.

Sería imposible decir que su cara se conmovió, porque la

compasión no figuraba en su repertorio de expresiones. Se arrodilló a mi lado y me examinó el brazo, pero hasta el roce más ligero me hacía estremecer de dolor. "¿Rrroto?" Me miró desde su altura. Entonces vi que las manchas de sus ojos eran astillas de huesos, fragmentos de cosas que ella había roto a lo largo de los años.

Mientras tanto, al no tener supervisión, mis primas habían empezado a balancearse sobre los troncos, a hacer tortas de lodo y gozar de la dicha de ensuciarse los vestidos y embarrarse las medias. Un par de primas exploradoras se encaminaron hacia el taller armadas con palos. Doña Charito se levantó y sonó la alarma: "¡Atención! ¡Todas al estudio de inmediato!" Salieron disparadas de vuelta. Había empezado a llover, grandes gotas dispersas como si alguien estuviera sacudiendo el exceso de agua de un pincel.

Me cargó en sus brazos. Me aferré a ella como si fuera su propia hija. Apoyé la cabeza donde debería estar su corazón y pensé que alcanzaba a oír, como dentro de un caracol, el oscuro Atlántico, las olas que rompían bajo los fuertes vientos, las vastas llanuras de Europa Central. Ella sabía que el mundo era un lugar donde reinaba lo salvaje. Ella blandía un pincel. Podía hacer molinetes con las estrellas que giraban sin parar y que habían hecho que más de un hombre perdiera la razón. Podía salvarme del loco del taller. Me aferré.

Pero ésa fue la última vez que vi a doña Charito. Los carros hicieron chirriar los frenos al detenerse en el camino de entrada; mi madre se bajó apresurada hacia la casa; empecé a llorar para convencerla de la gravedad de mi accidente. A medida que pasó la conmoción, empecé a sentir un dolor intenso en el brazo, como si alguien me estuviera tallando el hueso con un formón. En la clínica se confirmaron las sospechas de todo el mundo: mi brazo tenía tres fracturas.

Lo tuve enyesado durante meses, y cuando al fin me quitaron el yeso, descubrieron que el hueso no había soldado derecho. No quedó más remedio que romperlo de nuevo y volverlo a alinear. Eso se consideró una intervención lo suficientemente delicada como para que me dieran regalos y además un pequeño neceser con cerradura de combinación, que se abría al marcar el mes, el día y el año de mi nacimiento. Se mandó decir una misa en la catedral por mi pronta recuperación, y se me permitió devorar grandes porciones de helado entre comidas para ayudarme a soportar todo y para darme "calcio en abundancia", según les explicaron a mis envidiosos primos. Yo estaba segura de que me iba a morir por el hecho de que todos eran tan amables conmigo.

No me morí. El hueso finalmente sanó, y quedó casi perfecto. Pero en ocasiones durante todo un año tuve que llevar el brazo en cabestrillo. El yeso tenía las firmas de varias docenas de primos y tíos, de manera que parecía una creación colectiva de la familia de la Torre: Gisela de la Torre, Mundín de la Torre, Carmencita de la Torre, Lucinda María de la Torre. Había notas y versitos. Algunos de los mensajes eran comentarios sabihondos y calaveras con tibias que habían dibujado mis primas, que no me perdonaban no tener que ir a las clases a las que ellas debían asistir por obligación y por mi culpa. Porque si bien mi propia carrera artística llegó a un final accidentado, mis primas tuvieron que pasar las mañanas de los sábados dibujando primero círculos, luego óvalos, antes de que les permitieran madurar esas figuras para que llegaran a ser manzanas. Meses más tarde lograron pasar a utensilios: una jarra, una canasta, un cuchillo. La tarea final era una naturaleza muerta con todos esos objetos, y también con un trozo de jamón de plástico. Se quejaron amargamente: detestaban la pintura, no querían que les dieran clases. Pero se les respondió que los dólares no llovían del cielo. Tendrían clases de pintura el año siguiente también.

Casi en Navidad, las clases se acabaron. Me quitaron el yeso. Pero me había convertido en otra. Los meses de mimos y de las burlas de mis primos me habían vuelto introvertida. Ahora, cuando el mundo me llenaba por dentro, ya no podía pintarlo. Me hice hosca y dependiente de la atención de mi madre, susceptible y llorona: el clásico temperamento de la artista, pero sin nada que mostrar para justificar mi mal carácter. Ya no podía pintar. Mi mano había perdido su arte.

Pero tuve un momento de triunfo durante ese año de clases de pintura. En Nochebuena me llevaron a la catedral junto con todos los niños de la Torre para ver la representación del nacimiento, para la cual se iba a develar el nuevo belén. Avanzamos por la nave hacia el altar, que estaba decorado con flores de pascua y velas, y enmarcado por colgaduras verdes y rojas.

Al dar la medianoche, las campanas tocaron a rebato. Las puertas laterales de la catedral se abrieron y salió una procesión de sacerdotes y monjas y acólitos, meciendo los incensarios y esparciendo la fragancia de la mirra y el incienso que los tres Reyes Magos le habían traído al Niño desde Oriente. Dos de los monaguillos abrieron las cortinas…

¡Ante mí estaban los gigantes que había visto en el taller de don José! Pero éstas eran las figuras sagradas, vestidas con capas de rico terciopelo y túnicas resplandecientes y sayales de pastores hermosamente cosidos por las carmelitas para dar la impresión de tener remiendos y parches. Reyes y ovejas y caballos relinchantes y siervos y niños pordioseros se reunieron en la helada noche imaginada. Dios se tomaba el trabajo de crearse a sí mismo para darnos una lección. El viento sopló. La lluvia rompió sobre el tejado de la catedral. Un perro ladró a lo lejos.

Cuando se abrió la puerta del altar, los feligreses nos adelantamos para tocar al Niño Jesús y atraer la dicha y prosperidad en el año venidero. Pero mis ojos buscaron la cara de la Virgen, a su lado. Me llevé la mano a mi cara para asegurarme de que era la mía. Mi mejilla tenía la curva de la de la Virgen; mis cejas trazaban un arco igual a las de ella; mis ojos estaban tan abiertos como los suyos, mirando hacia arriba para ver al hombrecito que golpeaba en la ventana de su taller. Estiré mi brazo torcido y toqué el borde de su túnica azul real y las zapatillas de tela que hacían juego. Y entonces yo también me puse a cantarle al mundo la feliz buena nueva, con la multitud de fieles que me rodeaba.

Una sorpresa americana

🐚 *Carla*

MIS HERMANAS Y YO HABÍAMOS rondado por la casa toda la mañana, esperando, de manera que cuando nuestro padre finalmente cruzó la puerta nos lanzamos hacia él gritando: "¡Papi ¡Papi!" Mami se llevó un dedo a los labios. "La bebé", nos recordó, pero Papi no pudo contenerse y nos alzó a todas y cada una y dio gritos y giró con nosotras en brazos. El chofer esperaba pacientemente en la puerta, con una maleta en cada mano. "En el estudio, Mario", le indicó Papi. Luego se frotó las manos y dijo, "¡A que tengo una sorpresa maravillosa para mis niñas!"

"¿Qué es?", gritamos todas, y yo traté de adivinar diciendo algo que la noche anterior, cuando rezábamos, Mami había prometido que algún día veríamos. "¿Nieve?"

"Vamos, niñas, no lo olviden", dijo Mami, y aunque pensé que se refería a la pequeña Fifi otra vez, añadió: "Dejen que

Papi descanse un poco primero". Luego le susurró algo en inglés a Papi y él asintió con la cabeza. "Después de cenar, entonces", dijo él. "Vamos a ver quién deja el plato limpio". Y cuando notó nuestra expresión de desánimo, trató de entusiasmarnos: "¡Ay, ay, ay! ¡Qué sorpresa!"

Sandi y Yoyo cruzaron una mirada triunfante y se fueron saltando y tomadas de la mano a contarles a sus primos en la casa de al lado que Papi había vuelto de Nueva York con una sorpresa maravillosa, y que allí era invierno y caía nieve del cielo, tal como el maná de la Biblia.

Pero yo no quería alejarme de la casa en caso de que, y sólo por si acaso, Papi terminara su bebida y decidiera abrir las maletas en ese momento. Por ser la única que andaba por allí, podría escoger de primera su regalo sorpresa. ¡Si nada más me diera una pista de qué era!

Pero mi padre no era bueno para dar pistas. Estaba tumbado en el sofá al lado de mi madre, con los brazos extendidos en el respaldo como si quisiera abrazar todo lo que era suyo. Estaban hablando con el tono de voz preocupado que usan los adultos cuando algo sale mal.

"Los precios han subido muchísimo", decía. Mi madre le pasaba la mano por el pelo una y otra vez. "Mi pobrecito", y se levantaron para ir a dormir una siesta antes de la cena.

La casa quedó sola y en silencio. Merodeé alrededor de la mesita de café, tomando sorbos de lo que habían dejado en los vasos hasta que los cubitos de hielo chocaron con mi boca, tintineando, y tuve que cerrar los ojos con el ardor del *highball* de Papi. Desde más allá del vestíbulo oí el sonido de los cubiertos que entrechocaban y el chirrido de una silla que era devuelta a su lugar. Luego Gladys, la nueva sirvienta, empezó a cantar:

Yo tiro la cuchara,
Yo tiro el tenedor,
Yo tiro to' lo' plato'
Y me voy pa' Nueva Yor'.

Me encantaba oír la dulce y aguda voz de Gladys que imitaba a sus cantantes preferidos de la radio. Algún día iba a convertirse en una actriz famosa, decía ella. Pero mi madre decía que Gladys no era más que una campesina que lo único que sabía era cantar canciones populares por la casa y pasarse toda la semana con rolos en el pelo malo para luego peinárselo los domingos para ir a misa copiando el modelo de los peinados que veía en las viejas revistas americanas que mi mamá desechaba.

El canto de Gladys se interrumpió abruptamente cuando entré al comedor. "¡Ay, Carla, qué susto me diste, niña!" Se rió. Estaba poniendo la mesa para la cena, sacando cucharas de un ramillete de cubiertos que tenía en la mano izquierda, dando elaborados pasos de baile antes de detenerse ante cada puesto y decirse para recordar: "La cuchara a la derecha, acompañando al cuchillo". Cuando no estaban mis hermanas ni mis primas, era divertido andar con Gladys.

Dio un paso atrás y ladeó la cabeza con mirada crítica. Luego acercó más una silla, y le dio un ligero empujoncito a un cuchillo, como quien endereza un cuadro ya derecho en la pared. Me hizo un gesto para seguirla hacia la parte trasera de la casa. Fui tras ella a través del *pantry*, donde ya todo estaba listo para la cena: las bandejas vacías estaban dispuestas, a la espera de que las llenaran; los cubiertos de servir estaban en fila como una familia, primero los más largos y luego los más y más pequeños.

En el pasillo que conectaba el cuarto del servicio con el

resto de la casa, Gladys se detuvo y me abrió la puerta. "¡Así que su papá ya volvió de Nueva York!"

Bajé la cabeza con gusto y seguí tras ella. El cuarto del servicio era oscuro y caliente. La mayor parte de las ventanas estaba cerrada para protegerse del fiero sol de la tarde caribeña. Una luz brumosa y amortiguada entraba por una ventana alta y medio abierta. En un banquito de ratán había un abanico que zumbaba mientras giraba de un lado a otro.

Poco a poco, mientras mis ojos se acostumbraban a la tenue luz del cuarto, distinguí las estatuillas de plástico y las estampitas de santos que atestaban su mesa de noche. Un viejo frasco de mayonesa con una ranura en la tapa brillaba con los rastros cobrizos de unos cuantos centavos. Cuando el abanico soplaba hacia la vela, la llama oscilaba y temblaba. Dos de los catres estaban ocupados. En uno, Chucha, la vieja cocinera, yacía profundamente dormida, con su gorda cara negra expresando satisfacción cada vez que le llegaba un airecito fresco. En otro estaba sentada Nivea, en bata, con la cabeza baja, murmurando sobre un rosario como si encontrara fallas en las cuentas que colgaban entre sus rodillas.

Cuando la puerta hizo ruido al cerrarse, Chucha abrió un ojo y luego lo cerró. Esperaba que se hubiera vuelto a dormir, pues le gustaba regañarnos. De hecho, Chucha se estaba volviendo tan difícil que Mami había decidido construirle un cuarto para ella sola. "Ya sabes que a tu mamá no le gusta que andes por aquí", empezó. Miré a Gladys, esperando que me defendiera.

"No hay problema, cocinera", dijo Gladys alegremente. Me llevó hacia su catre y dio una palmadita a su lado para indicarme que me sentara allí. "A doña Laura hoy no le va a importar, ya que don Carlos acaba de llegar".

"Ahora me vas a decir que la gallina no picotea cuando el

gallo canta", dijo Chucha con sarcasmo deliberado. Dejó escapar un suspiro gruñón y se dio la vuelta para quedar de cara a la pared. El abanico cosquilleó suavemente la planta rosada de sus pies. "¡Yo le cambiaba los pañales a doña Laura antes de que tú nacieras!", dijo en son de pelea. "Sé por dónde va el agua al molino, sé en dónde le pica el lomo al burro".

Gladys puso los ojos en blanco mirándome, como si quisiera decir "No se preocupe, cocinera". Y luego dijo con voz conciliadora: "Claro, usted ya tiene la experiencia de los años".

"Treinta y dos años". Chucha dejó salir una risa seca.

"Me pregunto en dónde andaré yo dentro de treinta y dos años", dijo Gladys para sus adentros. Una mirada empañada le cruzó los ojos. Sonrió. "Nueva York", enunció con voz soñadora y empezó a cantar el estribillo del popular merengue que sonaba en la radio día y noche.

"Sigue soñando", contestó Chucha. Y ahora sí se rió. Los pliegues de grasa bajo su uniforme se estremecieron. Su cuerpo se meció hacia delante y hacia atrás. "Tienes la cabeza en las nubes, muchacha. ¡Más te vale tener cuidado con los truenos!"

"¡Ay, cocinera!" Gladys estiró el brazo y le dio palmaditas amables en los pies a la vieja. Parecía tan indiferente a la alegría de Chucha como a su mal humor. "Todas las noches rezo", dijo, señalando su altar provisional con la cabeza. Un día me había explicado que cada santo de los que había en su mesa de noche tenía una especialidad. Santa Clara era buena para la vista. San Martín, para el dinero. Nuestra Santa Madre Bendita era buena para todo. Ahora tomó una postal que mi madre había tirado a la basura hacía unos días. Era la foto de una mujer vestida de túnica, con una estrella de agudas puntas en lugar de aureola y una mano levantada sosteniendo una antorcha. Tras ella había una ciudad como de cuento de hadas, centelleando con luces de Navidad. "Ésta es una poderosa virgen americana". Gladys me entregó la postal. "Ella me va a ayudar a ir a Nueva York, van a ver".

"Hablando de Nueva York", empezó Nivea. Se persignó rápidamente y besó el crucifijo de su rosario. Nivea, la más reciente de las sirvientas que se hacían cargo de lavar y planchar la ropa, era "negra retinta": mi madre siempre hacía el énfasis para así darle la intensidad suficiente al color. Le habían puesto el apodo de Nivea por el nombre de la crema traída de los Estados Unidos que su madre solía untarle para que esa blancura lechosa aclarara su negra piel cuando era bebé. El blanco de los ojos que ahora clavaba en mí era el único lugar donde la magia de la crema parecía haber funcionado. "Enséñanos lo que tu papá te trajo.

"¡Qué suerte!", siguió Nivea antes de que yo pudiera explicar. "¡Estas niñas tienen tanta suerte! ¡Con ese papá que no vuelve de un viaje sin traerles un tesoro entero!" Le hizo a Gladys la lista de todos los tesoros que el doctor les había traído a sus niñas, ya que ella apenas llevaba trabajando un mes con nosotros. "¿Qué tal las muñecas bailarinas de la última vez?"

Asentí. No tenía sentido corregir a Nivea, porque ella entonces nos llamaba señoritas sabelotodo. Pero las muñecas bailarinas eran de hacía dos viajes. Del último, el regalo había sido zapatos de cordones que eran adecuados para los pies, lo cual no resultó una buena idea, pero eso era lo que sucedía cuando mi madre se ocupaba de la sorpresa. Antes de irse de viaje, mi padre siempre le preguntaba a mi madre: "Mami, ¿qué necesitan las niñas?" A veces, como había sucedido en este viaje, ella respondía: "Nada. Ya tienen todo preparado para entrar al colegio". Y luego, luego las sorpresas podían ser

maravillosas, porque, tal como Papi le explicaba a Mami, "No
tenía la más remota idea de qué traerles, así que fui a la juguetería Schwarz, y la vendedora me sugirió…" Y entonces salían
los envoltorios de las tres muñecas bailarinas que había sugerido o los tres pares de patines o, esta misma noche, ¡tres sorpresas maravillosas!

Gladys recuperó la postal y la miró sonriente. "¿Qué te
trajo tu papá?", preguntó.

"Todavía no". Se me escapó un suspiro, decepcionada por
no poder satisfacer su curiosidad, pues hasta la misma Chucha
se había dado media vuelta para oír cuál era la sorpresa.
"Tenemos que cenar primero".

"Hablando de cena", dijo Nivea, recordándoles a las otras
dos, "el nuestro es un trabajo de nunca acabar". Y luego añadió: "Día y noche, ¿y qué sorpresa nos dan?" Refunfuñó
mientras se trenzaba el crespo pelo negro. Sus quejas eran
diferentes a las de Chucha, porque eran amargas y se colaban
hasta en las conversaciones más amenas. Las de Chucha eran
una letanía cotidiana, que a veces le decía al perro, a veces
le lanzaba a la olla del arroz que tenía que fregar, a veces
la pronunciaba entre dientes frente a doña Laura, cuyos pañales había cambiado y, por tanto, cuyos actos tenía derecho a
criticar.

La cena esa noche era espaguetis con albóndigas, gracias a
Dios, así que no era difícil dejar el plato limpio. Enrollé la
pasta en mi tenedor e hice rodar las albóndigas de aquí para
allá hasta que me aburrí y me las comí, las dos. Mami estaba de
buen humor, y dejó que la bebé se fuera con Milagros, la
niñera. Por lo general, insistía en que se quedara, berreando en
su silla alta, para que así la familia pudiera cenar toda reunida,
como "gente civilizada". Pero esta noche a la familia se la
libró del tormento de la civilización, y también del de los

vegetales, pues Mami nos dejó servirnos la comida a nuestro gusto, cosa que yo hice. Los guisantes que me puse hubieran bastado apenas para hacerme una gargantilla, de haberlos ensartado uno tras otro. Mis hermanas y yo comimos en silencio, atentas y maravilladas a los relatos de nuestro padre sobre taxis y terribles tormentas de nieve (¿acaso una tormenta de nieve podía ser terrible?) y las decoraciones navideñas en las calles. Sentíamos el carácter sagrado de las semanas por venir: esta misma noche, una sorpresa maravillosa, y en menos de veinte días, según el almanaque con puertecitas que abríamos todas las noches con Mami a la hora de rezar, sería Navidad. ¡Y vendrían más sorpresas! Teníamos suerte, como decía Nivea. Mucha suerte.

Finalmente, Papi se volvió hacia Gladys, que iba alrededor empujando el carrito que utilizaba para recoger los platos. "Eh…"

"Gladys", le recordó Mami. Al fin y al cabo, era la muchacha nueva y Papi no había tenido mucha oportunidad de llamarla por su nombre.

"Gladys", le pidió Papi. "¿Podría traerme mi portafolios?"

"En el estudio", le indicó Mami. "Sobre el escritorio, al lado de la mesa de fumar".

Gladys salió a toda prisa, chancleteando velozmente, feliz de que le hicieran semejante encargo. Luego regresó, con el portafolios de cuero acunado entre sus brazos, como un bebé.

"¡Buena niña!" Papi le lanzó a Gladys una mirada entusiasta de aprobación y abrió las cerraduras. La tapa saltó como la de una caja de sorpresas. Dentro había tres paquetes, envueltos en papel de seda blanco, y guardados con cuidado uno junto a otro, como los huevos en un nido. Papi nos entregó uno a cada una y luego sacó una caja diminuta del bolsillo lateral del maletín y le sonrió a mi madre.

"Para ti, querida". Mami le dio una palmadita en la mano. Abrió la caja y sacó una botellita de perfume como para una muñeca, le quitó el tapón y aspiró. "¡Es exactamente éste! ¿Sabes que nunca encontré el frasco viejo? ¡Pero tú te acordaste sin siquiera saber el nombre!" Se inclinó y le plantó un beso en la mejilla a Papi.

Se oyó el sonido del papel que se desgarraba y Papi nos alentaba: "¡Ay, ay, ay!" Gladys se quedó junto al carrito, organizando lentamente los platos sucios en pilas parejas, para luego llevarlos a la cocina donde Nivea y Chucha los fregarían. Pero una vez que abrimos las cajas, mis hermanas y yo cruzamos miradas de desconcierto. Mami se inclinó sobre la mesa y tomó la pequeña estatua metálica de la caja de Yoyo: era un viejo sentado en un bote, que miraba a una ballena amenazante, con las fauces abiertas. Sandi puso la suya sobre la mesa y trató de mostrarse complacida: también era una figura de hierro, de una niña con su cuerda de saltar congelada en el aire. Yo ni siquiera me molesté en desempacar la mía. Nada más eché un vistazo a la joven con túnica azul y blanca, que miraba hacia una esponjosa capa de nubes. ¿Qué habría estado pensando la vendedora de Schwarz esta vez?

"¿Y qué son, Papi?", preguntó Mami, tomando la pequeña saltadora de Sandi y mirándola a los ojos.

"Adivinen", sonrió Papi misterioso, y luego añadió, "Están haciendo furor. La muchacha en Schwarz me dijo que ya había vendido media docena ese día".

Mami volteó la figurilla y leyó en voz alta lo que estaba escrito debajo, *Made in the U.S.A.*, y luego se percató de un agujero para una llave diminuta. "Ya veo". Miró a Papi. "Es una alcancía, ¿cierto?"

Mi padre la miró orgulloso. Tomó a la niña de la cuerda de saltar y la puso en la mesa frente a él. Ella se quedó en su pedestal, con su arco de alambre que se elevaba por encima de su cabeza e iba a terminar enroscado en dos diminutos agujeros en sus puños que parecían perforados por una aguja. Los lunares de su vestido y el amarillo de su pelo estaban pintados directamente sobre el metal. "Miren", dijo y tomó una moneda de un centavo del montoncito de cambio que había vaciado de su bolsillo a la mesa. La moneda encajaba en una ranura que había en el poste de una cerca al lado de la niña. Papi movió una palanca en la base del pedestal, la palanca volvió a su lugar, la moneda cayó con retintín, y luego todas nosotras, mis hermanas, Mami, Gladys y yo, quedamos perplejas, porque la niña brincó y la cuerda dio una vuelta.

Un suspiro maravillado se oyó en el cuarto.

"Alcancías mecánicas", dijo Papi con una sonrisa, tomando otra moneda del montón. "Para que mis niñas empiecen a ahorrar su dinero para cuidarnos, Mami", le hizo un guiño a ella, "cuando estemos viejos y con canas".

"Ahora la mía", suplicó Yoyo, y Papi puso la moneda en las manos del viejo, que tenían una ranura, de manera que parecía el timón de un barco. Luego tiró de la palanca, el marinero giró un poco y la moneda fue a dar a la boca de la ballena.

Mis hermanas y yo estallamos en risas. "Alcancía de Jonás", dijo Mami, tras leer el nombre escrito en el bote, y luego con mirada traviesa, comentó: "Ay, Lolo, ¿qué van a decir las monjas de esto?"

Las cejas de Papi se arquearon. "Espera a que veas ésta". Se rió, sacando mi alcancía de la caja. "En realidad, se supone que estas alcancías de Jonás y de María sirven para que los niños aprendan a ahorrar para la limosna de la misa. ¡Seguro que las monjas no se van a oponer a eso!" Puso una moneda en una ranura de la capa de nubes y tiró de la palanca en el pedestal. La moneda desapareció. La joven, con una aureola pintada sobre el pelo, se elevó hacia las nubes, con los brazos levantados a la altura de los hombros. Cuando la palanca volvió a su sitio, la joven descendió al pedestal.

"¡Madre bendita!", murmuró Gladys. Luego todos, incluida mi madre, nos reímos porque nos habíamos olvidado de que ella estaba todavía en la habitación. Y allí estaba, con el cuello estirado hacia delante, los ojos tan redondos y cobrizos como las mismas monedas que habían operado tales maravillas.

Papi le tendió una moneda. "Ven, Gladys, prueba tú". Pero Gladys retrocedió y clavó la vista en sus chancletas. "Anda", la animó mi madre, y esta vez se acercó, limpiándose las manos en el delantal, y tomó la moneda que le ofrecía mi padre, quien le indicó cómo ponerla en la nube. Nuevamente, la moneda tintineó dentro de la alcancía, y María ascendió un instante al cielo para luego bajar a la tierra hasta el próximo chele que se ahorrara. La cara de Gladys estaba radiante. Se persignó despacio, un poco aturdida.

"Son como niños", dijo mi padre enternecido cuando Gladys salió del comedor. "¿Viste su cara? Era como si hubiera visto el suceso real".

Después de la cena mis padres charlaron mientras se tomaban su cafecito y se fumaban un cigarrillo, y mis hermanas y yo intercambiamos miradas decepcionadas. Traté de ver si al sacudir a mi María lograba sacarle las monedas para comprarme una caja de chicles.

"¡No, no, no, Carlita! ¡Ahí se quedan las monedas, ahorradas!" Se dio una palmada en el bolsillo. "Papi guarda las llaves".

Las alcancías resultaron no ser una decepción tan grande. Eran mucho mejores que los zapatos de cordones, eso sí. En el colegio causaron sensación entre las demás niñas. Las más populares de mi curso se peleaban por estar a mi lado. Me ofrecían el salvavidas rojo, mi preferido, cuando era el siguiente que venía en el tubo, y si no era el siguiente, sacaban varios hasta dar con ése. La hermana profesora leyó la nota de doña Laura, explicando que la alcancía servía para ahorrar para la limosna, y todas pudieron echar un centavo en la nube para ver cómo ascendía la figura. Luego la hermana, cuya tarea siempre era sacar una lección de todo lo que pudiera ser divertido, le contó al grupo que la Santísima Virgen no había muerto sino que había ascendido al cielo en cuerpo y alma, por ser tan bondadosa. La clase entera miraba ensoñada la alcancía, como esperando que se elevara hacia el techo en una nube de humo.

Llegué a casa con la alcancía repleta de monedas. Mi padre abrió la parte inferior y de allí salieron algo menos de cien centavos, él completó lo que hacía falta y me dio a cambio un enorme dólar de plata que más parecía una joya que dinero. El negocio luego se fue poniendo más difícil. De vez en cuando, las amigas de mi madre que iban a jugar canasta a casa, y que sostenían que detestaban acumular centavos en la cartera, los ponían en la boca de la ballena o en la capa de nubes. Pero claro, la preferida era la niña que saltaba la cuerda, para suerte de Sandi. Sin embargo, Gladys insistía en que la mejor era la de la Virgen y gastó todos los cheles de su pote de mayonesa para ver el milagro. La lástima es que en la ranura no cabían las monedas de veinticinco centavos.

Tarde o temprano, las alcancías siguieron el camino hacia los estantes de los juguetes, con todas las demás cosas que olvidábamos. ¡Venía la Navidad! Mi madre se quejaba de que iba a morirse de cansancio de tanto que había por hacer. Había que coser nuestros disfraces para la representación del nacimiento. Tía Isa, que vivía al lado, necesitaba ayuda preparando el jardín y la casa para la gran fiesta de Nochebuena que ese año se celebraría allí, ya que era su primera Navidad después de divorciarse y era importante mantenerla ocupada. Luego había que ir a conseguir el árbol de uva de playa, pintarlo de blanco, decorarlo con bolas doradas y plateadas y rociarlo con escarcha plateada. ¡Quedaba tan bonito! Especialmente por las noches, cuando Mami apagaba todas las lámparas y el árbol resplandecía con luces que se prendían y se apagaban; tubitos como los goteros de las gotas para la nariz, que se llenaban con agua coloreada y luego se vaciaban.

A medida que el día se acercaba, y que quedaban cada vez menos ventanitas para abrir en el almanaque de Adviento, mis hermanas y yo nos íbamos volviendo cada vez más indisciplinadas por la emoción, pero los adultos parecían demasiado ocupados como para molestarse. La casa estaba toda arreglada como para una fiesta. Las gigantescas flores de pascua del patio parecían antorchas encendidas. Había bandejas de plata con nueces y frutas en el centro de las mesas y en el seibó. Un elegante soldado recibía las nueces en su boca y las abría para nosotras, y cada vez que lo hacía, mi madre suspiraba: "Lástima que ya no haya ballet nacional para las niñas". Gladys estaba más atareada que nunca, brillando la platería, preparando canapés, yendo de un lado a otro de la casa tras su señora con jarrones de calas y trinitarias. Ahora cantaba un repertorio interminable de villancicos, en lugar de los merengues de la radio:

*¡Glo-o-o-o-o-o-
o-o-o-o-o-
ria!*

Lo mejor era que a Mami parecía no molestarle que cantara y hasta ella misma empezó a cantar un par de veces con una voz finita y trémula de soprano:

A Santa Claus le gusta el vino,
A Santa Claus le gusta el ron…

Y por supuesto que en la representación del nacimiento todos los niños cantamos:

Adeste fideles,
Laeti triumphantes

Yo, disfrazada con una túnica y con una corona de guirnaldas brillantes, debía anunciarles a los pastores que cuidaban sus rebaños en la noche:

"No temáis, pues os anuncio una gran alegría, que lo será para todo el pueblo: os ha nacido hoy, en la ciudad de David, un salvador, que es el Cristo Señor".

Pero estaba tan aturdida por las luces que me daban en los ojos y el mar de rostros en el auditorio atestado que me confundí y lo que dije fue "os ha llegado hoy, de la ciudad de David, una muñeca bebé, que es el Cristo Señor", en lugar de las palabras que debía pronunciar. Mami dijo que nadie más que ella, que sabía que yo quería que el Niño Jesús me trajera un bebé muñeca, se había dado cuenta del error.

Al día siguiente la muñeca estaba bajo el árbol, con un lazo en su pelo dorado y un biberón atado a la mano. Decía "Mamá" cuando uno la acostaba y mojaba el pañal luego de tomarse el biberón por un agujerito que tenía en la boca. ¡Y eso no era todo! La sala era una cueva del tesoro llena de cajas envueltas en papel de regalo. "Algo para todos", dijo Papi, riendo. ¡Y un montón de cosas para sus niñas! Cada una se sentó en medio de una montaña de papeles arrugados y cajas vacías y juguetes coloridos. Hasta la bebé tenía su propia montaña, pero prefería andar por ahí, gateando, desgarrando el papel y metiéndoselo a la boca mientras que la pobre Milagros andaba tras ella, riñéndola porque ningún niño a su cargo se iba a asfixiar y morir el día que había nacido nuestro Salvador. Allí estaba toda la servidumbre: Mario y Chucha y Nivea y Gladys, abriendo sus regalos con cuidado, para no romper el papel de seda de colores. Sus rostros se iluminaron al encontrar una billetera con el asomo verde de un billete en el pliegue.

Esa noche, aunque me fui a acostar mucho más tarde que siempre, no podía dormir. Incluso cuando cerraba con fuerza los ojos para tratar de conciliar el sueño, veía mi nueva muñeca o mi rompecabezas o el libro de colorear que crecían hasta verse enormes, y tenía que encender la luz para mirar mis regalos y asegurarme de que eran de verdad. Mami vino un momento desde la ruidosa fiesta de la casa vecina, vestida con un traje largo y plateado que le dejaba los blancos brazos al descubierto. Venía tomada del brazo del tío Mundo. Me amonestó con el dedo por tener la luz encendida, pero parecía que en realidad no le importaba, y se rió mucho cuando el tío fingió matarse varias veces con el nuevo revólver de Yoyo. Mucho más tarde, Gladys pasó de camino a su cuarto tras volver de ayudar en la casa de al lado. "¡Ya es más de medianoche, señorita!" Pero en lugar de apagar la luz, se sentó en mi cama, se quitó las chancletas y empezó a masajearse los pies cansados. Alcanzábamos a oír a los tíos y a Mami y Papi cantando villancicos a lo lejos. "Al lado la están pasando muy bien", dijo Gladys. Doña Laura había bailado un bolero con don Carlos y había sido como ver una escena de película. Don Mundo se había quitado la camisa y se había trepado a la mesa del comedor para hacer su versión de un baile campesino. La loca de doña Isa se había tirado a la piscina o había caído en ella por un empujón de alguien, no se sabía bien.

La mirada de Gladys vagó por el cuarto, registrando el montón de juguetes nuevos antes de detenerse con cariño en la repisa. Una expresión esperanzada apareció en su cara. Del bolsillo sacó su nueva billetera, la abrió y tomó los diez pesos que tenía. "Le compro la alcancía", dijo con voz titubeante.

¡La alcancía! Pero si esa cosa vieja no valía ni los diez pesos nuevecitos que me ofrecía. Y menos desde que el mecanismo se había oxidado luego de que se me quedara toda una noche en el patio. La mitad de las veces el resorte no funcionaba. "No, Gladys, no", le aconsejé.

Su mirada vaciló. Metió el billete en la billetera y la sostuvo ante mis ojos. "Los diez pesos, ¡y también la billetera!"

Por un instante, no supe cómo funcionaba eso de ser bueno. La mayoría de las veces, Mami estaba por ahí poniéndome las reglas: se supone que uno no debe regalar lo que ha recibido como obsequio. Gladys debía conservar su billetera. Pero eso quería decir que yo debía conservar la vieja alcancía, cuando regalársela a ella hubiera sido un acto de generosidad. Miré hacia la repisa confundida.

"Puedes llevártela sin darme nada a cambio", dije. Gladys quedó boquiabierta. La mirada de sorpresa en sus ojos confirmó mi sospecha de que acababa de hacer algo por lo cual me iban a castigar si se descubría, así que añadí: "No se lo digas a nadie, ¿okey?" La muchacha asintió ansiosa y salió del cuarto, con la alcancía envuelta en su delantal y metida bajo el brazo.

Pero Mami siempre encontraba la mancha que uno había hecho en el mantel o el moretón accidental en el brazo de un primito, o el espacio vacío en la repisa de los juguetes. "Eso me recuerda", dijo unas semanas después de Año Nuevo, cuando había movilizado a toda la casa en busca de sus espejuelos de leer, para encontrarlos puestos en su cabeza. "¿Dónde está tu alcancía de la Virgen, Carla?" Y entonces, cuando Gladys y yo cruzamos una mirada culpable, Mami encontró sus lentes encima de su cabeza. Se los bajó a la nariz y nos miró con curiosidad, primero a una, luego a otra.

"¿La alcancía?", pregunté, como si jamás hubiera oído hablar de tal cosa.

"Vamos, vamos", dijo ella, y nuevamente me miró y luego a Gladys.

"¡Ah, *esa* alcancía!", respondí, y expliqué que debía estar "por ahí".

Mami tenía una paciencia inagotable y dijo, amablemente: "Bueno, vamos a buscarla, ¿sí?" Y al no encontrarla por ninguna parte en mi cuarto, por supuesto, y a pesar de que le di una búsqueda muy detallada y creíble hasta dentro de mis zapatos, Mami no insistió sino que dejó ahí la cosa.

Al domingo siguiente, cuando todas las muchachas del servicio se fueron a la misa temprano, mi madre inspeccionó sus cuartos mientras mi padre vigilaba desde una ventana. Más tarde oí las voces preocupadas de ambos, tras la puerta cerrada del estudio. Y entonces la puerta se abrió de par en par, y mi padre avanzó por el pasillo, seguido por mi madre que tenía cara de pocos amigos y, justo a tiempo, me agaché tras una silla de mimbre cuando pasaban frente a mí. Luego volvieron en una fila india sombría, mi padre, tras él Chucha refunfuñando, y mi madre cerrando la retaguardia. La misma procesión fue y volvió, con Nivea, luego con Milagros y, por último, con Gladys, con sus ojos pequeños y redondos. La puerta se cerró. Las voces se levantaban en el estudio. Observé cómo una mota de polvo giraba al compás de un golpe de brisa. En un rincón, un trocito de guirnalda brillaba con los restos de la alegría de las fiestas. Por último, la puerta se abrió de par en par, y Gladys, sollozando en la falda que se había levantado, recorrió rápidamente el pasillo.

Sentí que el corazón me daba un vuelco. Los problemas estaban a punto de explotar en la gran casa. Ya habían tocado a Gladys, y de nada serviría esconderme porque tarde o temprano, me alcanzarían a mí también. Me levanté y puse mi muñeca sobre el cojín de la silla, haciendo caso omiso de su llamado de "Mamá".

En la puerta del estudio me detuve, sobrecogida como siempre a la vista de los enormes libreros atestados de libros, como una biblioteca, y la oscura madera que recubría paredes y celosías. Mi madre caminaba de un lado para otro del estudio, como si ninguna de esas direcciones le conviniera, y fumaba sin parar. Mi padre estaba sentado en el borde de su sillón reclinable, con las manos caídas sobre los brazos del sillón y la cabeza baja. En la mesita de fumar que había a su lado, junto al soporte de las pipas, vi la alcancía mecánica envuelta en un delantal. Di un paso dentro de la habitación, pero nadie se percató de mi presencia. "Fue un regalo", me disculpé. Mi madre se detuvo en su ir y venir y me miró distraída.

"Yo se la di", confesé.

Mi padre me miró; luego miró a mi madre.

"La próxima vez que tu padre te traiga un regalo…", empezó ella a regañarme, pero él la interrumpió.

"Simplemente vamos a tener que conseguir regalos mejores, Mami", dijo, guiñándome un ojo. "No he visto que las muñecas bailarinas se hayan quedado botadas en la lluvia ¡ni que se las hayan regalado a la sirvienta!"

Mi corazón se repuso ante la sola idea de una sorpresa mayor que las que habían venido antes. ¿Qué podría ser? Miré a mi alrededor en busca de pistas, lo que fuera, lo que fuera. Mi mirada cayó sobre la alcancía.

Mi madre apagó su cigarrillo con golpecitos nerviosos. "Supongo que es mejor que les explique a los demás". Suspiró y pasó de prisa a mi lado. La puerta se cerró tras ella con un golpe. El soporte de pipas se remeció y tintineó. Las celosías de toda una pared se abrieron con el impacto.

Afuera en el camino de entrada, Mario había llevado el carro hasta la puerta. Entró en la casa y poco después salió cargando una caja de cartón y varias bolsas que depositó en el asiento trasero. Gladys salió tras él, con una pañoleta en el pelo para mantener en su lugar el pcinado de ir a misa, y secándose los ojos con un pañuelo. Se subió al vehículo, junto a sus paquetes, y con el resplandor enceguecedor de los cromos que Mario se pasaba los días puliendo, el carro desapareció por el camino, cruzó frente al vigilante del portón y salió al mundo.

"Papi", grité dándome vuelta. "No hagas que Gladys se vaya, ¡por favor!"

Mi padre estiró los brazos hacia mí y me acercó hasta sentarme en sus rodillas. Sus ojos se veían apagados, como si los hubieran coloreado de marrón pero el color se hubiera borroneado. "No podemos confiar en ella…", empezó a decir, pero luego debió pensar que había una mejor forma de explicarlo. "Fue Gladys la que pidió que la dejáramos irse, ¿sabes? Va a conseguir otro trabajo muy pronto. A lo mejor termina en Nueva York". Pero la expresión apesadumbrada de su rostro no me convenció. Miró más allá, por la ventana. El sonido distante de un motor de carro se volvió zumbido.

Sus ojos cayeron en la alcancía. Sonrió y buscó en su bolsillo unos centavos. "Prueba tú".

Yo no estaba en ánimo de juego. Pero mi padre también se

veía triste, y era mi deber alegrarlo. Tomé un chele de su mano, lo puse en la ranura y tiré de la palanca hasta el máximo. La moneda cayó con un sonido metálico en el fondo de la alcancía. La palanca se trabó y no volvió a su posición original. La figurita ascendió, los brazos se elevaron. Luego se detuvo, atascada, a medio camino entre el cielo y la tierra.

El tambor

Yoyo

ERA UN TAMBOR QUE MAMITA HABÍA traído de un viaje a Nueva York, un tambor espléndido, con los lados de un rojo brillante, con un alambre dorado que se entrecruzaba sobre el fondo rojo, fijado por tachuelas doradas, y con el fondo y la tapa blancos. Tenía una banda azul ancha y acolchada para colgárselo del cuello, y quedaba con la cara blanca hacia arriba, porque era un redoblante. Mamita me lo entregó, poniéndome la banda por encima de la cabeza. Levantó la tapa. "Ah", suspiré yo, porque adentro, en el hueco que quedaba, estaban guardados los dos palillos. Mamita los sacó, puso nuevamente la tapa, y me los entregó. Aunque su palma había dado el primer golpe en la tapa, no quería privarme del estruendo del primer redoble atronador.

¡Barra-bam, barra-bam, barra-barra-barra-BAM!

"Ah", dijo mi abuela mirando al cielo. "¡Aquí tenemos a la nueva Beethoven!"

"¿Qué le dices a tu abuela?", preguntó Mami orgullosa. Barrabarrabarrabarrabarrabarra ¡BUM! ¡BUM! ¡BUM! ¡BUM!

"¡Yoyo!", gritó mi madre, y paré mi redoble tan de repente que ella siguió gritando en una habitación que había quedado en silencio. "¡YA ESTÁ BIEN!"

"¡Laura!", dijo mi abuela, frunciéndole el ceño a su hija. "¿Por qué le gritas a la niña?"

"Mamita", dije con voz amable. "Gracias".

"Gracias es muy poquita cosa. Ponle mantequilla al pan", replicó mi madre.

"Muchas gracias", añadí. Y luego, empecé un redoble apocalíptico, estremecedor, gozoso que hizo que Mamita echara la cabeza hacia atrás y soltara su carcajada juvenil estruendosa. Mi madre se tapó los oídos con los dedos, como Hans, el niño que había tapado los diques de Holanda con un solo dedo, y vi la inundación de regaños que estaba a punto de desbordarse por su boca, y que mantuve a raya con mi redoble hasta que me arrebató los palillos y dijo que los iba a guardar hasta que yo fuera responsable y sensata y tocara mi tambor como adulta. Me olvidé de todas las promesas que había hecho, antes de que me dieran el tambor, de mejorar mi carácter y me puse a llorar. Quería que me devolviera los palillos. Quería los palillos. Mamita intervino, y los palillos volvieron a quedar en el hueco del tambor, y me hicieron prometer que no tocaría dentro de la casa sino sólo en el jardín.

Mi abuela me atrajo hacia sí. Según decía Mami, había sido la mujer más bella del país. La llamábamos Mamita, porque era más baja que Mami, con el delicado rostro de una niña, ojos castaños de cervatillo y pelo blanco ondulado, peinado en un moño o a veces en una trenza que le caía por la espalda. Parecía una niña que había pasado por un tremendo susto que le había desteñido el pelo.

"Este tambor viene de una tienda mágica", dijo para consolarme.

"¿Ah, sí?", preguntó mi madre como queriendo reiniciar la conversación. "¿Dónde lo conseguiste?"

"En Schwarz", dijo Mamita. "En la juguetería F. A. O. Schwarz". Y me prometió que un día no muy lejano, pronto, si me portaba bien y no enloquecía a mi madre con mi tambor y me tomaba la leche hasta no dejar ni una gota en el vaso y me cepillaba los dientes de arriba hacia abajo y no hacia los lados, y si no me metía con los pintalabios y los perfumes para luego andar pavoneándome por la casa apestando a. París y con cara de yo no fui, pretendiendo que no tenía idea de qué le había sucedido a la botellita que tenía un corbatín, ese día ella, mi abuela preferida, me llevaría en avión de la isla a los Estados Unidos a visitar Schwarz y a conocer la nieve. Y al oír eso no pude evitarlo y destapé el tambor y rapté los palillos y toqué un modesto redoble educado que hizo que Mamita me lanzara un guiño y que Mami sonriera y que ambas opinaran que en los últimos cinco minutos yo había madurado, sin duda, como para poder tocar de manera considerada.

Ba-bam, ba-bam, tocaba en el jardín todo el día. Era típico de mi madre permitirme tener un tambor para luego prohibirme tocarlo, ba-bam, ba-bam, de cualquier manera que pudiera resultar medianamente inspirada. ¿Y cómo podía yo juzgar el nivel de inspiración al tocar un tambor si no tenía al menos un adulto que se tapara las orejas con las manos? ¿Y cómo iba yo a juzgar la inspiración a menos que hubiera ruido en ella, un tamborileo que me subía desde los diez dedos de los pies doblados, desde las piernas flacas que algún día mejorarían de apariencia, un tamborileo que provenía de las caderas que bamboleaba cuando me sentía muy femenina, y subía por las costillas, donde estaba el corazón, como un tambor carmesí entre palillos de marfil, y luego el tamborileo se elevaba como alas y hacía que mis hombros subieran, que mis brazos se levantaran, que mis muñecas vibraran, y los palillos descendían sobre la tapa, ¡BUM, BUM, barra-ba, BUM!

"Yolanda Altagracia, ¡no te olvides de tus promesas!", me llegó la voz de mi madre con ese tono de 'haz una reverencia al saludar', su tono de 'cómete el puré de coliflor'. "Tenemos un jardín suficientemente grande, y montones de niños darían un brazo por poder jugar en él".

Y fue así que durante el día entero marché frente a las cayenas, y saludé marcialmente a las trinitarias y toqué mi tambor hasta que los sinsontes se prepararon para emigrar a los Estados Unidos en pleno mes de diciembre. Toda esa semana y la siguiente y la siguiente y la siguiente toqué mi tambor de acá para allá en el jardín, de acá para allá, de acá para allá. Después, con la mala suerte propia de esos juguetes, se me perdió uno de los palillos. Y luego, tía Isa, nuestra tía loca, que estaba infelizmente casada con un americano y siempre andaba a punto de divorciarse y quien, por eso mismo, nunca se fijaba por dónde caminaba, se cayó sobre mi segundo palillo y lo partió en dos y lo pegó con un pegamento que, según me prometió, serviría hasta para mantener una casa pegada. Pero nunca creí que el pegamento sirviera para pegar palillos de tambor, por más bueno que resultara para las tazas de la vajilla y las pastoras de porcelana y tanta otra cosa adulta que en mi presencia encontraba la manera de convertirse en pedazos en el suelo. Y fue así que en menos de un mes, me quedé con un tambor y sin palillos. Mamita y Mami y tía Isa, que no entendían que los palillos eran el único tipo de herramienta que servía para tocar el tambor, sugirieron que usara lápices o los mangos de las cucharas de madera que se usaban para preparar la masa de los bizcochos. Ensayé con todo eso, pero el sonido no era el mismo, y desapareció la dicha de tocar. Me acostumbré a andar por ahí con la banda cruzada en bandolera a través del pecho, y el tambor en la cadera, como el revólver de un forajido.

En aquellos tiempos teníamos un jardín grande y muchos niños hubieran dado un brazo por jugar en él. Más allá del lavadero que quedaba detrás de la casa, el pasto se extendía, tan liso y corto, que parecía que el suelo mismo fuera verde y no que estuviera sembrado de grama. En el fondo del terreno había un depósito donde se guardaba el carbón para alimentar el fuego que se usaba en la lavandería para hervir la ropa blanca. Se suponía que la carbonera estaba embrujada. En esos tiempos era una aventura meterse ahí y asomarse a los barriles de briquetas de carbón y respirar el polvo de hollín, para luego armarse de valor y voltear un barril vacío y sacar de allí al diablo, y salir corriendo hacia la casa, trepar como un rayo las escaleras que llevaban a la lavandería y encontrarse a la tuerta Pila que volteaba la cabeza y decía: "¿Qué pasa? ¿Te persigue el diablo, niña?"

Esa vieja lavandera, Pila, fue la sirvienta más rara que tuvimos, pues parecía que todo lo que podía salir mal le había salido mal a ella. Había perdido un ojo, el izquierdo. A ver... ¿o era el derecho? Uno nunca sabía. Los dos ojos se turnaban para perderse en la contemplación fija del cielo. Pero, ¿qué es un ojo? Una pizca de gelatina con un duplicado al lado. ¿Quién iba a notar la ausencia de un ojo ante su piel increíble? Pila tenía una especie de salpicaduras de color blanco-rosado en los brazos y las piernas mulatos. La cara en sí se había librado de eso y era de un café uniforme, tan lisa que parecía que la acabaran de planchar con una plancha caliente. Sólo alrededor de los ojos, donde la punta de la plancha no alcanzaba a llegar, había arrugas, de sonrisas. Era haitiana, aunque obviamente sólo a medias. Las sirvientas dominicanas, de piel más clara, le temían porque Haití era sinónimo de vudú. Pila era una curiosidad y yo era una niña curiosa. Y con la promesa de la nieve en el corazón y el asombro ante el mundo que me atenazaba con tal furia que a veces no podía evitar tocar la porcelana prohibida o sacudir a un primito o acariciar la cabeza de un perro con tal energía que el pobre parecía como si viniera asomándose de la matriz a la hora de nacer, yo no quería nada más que una licencia temporal para olvidarme de la buena educación y dedicarme a mirar largamente sus brazos manchados.

Como decía, la carbonera estaba embrujada. Y Pila fue la culpable. Hubo un tiempo, antes de su llegada, cuando la carbonera no era más que eso: una carbonera. Pero luego vino ella, con cinco sacos de papel con sus pertenencias, y trajo consigo además los demonios y los fantasmas de sus cuentos, y los trances y los espíritus que la poseían y su "veo una nube sobre tu cabeza. ¡Aléjate del agua hoy!" Decía ella que todos esos espíritus vivían en la carbonera. Así que por la época de mi tambor, estaba embrujada. He de añadir que en esos tiempos de mi tambor, Pila ya se había ido. Duró apenas un par de meses en el residencial antes de desaparecer un domingo. La casa cayó en un remolino matemático. Se contaron las sábanas y manteles. Se hizo inventario de la ropa. Las demás sirvientas y Mami juntaron todas las piezas del rompecabezas ¡y el resultado fue que por casi dos meses habíamos estado viviendo con una ladrona!

"¡Peor para ella!", dijo mi madre. "No va a llegar muy lejos con esa piel".

Y tenía razón. Al día siguiente la policía la capturó. Para ese momento, tras sopesar la situación con su educación a la americana, mi madre consideró que era cruel denunciarla. La pobre mujer no tenía más opciones. Así que la dejaron libre, junto con sus diez fundas. Pila se fue, y dejó atrás una carbonera llena de demonios y duendes, así que, para la época en la que perdí los palillos del tambor, quien se atreviera a entrar a la carbonera estaba tentando al demonio.

El día que me metí en la carbonera buscando líos llevaba el tambor en la cadera y dos pequeñas estacas por palillos. Habían transcurrido varias semanas de la partida de Pila. Entré, empujando la puerta de manera que los goznes chirriaron como demonios a quienes la puerta les hubiera quebrado los dedos y retorcido las narices puntiagudas al abrirse. Me detuve un momento en el umbral, cegada por el rayo de luz que cortaba la oscuridad como una hoja de cuchillo. Lentamente fui distinguiendo los barriles, ocho o nueve en pie, y un par volteados. Aplasté unas briquetas con mis pisadas. Me atreví a ir más allá. Me quedé en el borde del rayo de luz, y luego uno de mis pies se adentró en la oscuridad. El corazón me latía con fuerza. Me asomé al primer barril parado que encontré, casi esperando ver un hondo pozo desde el cual me miraría el ojo del diablo. Pero no había más que carbón hasta la marca de mitad de nivel. En el siguiente barril había carbón hasta la marca de un cuarto de nivel, y en los demás, restos de briquetas. La nueva lavandera, Nivea, no usaba el carbón de manera eficiente, no tenía un sistema.

El último barril estaba detrás de todos los demás. Al mirarlo, vi que estaba lleno. De repente, algo se movió en la negrura, se oyó un gimoteo, y una boquita rosada se abrió en un bostezo. Era tan rosada y tan húmeda que parecía cosa imposible de ver en un barril de carbón. La boquita se cerró, y otra se abrió y de ella salió un grito, "Miau". Dos o tres bocas chillaron en coro, "Miau, miau". De inmediato me enamoré del que tenía las cuatro zarpas blancas y también una manchita clara entre las orejas, que parecía completamente vestido al lado de los otros que, por descuidados, habían perdido sus zapatos y su gorrita. Éste, que era una curiosidad, era el que yo quería.

Pero no lo toqué ni lo acaricié, ni tampoco a ninguno de sus hermanitos. En ese entonces, mi sabiduría natural comprendía unas cuantas reglas, las cuales yo confundía de tal manera que cuando se presentaba la ocasión sabía que debía hacer algo, pero no sabía bien qué. Si eran rayos y truenos, yo iba a pararme debajo de un árbol, o en medio de un descampado para que el árbol no me cayera encima. Si encontraba un nido con huevos o polluelos de ruiseñor, sabía que no debía tocarlo porque la madre podía abandonarlos y los pollitos morirían. ¿Pero eran pollitos o gatitos? No estaba segura. También recordaba vagamente una historia terrorífica de una mamá gata tan fiera que se había vengado de alguien que había amenazado a su cría arañándole los ojos. No quería averiguar de la peor manera qué era lo que debía y no debía hacer con respecto a los gatitos. Por lo tanto, necesitaba preguntarle a un adulto que lo supiera todo, y entre rayos y polluelos podría deslizar una pregunta sobre gatitos. Pero, ¿a quién podía preguntarle que supiera algo de gatos? ¿Y quién sabría lo que yo necesitaba pero sin llegar a sospechar mi secreto? Mami, que estaba en la casa, no me serviría ni para una cosa ni para la otra. Mamita no sabía nada de lo que sucedía fuera de la casa, porque era alérgica al aire libre, o al menos eso decía, y era por eso que tenía que ir de compras a Nueva York, donde el aire libre no era realmente aire libre, según ella. Era una adivinanza que me prometí que resolvería algún día. Tía Isa tampoco me serviría: seguro se reiría a carcajadas, como hacía, y daría vueltas piando y maullando, fingiendo ser polluelo, ruiseñor y gatito, todos a la vez, hasta que toda la familia se enterara de mis intenciones. Y Pila, que sabía todo lo de este mundo y más allá, se había ido.

Sin saber bien qué hacer pero segura de que, si me quedaba allí sopesando mis alternativas, la mamá gata bien podía volver y dejarme ciega, salí de la carbonera y me quedé deambulando en el jardín. En mi desesperación, levanté la tapa del tambor y estaba a punto de sacar el par de estacas y tocar el redoble más potente de mi vida cuando vi a un hombre que jamás había visto, cruzando nuestro jardín camino del naranjal que había más allá de nuestra cerca. Un perro lo acompañaba o, más bien, corría delante de él. Disminuyó el paso, olfateó el suelo, soltó un ladrido, persiguió una mariposa, y de muchas formas hizo que el mundo fuera más seguro para el hombre. El señor era buen mozo y elegante, como sacado de un libro de cuentos, vestido con pantalones y botas de montar. Tenía barbita de chivo y bigotes, cosa que me hizo pensar si no sería el mismo diablo, pero su forma de dirigirse al perro, con cariño y buen humor, me convenció de que no lo era. No me había visto e iba a unos diez metros de donde yo estaba, cuando el perro dio un giro, levantó el hocico, y encogió una de las patas delanteras. El hombre se detuvo y miró al cielo. Fue en ese momento que me di cuenta de que llevaba una escopeta al hombro, con el cañón apuntando hacia arriba. El perro comenzó a ladrar.

"Quieto, quieto", le dijo el hombre al perro. "¿Qué pasa con tus modales?", y luego se volvió hacia mí. Las puntas de sus bigotes se alzaron en una sonrisa. "Buen día, jovencita. Espero que Kashtanka no te haya asustado".

Miré al hombre, su escopeta, el perro que me olisqueó donde los perros siempre olisquean a las personas. Con instinto de niña supe que el hombre no me iba a hacer nada malo, pues algunas veces sucedía que algún extranjero que mi abuelo había conocido en sus viajes iba de visita a la casa y andaba por los terrenos. Pero me inquietaba que el perro estuviera suelto, porque había gatitos, siete bocados, allí cerca en la carbonera.

El perro olfateó mi tambor. "¡Caramba!", dijo el hombre. "¿Qué tienes ahí?"

"Un tambor", contesté, dándole la vuelta para que quedara al frente y no en la cadera, "pero se me perdieron los palillos". Y levanté la tapa e incliné el tambor para que pudiera ver las dos estacas. "Tengo que usar esto, y no suena igual".

"Nunca suena igual", convino el hombre, y se anotó unos puntos, para su buen crédito. Se agachó al lado del perro. Las botas de montar crujieron.

"Hablando de palillos", le dije. Y luego, porque estaba segura de que había dado con el hombre indicado, le lancé mis preguntas. "¿Se puede jugar con un gatito recién nacido, o la mamá lo abandona luego o te deja ciega si te encuentra y cuándo se le puede quitar el gatito a la mamá para tenerlo de mascota?"

"¡Vaya!", dijo el hombre, clavándome su mirada fija pero que no dejaba de ser amigable. "¿Conque hablando de palillos, no? Bueno, así como tus palillos deben estar dentro del tambor y las estacas no sirven, un gatito debe estar con su madre y con nadie más".

"Pero las mascotas...", protesté, mirando a Kashtanka.

La mano del hombre cayó sobre la cabeza del perro, llena de afecto. "Las mascotas son una cosa completamente distinta. Pero el animalito debe tener la edad suficiente como para sobrevivir sin necesidad de su madre", concluyó, enderezándose.

Mientras se levantaba, Kashtanka se lanzó hacia delante. El hombre lo agarró por el collar y lo frenó de manera que quedó con las patas delanteras caminando en el aire. "¿Conque palillos, no?" El señor se rió de algo que sucedía detrás de mí. Me di vuelta y vi una gata grande y negra, las tetas rosadas e hinchadas, entrando sigilosamente a la carbonera. Kashtanka ladró alborotado. La gata se escabulló.

"¡Qué modales, Kashtanka!", dijo el hombre, sacudiendo el collar. El perro se inclinó gimiendo bajo, para mostrar que sus sentimientos habían sido heridos. "Hablando de palillos", dijo, guiñando el ojo tanto rato que pensé que, como sucedía con Pila, su ojo era de mentiras. "Mientras el gatito se alimenta de la leche de su mamá no se lo puede alejar de ella y convertirlo en mascota, ¿no te parece?"

Tuve que admitir que tenía razón.

"Llevárselo sería…" El señor sopesó sus palabras. "Llevárselo sería violar su derecho natural a la vida". Se dio cuenta de que yo no había entendido. "Se moriría", dijo con franqueza. "Así que debes esperar", añadió, acariciándome el pelo, y Kashtanka me miró celoso. "Debes esperar hasta que el gatito pueda sobrevivir solo, ¿no crees?"

Miré por encima de mi hombro, hacia la carbonera.

El hombre prosiguió. "Yo diría que dentro de una semana, o sea, uno, dos, tres días son el domingo, siete el jueves. Creo que el jueves, un gatito que haya nacido incluso hoy puede estar preparado para pertenecerle a esta distinguida señorita del tambor".

Tamborileé mis dedos en el tambor… uno, tres, cinco, siete es hasta el jueves.

"Es un tambor muy bueno", comentó el hombre, "con una tira resistente".

Y entonces, una bandada de pájaros voló por encima de nosotros. El perro miró hacia lo alto y dejó escapar un ladrido de emoción. "Nos vamos", anunció. Y se fueron, antes de que pudiera contar hasta siete, por la grama hacia una puertecita de fibra natural que chirriaba, por la cual entraron al naranjal y desaparecieron entre los árboles.

Uno, dos, ba–bam, tres será el domingo. La mamá gata había ido a la carbonera a alimentar a sus bebés. Ba–bam. El mío era el mejor vestido. Le pondría Schwarz de nombre.

Siete era menos que los dedos de las dos manos, pero implicaba esperar y, como si fuera para confirmar mis sumas, oí en la distancia el atronador estampido de la escopeta del hombre. Hubo un ruido en la carbonera y, poco después, la mamá gata salió corriendo por el jardín, asustada por el disparo.

Como no había moros en la costa, decidí volver a la carbonera y contarle a Schwarz los planes para el jueves siguiente. Entré y me asomé por encima del borde del barril de carbón. Schwarz maullaba de terror. "Tranquilo, tranquilo", lo consolé. Pero de nada sirvieron mis palabras. Lo levanté y murmuré en sus diminutas orejitas de concha marina. "Shhhh, shhhh". Me lo apoyé en el hombro como para sacarle los gases, lo acuné entre mis brazos y le hice cosquillas en la pancita y bajo los brazos, y maulló para decirme que eso era divertido y que debía hacerlo de nuevo. Y shhhh, shhhh, lo volví a hacer.

Era viernes y faltaban otros siete días para que fuera jueves. Tenía toda la intención de dejarlo de nuevo con sus hermanitos. Pero entonces, por coincidencia o por un complot, la escopeta del hombre soltó otro disparo en la distancia, y me di cuenta de que estaba en el naranjal cazando. ¡Cazando! Algunos de los pájaros a los que les apuntaba en ese momento eran mamás con gusanos para sus crías. En esos tiempos no sabía la palabra para describir eso de decir una cosa y hacer otra diferente, pero conocía suficientes adultos que se comportaban así, ¡y no iba a permitir que me birlaran un gatito bien vestido con un imperativo moral pronunciado por alguien que era una excepción a la regla!

Salí de la carbonera con Schwarz pegado a mi hombro. Maulló adioses a sus hermanos mientras cruzábamos el jardín. De repente, me detuve. Más adelante estaba la gorda mamá gata negra disfrutando del sol que le caía en su gordo lomo negro, y lamiéndose una pata como si la hubiera metido en la mezcla de la masa de un bizcocho. No me había visto, pero supe que en cuestión de segundos oiría los maullidos de Schwarz. En ese instante, el recuerdo nebuloso se hizo más claro. Vi un gato que iba caminando. Lo vi encogiéndose para dar un salto. Lo vi brincar y aterrizar en la cara de una mujer. Lo vi sacar un ojo. Vi cómo se derramaba la gelatina que contenía, y recordé de repente con claridad atroz a Pila contando la manera en que había perdido su ojo.

Lentamente, mientras con la mano izquierda acariciaba a Schwarz para ver si así interrumpía sus maullidos, abrí la tapa del tambor con la mano derecha. La mamá de Schwarz bajó una pata, levantó la otra y empezó a lamerla. Alcé a Schwarz y, con un movimiento hábil, lo metí en el hueco del tambor, sacando a la vez las estacas, y volví a poner la tapa y me pasé el tambor al frente. Y luego, cuando la mamá gata volteó sobresaltada y me vio con mi tambor, que maullaba furiosamente, comencé un redoble fuerte para distraerla:

¡BARRA BARRA BARRA BUM BUM! (¡Miau!)
¡BARRA BUM! (¡Miau! ¡Miau!) BUM
BUM
BUM
(¡Miau!)

Marché directamente hacia la casa, levantando las rodillas muy alto, como una bastonera. La desconcertada mamá gata me miraba sin saber qué pensar y me siguió a distancia prudente, maullando. El tambor maullaba en respuesta. Continué tocando sin parar. Mi corazón redoblaba sus latidos. Y luego, cuando la gata me alcanzó, rompí a tocar frenéticamente, subí corriendo las escaleras y cerré con un golpe la puerta trasera que llevaba hacia la casa a través de la lavandería. Una tina honda llena de ropa blanca en remojo me indicó que la nueva lavandera había salido apenas un momento y volvería. Pegada a la pared, espié por la ventana. La mamá gata merodeó frente a la puerta. Se detuvo. Olió el suelo.

"¡Schwarz!", maulló.

El gatito maulló febrilmente desde el interior del tambor. La madre examinó lo que la rodeaba, la puerta, el cielo, pero no logró averiguar de dónde venía el sonido.

"¡Schwarz! ¿Dónde estás?", maulló.

"¡TRUENO, TRUENO!", atronó la escopeta. La mamá gata salió corriendo.

Saqué al gatito maullante de mi tambor. Su carita humana se arrugaba al maullar. Odié el sonido acusador de sus maullidos. Quise hundirlo en la tina y hacer que dejara de maullar. En lugar de eso, levanté la tela metálica y dejé caer la bolita maullante por la ventana. La oí caer en el suelo con un ruido sordo, y la vi poco después, moviéndose tambaleante fuera de la sombra de la casa, maullando y tropezando. No había señales de la mamá gata.

Creo que volví a esa ventana al menos unas doce veces esa mañana y vi cómo el gatito herido avanzaba a tumbos por la grama. Me tentaba la idea de ir a dejarlo en la puerta de la carbonera, pero no había manera de salir de la casa, por orden de mi madre. Un loco andaba disparando tiros ilegalmente en el naranjal. Ya habían llamado a la policía. Poco antes del almuerzo, los disparos se dejaron de oír. Me asomé a la ventana de la lavandería. El gatito se había ido.

Esa noche me desperté de repente, sintiendo las pisadas de una pesadilla que no podía recordar. En esos días dormíamos con mosquiteros que colgaban de los cuatro postes en las esquinas de la cama. En la oscuridad todo adquiría una apariencia espectral a través de la malla blanca: una mesa de noche fantasmal, una caja de juguetes fantasmal, cortinas fantasmales. Esa noche, sentada a los pies de mi cama, asomando la cabeza de manera que el mosquitero moldeaba sus rasgos como una horrible máscara funeraria, estaba la negra mamá gata. Quedé helada de terror. Me miraba con ojos fosforescentes. Soltó maullidos suaves, quejumbrosos. Cerré los ojos y volví a abrirlos. Estuvo sentada ahí, gimiendo hasta el amanecer. Luego la vi levantarse, saltar y caer al suelo con un ruido sordo y salir por el pasillo y bajar las escaleras. A la mañana siguiente, bañada en lágrimas, le conté a mi madre de la gata que se había aparecido junto a mi cama toda la noche. "Imposible", dijo ella, y para probarlo recorrimos la casa inspeccionando seguros y ventanas. "Posible", dijo Mami cuando encontramos una ventana que se había quedado abierta en la lavandería. Nivea, la nueva, era casi tan inepta como la anterior, se quejó.

A pesar de que pareciera imposible, porque las ventanas se habían cerrado y la casa estaba tan segura como un arsenal, a la noche siguiente la gata se apareció de nuevo junto a mi cama. Y luego noche tras noche tras noche. A veces maullaba. A veces nada más me miraba. A veces yo gritaba y despertaba a toda la casa. "Es una etapa", dijo Mami preocupada. "Una etapa perfectamente normal de pesadillas". Pero la etapa se prolongó. Le regalé el tambor a un primito, y esperé que la gata fantasma desapareciera también. Pero volvió, de vez en cuando, durante años.

Después nos fuimos a vivir a los Estados Unidos. La gata también desapareció. Conocí la nieve. Resolví la adivinanza del aire libre, que en Nueva York estaba principalmente tapizado de concreto. Mi abuela se hizo tan vieja que no podía recordar quién era. Me fui al internado. Leí muchos libros.

¿Entienden que ahora vivo en un colapso permanente y que eso encaja a la perfección en lo que queda del hueco de mi historia? Empecé a escribir la historia de Pila, la de mi abuela. Jamás volví a ver a Schwarz. El hombre de la barbita de chivo desapareció junto con su Kashtanka de la faz de la tierra. Crecí, y me convertí en una mujer curiosa, una mujer de fantasmas y demonios de cuentos, una mujer predispuesta a las pesadillas de los sueños y a la pesadilla del insomnio. Todavía me sucede que me despierto a las tres de la mañana y trato de penetrar la oscuridad con mi vista. A esa hora, en esa soledad, la oigo, una cosa negra y peluda que merodea los rincones de mi vida, su boca rojo azulado se abre y gime debido a alguna violación que yace justo en el corazón de mi arte.

VINTAGE ESPAÑOL
Disponible en tu librería favorita, o visite
www.grupodelectura.com